VERLAG ANTJE
KUNSTMANN

Für Christian

Irgendwann wird der letzte Herbst anbrechen, in dem Flugzeuge schwer auf der regennassen Rollbahn landen. Der letzte Herbst, in dem die Drähte summen von Dingen, die wir uns dringend erzählen müssen, während draußen der Wind gegen die Mauern drückt.

Der letzte Herbst, in dem unsere Kontostände steigen und sinken, in dem die Börsenkurse zittern. In diesem Herbst werden noch einmal Durchsagen gemacht in den Bahnhöfen, den Bussen, den Konzertstadien.

Autos werden auf den schnurgeraden Straßen rauschen, auf ein Ziel zu, einen Parkplatz oder eine Tiefgarage, wo sie leise klickend, ausatmend zur Ruhe kommen. Orchester werden Symphonien spielen, während zwei Häuser weiter Patienten in ihre Vollnarkose sinken. Menschen werden im Supermarkt nachdenklich in die Tiefkühltruhen starren. Unsere Gesichter werden blau schimmern von den tanzenden Bildern auf den Geräten. Aus den Apotheken werden wir in kleinen raschelnden Plastiksäcken Grippemittel, Hustensaft und Eukalyptusbonbons tragen, wir werden vergessen, unsere Eltern anzurufen.

Wahlkampagnen werden anlaufen, Menschenmengen werden jubeln. Die Filmstarts für den Herbst werden besprochen, die neuen Studenten werden sich ein letztes Mal in den Gängen vor den Hörsälen stauen und nicht wissen, dass ihre Gesichter leuchten.

Die Wetterkarten werden noch einmal Herbststürme voraussagen. Umgestürzte Bäume werden von den Straßen entfernt, Unfallopfer dick eingepackt zum Krankenwagen getragen.

Am 21. Dezember wird die längste Nacht über der Nordhalbkugel anbrechen, und diese tiefste Dunkelheit auf Erden wird noch einmal hell erleuchtet sein von Straßenlampen und Lichterketten, von Neonröhren, Kerzen, Scheinwerfern, Bildschirmen, Flutlichtern, den Lampen an den Autobahnraststätten, den Lichtern der Züge, den Leuchtfingern der Flugzeuge, die die Wolken ertasten, sie wird fast festlich sein, diese Nacht, strahlend und kalt.

Und dann wird der letzte Herbst vorbei sein.

I
WINTER

Anatomie

Augenlieder mit *ie*. Schon wieder ein Rechtschreibfehler im heiligen Text. Nathanael blickte zwischen der Vorlage und seiner Abschrift hin und her. Er hatte das Wort unwillkürlich richtig geschrieben. Er schüttelte den Kopf über sich selbst. Jetzt würde er die letzten Buchstaben mit dem kleinen brüchigen Gummi ausradieren müssen, was schwierig war, weil das Papier leicht zerriss. Erst ein paar Zeilen weiter oben hatte er eine der Markierungen korrigieren müssen und beinahe ein Loch ins Papier gemacht. Eine fehlplatzierte Unterstreichung, und der Text war entweiht, weil der Vorleser dann an der falschen Stelle die Hände zum Himmel hob. Aber warum man auch die Schreibfehler beibehalten musste, hatte er nie verstanden.

Nathanael legte den Stift und den Radiergummi hin, stand auf und streckte sich. Durch das kleine Fenster des Dachzimmers sah er auf die verschneite Straße. Sie war voller Fußspuren, aber menschenleer. Schnee lag auf den Dächern und zwischen den Mauern der verfallenen Häuser. Im ersten Stock des Hauses gegenüber bewegte sich hinter den Fenstern ein schwaches Licht. Jemand war mit einer Kerze unterwegs, obwohl es bald Mittag sein musste, so trübe war der Tag. Vielleicht Sarah. Ob sie die Öllampe auf seinem Pult auch flackern sah?

Nathanael hörte die schnellen Schritte der Mutter auf der Treppe, dann klopfte es. Bevor er antworten konnte, öffnete sich die Tür. Die Mutter trug eine weiße Schürze über ihrem langen dunklen Kleid. Vom Kochen hatte sie Flecken auf den Wangen.

»Bist du fertig? Das Essen ist gleich so weit.«

»Noch nicht.«

»Erst auf Seite 38? Was stehst du da am Fenster und trödelst?«

Nathanael schwieg.

»Ich werde dir das Mittagessen beiseitestellen.«

»Kann ich nicht nachher weiter abschreiben?«

Zwischen den Brauen der Mutter erschien eine steile Falte. »Nein. Die Prophetin zählt auf uns.«

Die Prophetin kümmerte es bestimmt nicht, ob Nathanael die Abschrift heute oder morgen fertigstellte. Sie hatte sich in den Wald zurückgezogen, und wer wusste schon, was sie dort tat. Aber er hatte sich vorgenommen, der Mutter zu gehorchen oder zumindest so zu tun.

Die Mutter schloss die Tür wortlos. Nathanael setzte sich ans Pult und nahm den Stift in die Hand, legte ihn dann aber doch wieder weg. Er streifte seinen rechten Schuh ab, krallte seine Zehen in den Griff der untersten Schublade und zog sie auf. Hier hatte er das Buch aufbewahrt.

Auf dem Titelbild war ein Mensch ohne Haut abgebildet gewesen, mit braunen Muskeln und blauen Adern. Aber am besten hatte ihm die Doppelseite über das menschliche Herz gefallen. In der Mitte prangte ein schön gezeichnetes rosafarbenes Herz, das vom Seitenfalz durchteilt wurde. Eine kleine Fotografie unten links zeigte eine Operation am offenen Herzen. Die Chirurgen trugen Kittel und Kappen in blassem Grün und enge Handschuhe. Durch Brillen mit kleinen aufgesteckten Zylindern blickten sie in die klaffende Wunde, die mit einem Metallgestell offen gehalten wurde. Ein Chirurg tippte mit einem Stift in die Mitte der Wunde, als setzte er dazu an, ein Wort ins Herz zu schreiben.

Wenn er nur das Bild noch einmal anschauen könnte. Aber er würde das Buch nie wieder in die Hände bekommen. Als die Mutter damit zur Schule geeilt war, war Nathanael ihr gefolgt. Sie war wie von unsichtbaren Fäden gezogen die Treppe hinaufgestiegen, Nathanael hatte kaum mit ihr Schritt halten können. Dann hatte sie die Tür zum Lehrerzimmer aufgerissen und Gruber das Buch vor die Füße geworfen wie etwas Verseuchtes, das sie in ihrem Haus gefunden hatte. Nathanael schob die Schublade mit dem Fuß wieder zu. Er hatte sich für die Mutter geschämt, wie sie Gruber angeschrien hatte. Der Lehrer hatte ihr ruhig zugehört, ohne das Gesicht zu verziehen. Schließlich hatte die Mutter tief durchgeatmet und gesagt, dass ihr Sohn keinen Tag länger in die Schule gehen würde.

Nathanael legte das Handgelenk an sein rechtes Ohr, die Ohrmuschel war kalt. Er trug einen Schal und zwei Pullover. Trotz der niedrigen Temperaturen, die im Dachzimmer herrschten, war er immer gerne in diesem wenig benutzten Raum gewesen, um Hausaufgaben zu machen, hier hatte er seine Ruhe vor Samuel und Elias. Aber heute wollte er nur nach draußen, auf die Straße, eisige Winterluft einatmen, die im Hals schmerzte.

Am Abend, nachdem die Eltern ihn aus der Schule genommen hatten, war Nathanael übel geworden. Es hatte sich angefühlt, als hätte er sich zwischen Bauch und Rippen etwas eingeklemmt. Zwei Tage lang hatte er im Bett gelegen und keinen Bissen heruntergebracht. Es hatte ihm Angst gemacht, aber er hatte kein Fieber und die Mutter machte sich keine Sorgen. »Gott wirkt in dir«, sagte sie. Nathanael ärgerte sich so sehr darüber, dass er sich vornahm, nicht mehr mit ihr zu sprechen. Schließlich hatte er doch wieder damit angefangen, und auch das schrieb sie natürlich Gottes Einfluss zu.

Gott, dachte Nathanael. Er macht, dass mir übel ist und dass ich wieder mit der Mutter spreche. Aber Rahel wollte er nicht retten.

»Als ich jung war, hat kaum jemand an Gott geglaubt«, hatte Gruber einmal gesagt. Nathanael konnte sich das nicht vorstellen. Er nahm den Stift wieder in die Hand und las die nächsten Zeilen im Evangelium.

Schulzimmer

»Die Oortsche Wolke«, sagte Ludwig Gruber. »Da kommen die Kometen her. Das haben wir doch gestern alles besprochen.«

Seine Klasse schlief so früh am Morgen noch, sie war ganz still, auch wenn die meisten Augen täuschend weit geöffnet waren. Draußen dämmerte es.

Aus dem Dorfbrunnen war heute kein Wasser gekommen. Ludwig hasste das Gefühl von ungewaschenen Händen, er wischte sie zum wiederholten Mal an den Seiten seiner Hosen ab. Er schwieg, die Klasse schwieg. Niemand schien sich an dem Schweigen zu stören. Ludwig blickte auf seine Schuhe. Das Leder war von der Kälte rissig geworden, und an einer Stelle begann sich die Sohle zu lösen.

»Nehmt das Buch heraus«, sagte er.

Sekunden verstrichen, bevor der erste Schüler sich rührte, die anderen folgten ihm traumwandlerisch. Wenn sie eine Bewegung nachahmen konnten, mussten sie keine Worte verstehen. Die Bücher waren alt, eines fiel beim Öffnen auseinander. Der Schüler, dem es gehörte, bückte sich ächzend nach den losen Seiten und begann zu husten. Schon den ganzen Winter lang hustete er so.

Während die Schüler das Kapitel lasen oder die aufgeschlagene Seite anstarrten, schaute Ludwig aus dem Fenster. Der Himmel begann von unten hell anzulaufen, es sah aus, als stiege ein Licht hinter einer milchigen Scheibe auf. Ludwig wandte sich zurück zur Klasse, sein Blick fiel auf den leeren Platz am verkratzten Pult vorn links, wo Nathanael gesessen hatte.

»Es ist so langweilig«, flüsterte Sarah ihrer Banknachbarin zu und schaute Ludwig aus trüben Augen an. »Beim Dorffest werden wir …«, und dann wurde ihre Stimme so leise, dass er sie nicht mehr verstand. Immer dieses Dorffest. Es war das Einzige, was die Schüler in der Winterzeit aus ihrer Lethargie zu reißen vermochte. Sie waren schon vierzehn oder fünfzehn Jahre alt und würden die Schule bald für immer hinter sich lassen.

Eine leise Unruhe erfasste die Klasse und ging zwischen den Pulten umher wie eine Person. Ludwig räusperte sich. »Wer fertig ist, beginnt mit den Hausaufgaben. Schreibt eine Seite über Kometen.« Jemand seufzte laut.

Es knallte. Vanessa hatte Peter mit einem zusammengerollten Heft auf den Kopf geschlagen und huschte zurück an ihren Platz. Einige schrieben jetzt mit kratzenden Geräuschen. Peter lächelte, als wäre er glücklich über Vanessas Angriff. Dabei hielt er den Mund geschlossen, sodass seine schiefen Zähne nicht zu sehen waren. Ludwig machte ein paar Schritte auf Vanessas Pult zu und blickte auf ihr Papier. Sie hatte einen Satz geschrieben, ließ aber jetzt ihren Bleistift zwischen zwei Fingern hin- und herwippen und gab vor, Ludwig nicht zu bemerken. Ihre weißblonden gelockten Haare fielen ihr über die Schultern wie ein Umhang, sie sahen ungekämmt aus.

Sarah hatte noch gar nichts geschrieben, sie hatte den Kopf auf die Bank gelegt und die Augen geschlossen. Er ging zu ihr hin und berührte mit der Hand ihre Schulter. Sie zuckte zusammen und sah ihn fragend an. »Du musst mitarbeiten«, sagte er leise.

Als er sich wieder ans Lehrerpult setzte, sah er, dass Sarah sich aufgerichtet hatte und ihn immer noch fixierte, als versuche sie sich zu erinnern, was der Auftrag war. Dann schaute sie aufs Blatt und begann etwas zu kritzeln, das sie mit ihrer Hand vor seinem Blick schützte, wahrscheinlich zeichnete sie etwas.

Ludwig schaute wieder aus dem Fenster. Mittlerweile hatte der Himmel die Farbe angenommen, die er an wolkenlosen Tagen hatte, das gebrochene Weiß eines Mehlteigs. Der Schulhof darunter sah aus wie neu, die Risse im Asphalt waren unter dem Schnee verschwunden.

Es dauerte nur eine kurze Weile, bis die Klasse merkte, dass seine Aufmerksamkeit nicht mehr bei ihnen war. Die Schreibgeräusche erstarben. Jemand kicherte. Ludwig dachte an die Kometen, die weit weg ihre stillen Bahnen durch das Weltall zogen. Dann wandte er sich der Klasse zu.

Betgruppe

Nathanael blieb in der Tür des Saals stehen und suchte mit den Augen die Sitzreihen ab. Sarah war noch nicht hier. Vorn begrüßte Hendrik die Neuankömmlinge und schüttelte ihnen lächelnd die Hand. Auch ihm winkte er zu, aber Nathanael hob nur kurz die Augenbrauen. Dann setzte er sich in die hinterste Reihe. Im Rücken spürte er die kalte Wand. Er hätte Hendrik wenigstens zunicken können, er hatte sich doch vorgenommen, freundlich zu sein, bis er zurück in die Schule durfte. Bestimmt würde sich der Prediger später wieder bei den Eltern beklagen. Hendrik fasste einen Mann leicht am Oberarm, woraufhin dessen Gesicht aufleuchtete.

Dutzende von Kerzen brannten auf Tischen und am Boden. Nathanael beobachtete die Erwachsenen, die den Raum langsam füllten. Die Frauen in ihren langen dunklen Röcken, mit ihren Zöpfen, die Männer mit ihren Bärten und den abgeschabten Hosen und Jacken. Sie setzten sich mit umständlichen Bewegungen in die vorderen Reihen und unterhielten sich. In den Händen hielten sie alle eine Bibel, in vielen verschiedenen Ausgaben, dunkelrote und grüne, kleine und große, und das, was Hendrik ihre Vollendung nannte: einen handbeschriebenen, zusammengehefteten Stapel Papier. Das Evangelium des Staubes. Einiges davon hatte Nathanael selbst abgeschrieben.

Endlich tauchten auch Sarah und ihr Vater auf. Nathanael sah ihnen dabei zu, wie sie sich zwei Reihen vor ihn setzten. Sarah drehte den Kopf zur Seite, als ob sie sich nach ihm umschauen wollte, doch sie wandte den Blick gleich wieder nach vorn. Nathanaels Eltern betraten den Raum als Letzte, man hatte ihnen zwei Plätze in der ersten Reihe freigehalten. Die Mutter ging voraus, auch sie in einem langen schwarzen Kleid, mit aufrechtem Gang, die schwarzen Haare in einem Knoten hochgesteckt. Der Vater folgte, seine Haltung wie immer etwas schief, und statt einem Vollbart wie die meisten anderen Männer hatte er kreuz und quer abstehende graue Stoppeln am Kinn.

Samuel, der dicht hinter den Eltern gegangen war, bog ab und drängte sich an den anderen Jugendlichen in der letzten Reihe vorbei. Dann ließ er sich schwer auf das Evangelium fallen, das Nathanael neben sich abgelegt hatte.

»Hau ab«, zischte Nathanael ihm ins Ohr, »hier ist reserviert.« Vielleicht würde Sarah ja nach der Pause den Platz wechseln.

Samuel schnitt ein Gesicht. »Wieso?«

Nathanael stieß ihm seinen Ellbogen in den Oberarm.

»Aua«, rief Samuel leise.

»Steh jetzt auf. Oder ich verrate den Eltern, wo du gestern warst«, sagte Nathanael.

Samuel schaute ihn ungerührt an, aber dann verzog er sich. Am Tag zuvor war er mit seinen Klassenkameraden weit auf den gefrorenen Dorfweiher hinausgeschlittert, bis das Eis angefangen hatte zu knacken. Nathanael hatte ihnen vom Ufer aus zugesehen.

Samuel setzte sich vorn neben Elias, mit dem er sofort zu tuscheln begann. Nathanael betrachtete ihre Hinterköpfe. Samuel hatte helle Haare, Elias dunkle, aber die Ähnlichkeit in ihren etwas eckigen Bewegungen verriet, dass sie Brüder waren. Hoffentlich bewegte er sich nicht auch so.

»Sei doch froh, dass du nicht mehr in die Schule musst«, hatte Samuel am Morgen gesagt. Nathanael hätte ihm für die dumme Bemerkung gerne unter dem Tisch einen Tritt versetzt. Aber er konnte keinen zusätzlichen Ärger gebrauchen.

Hendrik erhob seine Stimme. »Beginnen wir.«

Nathanael versuchte sich vorzustellen, was er von Hendrik halten würde, wenn er ihm heute zum ersten Mal begegnen würde. Hendrik war groß und dünn. Er hatte schütteres Haar und ein Gesicht, das stets leicht beleidigt wirkte. Die Eltern sagten, er habe es schwer gehabt, bevor er zum Evangelium gefunden habe. Jetzt war sein schmaler Körper erfüllt von etwas, das nicht von dieser Welt war, etwas Starkem, das ihn hin- und herwarf und durch den Raum trieb. Hendriks Hände bewegten sich beim Reden wie von selbst, schlanke, elegante Hände. Nicht wie bei Gruber, dessen Hände beim Sprechen immer wieder kraftlos nach unten sanken oder in den Hosentaschen verschwanden. Hendriks Stimme war scharf und klar, man hörte jede Silbe überdeutlich. Gruber klang immer etwas verhangen, als strenge ihn das Sprechen an, während für Hendrik das Sprechen scheinbar eine Erleichterung darstellte.

Der Saal war ganz still. Nathanael wäre gerne mit den Gedanken abgeschweift, aber Hendriks Worte bohrten sich hartnäckig in seine Ohren. Dabei hatte er fast die gleiche Predigt schon einmal gehalten. Sie handelte von dem gesegneten Dorf in Russland, über dem der

Himmel noch offen war und wo die Menschen nichts mehr zu essen brauchten, weil sie so heilig und rein waren. Nathanael konnte sich nicht vorstellen, wie es war, nie mehr etwas essen zu wollen. Hellblau sei der offene Himmel, sagte Hendrik, und am Abend rosa, so wie Gott ihn geschaffen habe.

Die Gemeinde hörte andächtig zu. Vielleicht wussten sie nicht mehr, dass sie das alles schon einmal gehört hatten, oder sie mochten gerade die Wiederholung. Dann begann das Beten. Alle senkten die Köpfe. Auch Nathanael legte seine Hände so in den Schoß, wie es richtig war, mit dem rechten Daumen in der linken Handfläche. Er versuchte weiter, Hendriks Worte auszublenden, und konzentrierte sich auf den hellen Halbmond am Daumennagel.

Auch im Pausenraum brannten Kerzen. Die Leute scharten sich im Halbdunkel um die großen Metalltöpfe, der Geruch von Kräutertee und süßem Gebäck lag in der Luft. Nathanael wartete neben der Tür, bis Sarah erschien. Sie roch gut, nach Seife und Wolle.

»Komm«, sagte sie und zog ihn in den dunkelsten Teil des Raums, weit weg von den Kerzen und den redenden Erwachsenen. »Hier.« Sie blätterte in ihrem Evangelium und nahm einige lose Blätter heraus. Nathanael faltete sie und steckte sie in seine Bibel. Er blickte sich um. Niemand schien sie gesehen zu haben, seine Eltern standen mit Hendrik in einer Ecke und tranken Tee.

»Was habt ihr in der Schule gemacht?«, fragte er.

»Ich hab nicht zugehört«, antwortete Sarah. »Du kannst es nachlesen. Ich hab die Seiten aus dem Biologiebuch gerissen, pass auf, dass niemand sie sieht.«

Nathanael unterdrückte den Impuls, ihr zu sagen, dass sie die Bücher nicht zerreißen durfte. Es gab nicht viele von ihnen. Aber er brauchte die Seiten ja.

»Haben wir … habt ihr viele Hausaufgaben?«, fragte er.

»Ja«, sagte Sarah. »Viel zu viele. Ich verstehe nicht, was sein Problem ist. Wo wir doch bald Dorffest haben.«

Nathanael wusste nicht, was das mit dem Dorffest zu tun hatte, das erst Ende der Woche stattfinden würde. Aber er fragte nicht nach. »Ich geb sie dir morgen.«

»Kannst du wieder ein paar Fehler einbauen? Und meine Schrift nachmachen?«

Sarah lächelte Nathanael verschmitzt an, ihm wurde ganz flau im Magen. Mussten ihre braunen Haare so schimmern? Sie stand zu nah bei ihm. Seltsam, oft wünschte er sich, in ihrer Nähe zu sein, aber wenn er sie dann traf, wollte er nur, dass es schnell wieder vorbei war und er in Ruhe darüber nachdenken konnte, was sie gesagt und wie sie es wohl gemeint hatte.

»Ich weiß nicht, deine Schrift ist komisch«, sagte Nathanael. Sarahs Buchstaben neigten sich so stark nach rechts, dass man sie kaum lesen konnte.

»Sonst merkt er es«, sagte sie. »Er hat schon letztes Mal so seltsam geschaut. »

»Ich versuche es.«

»Ich wünschte, ich müsste auch nicht mehr in die Schule.«

»Zu Hause ist es langweilig«, antwortete Nathanael.

»Kannst ja deinem Vater helfen.«

»In der Metzgerei?« Nathanael verzog das Gesicht. Er hasste den Blutgeruch.

»Warum nicht? Ich kann Fische sehr schnell ausnehmen. Papa sagt, ich werde mal eine gute Fischerin.«

»Papa sagt was? Hallo Nathanael.«

Nathanael zuckte zusammen, er hatte Sarahs Vater nicht bemerkt. Michael war größer als Nathanaels Vater und hatte ein unförmiges Gesicht. Er reichte Sarah ein Stück Gebäck, das in ein Tuch gewickelt war.

»Gutes Essen«, lobte er. »Dafür lohnt es sich, diesem Schwätzer zuzuhören.« Und zu Nathanael gewandt: »Erzähl das nicht deinen Eltern.«

»Papa, geh doch nach Hause, wenn du nicht zuhören willst«, sagte Sarah. »Mir hat die Predigt gefallen.« Dabei schaute sie Nathanael an.

Nathanael antwortete nicht. Er verstand nicht, warum Sarah hier besser aufpasste als in der Schule. Michael schien es jedenfalls nichts auszumachen, wie Sarah mit ihm sprach, er lächelte nur.

»Du hast recht, Liebes. Es liegt sicher viel Wahres darin.«

»Nenn mich nicht Liebes.«

»Frauen«, sagte Michael zu Nathanael und lachte. Nathanael lachte mit, obwohl er nicht wusste, was Michael meinte.

»Wir machen weiter«, rief Hendrik.

Frauen, dachte Nathanael auf dem Weg zurück in den Raum. Seine Mutter in ihrem schwarzen Kleid. Sarah mit ihren glänzenden Haaren. Vanessa, die einem Mitschüler quer durch den Raum ein Buch an den Kopf warf. Die Prophetin, die angeblich im Wald lebte. Nathanael stellte sie sich mit wirren Haaren vor. Hendrik hatte gesagt, sie habe leuchtende Augen und ganz warme und trockene Hände gehabt, von dem Fieber, das ihre Visionen begleitete, und sie habe mit einem leichten Akzent gesprochen, weil sie doch als Kind von Russland hergezogen war. Er und sie seien Freunde gewesen, behauptete er, aber Nathanael vermutete, dass er log. Einmal hatte Rahel gefragt, ob denn die Prophetin Rechts- oder Linkshänderin sei, und Hendrik hatte es nicht gewusst.

Sarah setzte sich auch nach der Pause wieder neben ihren Vater. Samuel und Elias schauten sich nach Nathanael um und kicherten. Sie kamen ihm fremd vor, wie irgendwelche Jungs, mit denen er nichts zu tun hatte.

Dorffest

Der Wein schmeckte nach Schimmel und Gewürzen und war nicht warm genug, um die Kälte zu vertreiben. Ludwig nahm einen tiefen Schluck. Vorn auf der Bühne verausgabten sich die Schauspieler im trüben Licht des späten Nachmittags. Sie schrien einander an und warfen die Hände in die Luft. Gelächter wogte durch die Menge um ihn. Auch Ludwig begann zu lachen, er mochte das Gefühl, wie sein Lachen im Gelächter der Menge unterging, wie ein Kiesel, der im tiefen Meer versinkt. Um ihn herum standen die Menschen dicht gedrängt auf dem Dorfplatz, in dicken Mänteln und Jacken. Es schneite leicht, die Flocken schmolzen zwischen Ludwigs Schal und seinem Nacken.

Ein Kind begann so laut zu schreien, dass Ludwig nicht mehr verstand, was die Schauspieler auf der Bühne riefen. Eine Frau fuchtelte wie eine Furie mit einem Wallholz, und ein Mann stolperte mehrmals und fiel hin. Die Menge begann zu klatschen, Ludwig wusste nicht warum. Aber er klatschte vorsichtig mit, Hand auf Handrücken, um den Wein nicht zu verschütten. Als er den Arm senkte, zog ihn jemand am Ärmel. Nathanael. Ludwig wollte fragen, wie es ihm ging. Bevor er etwas sagen konnte, drückte Nathanael ihm ein mehrfach zusammengefaltetes Blatt Papier in die Hand und verschwand wieder zwischen den dunklen Mänteln der Dorfbewohner.

Ludwig fuhr mit den Fingern die Kanten des gefalteten Papiers entlang und nahm einen Schluck Wein. Dann steckte er es in die Manteltasche.

Die Luft im Festzelt war dick und roch nach dem gewürzten Wein und dem Rauch der Öllampen. Es war warm, Ludwig hatte seinen Mantel über einen Stuhl gehängt. Die Dorfbewohner standen in Gruppen dicht beieinander. Alle riefen statt zu sprechen, irgendwo im Halbdunkel spielte jemand Gitarre, aber nur hie und da drang die Musik zu Ludwig durch, und er erkannte die Melodie nicht.

Auf dem Weg zum Weinstand, wo er seinen Becher nachfüllen wollte, hielten ihn die Eltern einer Schülerin auf. Ihre Gesichter waren voller Sorge. Bestimmt wollten sie sich darüber beklagen, dass Ludwig auf die Mathematikprüfung ihrer Tochter »absolut ungenügend« geschrieben hatte.

»Sie hat immer noch diesen Ausschlag«, sagte der Vater.

»Das kann sein«, sagte Ludwig. Die Pusteln bedeckten die Hälfte ihres Gesichts und den Hals.

»Woher kommt das nur?«, fragte der Vater. »Es wird jeden Tag schlimmer.«

»Ich weiß es nicht.«

»Aber was kann man dagegen tun?«, fragte die Mutter.

»Mit Alkohol einreiben?«, schlug Ludwig vor.

»Das nützt nichts«, antwortete sie.

»Ich bin kein Arzt«, antwortete Ludwig müde. Wie oft er ihnen das schon gesagt hatte.

»Ich hätte auch eine Frage«, sagte Urs, der mit unsicheren Schritten hinzutrat. Die Schatten unter den Augen des Dorfchefs schienen dunkler als sonst. Seine schwarzen Haare standen in alle Richtungen ab.

»An mich?«, fragte Ludwig. Er hoffte, Urs würde gleich wieder gehen. Er unterhielt sich nicht gern mit Urs, wenn er angetrunken war. Urs neigte dann dazu, Dinge zu verraten, die zu wissen Ludwig peinlich berührte. Auch wenn ihn die Zentrale angestellt hatte, war Urs sein Vorgesetzter, und er hätte gerne etwas mehr Abstand zu ihm gehalten. Aber das Dorf war zu klein dafür.

»Unser Jüngster schlafwandelt. Geht das wieder weg?«

Nein, wollte Ludwig erst antworten. »Ich weiß es nicht«, sagte er. »Ja, ich glaube schon, das wächst sich aus.«

Urs sah ihn enttäuscht an.

Alles, was Ludwig über Medizin wusste, stammte aus den alten Biologiebüchern, die er in der Schule gefunden hatte. Auch das Anatomiebuch, das ihm Nathanaels Mutter vor die Füße geworfen hatte, enthielt keine Antworten auf die Fragen, die ihm gestellt wurden. Die meisten Bücher, die überhaupt etwas taugten, waren von der Zentrale eingezogen worden. Ludwig wünschte, er hätte damals in der Schule besser aufgepasst, aber die Biologie des Menschen hatte ihn abgestoßen, diese obskuren Prozesse, die tief in seinem Innern vor sich gingen und ihn am Leben hielten.

Eine Gruppe von Leuten begann zu singen, ein altes Lied über einen Lindenbaum. Es klang schief, trotzdem hatte Ludwig Lust, mitzusingen und dabei an nichts zu denken.

»Ich brauche noch einen Becher Wein«, sagte er und ließ Urs und die Eltern stehen.

Ludwig trat aus dem Festzelt, um etwas frische Luft in die Lunge zu bekommen. Es hatte aufgehört zu schneien, war aber kälter geworden. Als seine Augen sich an die Dunkelheit gewöhnt hatten, sah er Lisa. Er hatte angenommen, sie würde nicht zum Fest kommen.

»Ist zu warm im Zelt«, sagte Lisa und lächelte ihn an. In der Hand hielt sie einen Becher.

»Viel zu warm«, sagte Ludwig. Er wandte sich ab, er wollte nicht mit ihr reden. Aber sie fasste ihn am Arm. Wie angenehm sich ihre Berührung anfühlte, selbst durch die Winterjacke hindurch.

»Hast du gesehen?«, fragte sie und deutete zum Himmel. Die Wolken hatten sich gelichtet und gaben einen Teil der Staubdecke frei, durch die der Mond als verschwommene weiße Scheibe hindurchstrahlte. Nach außen zerlief sie in einen bläulichen Kranz, der erst ins Grüne überging und sich dann ins Rote verlor. Das Ganze sah aus wie die Perlmuttschicht im Innern einer Muschel. Das sei der Hof, hatte jemand einmal gesagt. Man konnte ihn sehen, wenn keine Wolken am Himmel waren und der Mond hell genug leuchtete.

»Auch als man ihn noch deutlich sehen konnte, habe ich nie verstanden, was die Leute an diesem Steinklumpen finden«, sagte Ludwig.

»Ich weiß«, antwortete Lisa.

Ihr Gesicht war schön, wie immer. Bleich und rund, mit blonden Strähnen, die unter ihrer Mütze herausfielen. Wenn sie ihn so anblickte, dachte er immer, er schuldete ihr etwas.

»War das Stück nicht fürchterlich?«, fragte sie.

»Wie geht es Michael?«, fragte Ludwig.

»Gut«, sagte sie. »Besser als mir jedenfalls.«

»Es war deine Entscheidung«, sagte er. Er wollte wütend klingen, aber es gelang ihm nicht so recht. Trotz allem tat es ihm gut, mit Lisa zu sprechen.

»Ist Vollmond?«, fragte sie.

»Ich weiß es nicht.«

»Schau nach und sag mir Bescheid.«

Früher hatte sie den Mondkalender, der bei ihm an der Wand hing, oft interessiert betrachtet. Sie war überzeugt, dass man gewisse Handlungen nach den Mondphasen ausrichten sollte. Er hatte das meiste davon vergessen und konnte sich einzig daran erinnern, dass sie sich und Sarah die Haare nur bei Leermond schnitt. Nachdem sie aufgehört hatten, sich zu treffen, war Sarah einmal mit schiefen, kurzen Stirnfransen in die Schule gekommen, und Ludwig hatte am Abend zu Hause nachgeschaut. Lisa hatte den Leermond um Tage verpasst. Aber sie sollte tun und lassen, was sie wollte, es ging ihn nichts mehr an.

»Begleitest du mich nach Hause?«, fragte Lisa. Sie schwankte. »Ich bin betrunken.«

»Nein«, sagte Ludwig.

»Ich will nicht stolpern und erfrieren.«

»Wieso fragst du nicht deinen Ehemann?«

»Ich mag nicht.«

Also gut. Er würde sie nach Hause begleiten, dorthin, wo sie hingehörte, wo sie mit Michael und Sarah wohnte, dann selbst heimgehen und nicht mehr an sie denken. Drei Monate war es her, seit sie ihm gesagt hatte, dass sie sich nicht mehr treffen sollten. Mit jeder Woche war es einfacher geworden. Aber heute Abend fühlte es sich wieder genauso schwer an wie am Anfang. Sie schwankte, und er packte sie am Unterarm.

Auf halbem Weg kam ihnen eine dunkle Gestalt mit einer Laterne entgegen. Erst als sie schon fast bei ihnen war, erkannte Ludwig Nathanaels Mutter und ließ Lisas Arm sofort los. Aber es war zu spät. Petra ging grußlos an ihnen vorbei. Ihr langer schwarzer Rock flatterte im Wind.

»Sie ist mir böse, weil ich nicht mehr in die Betgruppe gehe«, flüsterte Lisa.

»Sie sucht wohl Elias«, erwiderte Ludwig. Nathanaels Bruder war immer noch auf dem Fest, er lungerte seit dem frühen Abend in der Nähe des Weinstands herum. Ludwig wandte sich im Gehen nach Petra um und sah, dass sie weiter oben am Weg stehen geblieben war und zurückschaute. Ludwig packte Lisas Arm wieder, so fest, dass sie erschrak und kurz ins Straucheln geriet. Was kümmerte es Petra, ob er und Lisa zusammen nach Hause gingen, ob Lisa Michael verließ oder nicht, das ging sie alles nichts an.

»Du weißt, wie ich das gemeint habe?«, fragte Lisa. Sie waren bei ihrem Haus angekommen, und sie löste sich von seinem Arm.

»Was denn?«, fragte Ludwig.

»Sag bitte Bescheid wegen dem Mond.«

Wieder schaute sie ihn so an. Ludwig wollte sie an sich ziehen, damit sie den Mond vergäße, stattdessen hob er nur die Hand und ließ sie stehen.

Alkohol

Nathanael wurde von Samuels Weinen geweckt. »Was ist?«, fragte er. Vor dem Fenster war es dunkel, es musste mitten in der Nacht sein. Samuel lag zusammengerollt im Bett, seine Kerze brannte noch.

»Elias«, murmelte Samuel. »Er ist krank.«

»Was hat er?«

»Weiß nicht, er ist ohnmächtig.«

Nathanael sprang auf. Beim Abendessen am Dorffest hatte Elias noch gesund ausgesehen. Er öffnete die Tür zum Gang. Unten im Wohnzimmer hörte er leise Stimmen. Schnell stieg er die Treppe hinunter.

Die Eltern saßen bei Elias, der weich und schlapp auf dem Sofa lag. Der Vater blickte auf und schüttelte den Kopf. »Er hat eine Alkoholvergiftung.«

»Mit elf«, fügte die Mutter an. Ihre Augen waren gerötet. Sie streckte die Arme nach Nathanael aus, und er ging hin und umarmte sie. In ihren Kleidern hing der Geruch nach Holzfeuer und Alkohol.

»Er hat die herumstehenden Weingläser leer getrunken«, sagte sie. »Fang mir jetzt nicht mit deinen Bakterien an.« Die Mutter lächelte ein wenig.

»Wird er wieder gesund?«, fragte Nathanael.

Der Vater seufzte. »So Gott will.«

»Natürlich wird er wieder gesund.« Die Mutter stand auf. »Aber es ist zum Verrücktwerden. Da gehen wir herum und versuchen, mit den Leuten über den Glauben zu sprechen. Und zur gleichen Zeit …«

»Erst du«, sagte der Vater mit bitterer Stimme. »Und jetzt Elias.«

»Ich trinke doch nicht«, wehrte sich Nathanael. »Ich versuche nur, ein paar Dinge besser zu verstehen.«

Die Eltern schauten sich vielsagend an, dann wandte sich die Mutter ihm wieder zu und blickte ihn streng an. »Alles, was wir wissen müssen, steht in der Bibel und im Evangelium.«

»Hör auf deine Mutter«, fügte der Vater an. »Du bist jung. Du hast nicht gesehen, was wir gesehen haben.«

»Ich habe gesehen, wie sehr Rahel …«

»Nicht jetzt, Nathanael«, sagte die Mutter scharf.

»Und wenn Elias aufhört zu atmen?«, fragte Nathanael.

»Gott schaut auf uns. Er wird uns nicht noch ein Kind nehmen«, sagte die Mutter. Ihre Stimme klang entschieden. Der Vater sah Nathanael warnend an.

»Wenn wir einen Arzt hätten …«, sagte Nathanael trotzdem.

»Nathanael, wir haben das schon tausend Mal besprochen. Früher gab es so viele Ärzte«, sagte die Mutter. »Was hat es uns genützt?«

Nathanael dachte an Rahel. Als sie um Luft gerungen hatte, wollte der Vater doch noch bei der Zentrale einen Arzt holen, aber es war zu spät gewesen.

Elias' Brustkasten hob und senkte sich langsam. Der Vater strich ihm vorsichtig über die bleichen Wangen.

»Geh ins Bett«, sagte die Mutter. »Wir bleiben wach und beten für Elias. Und für dich.«

Nathanael stapfte die Treppe hinauf, verharrte kurz und warf einen Blick zurück. Die Eltern beugten sich über Elias. Beide hatten den rechten Daumen auf ihre linke Handfläche gelegt, die Mutter murmelte ein Gebet. Die Worte verstand er nicht, aber er hörte das Vertrauen in ihrer Stimme und dahinter die Angst.

Im Zimmer war es dunkel, Samuel atmete ruhig. Nathanael legte sich ins Bett. Er blies die Kerze aus und starrte mit weit geöffneten Augen ins Dunkel. Jeden Moment erwartete er, dass die Eltern anfangen würden zu schreien. Er würde nach unten rennen und Elias beatmen, er hatte gelesen, wie es ging.

Doch es blieb still.

Komet

Ludwig erwachte mit pochenden Kopfschmerzen. Er fror, das Feuer war in der Nacht erloschen. Mühsam stand er auf und streifte seinen Mantel über. Im Zimmer nebenan hörte er leise die Hühner scharren und gackern. Bald würde er sie füttern müssen. Aber zuerst musste er pinkeln. Er zog die Schuhe an und öffnete die Haustür. Draußen war es noch kälter als gestern. Dieser elende Winter. Die dünne Schneedecke im Garten brach unter seinen Füßen, während er die wenigen Schritte zum Bretterverschlag zurücklegte. Auf dem Weg zurück zum Haus steckte er die eiskalten Hände in die Manteltaschen und streifte dabei den Zettel von Nathanael. Drinnen nahm er ihn aus der Tasche, faltete ihn auf und begann zu lesen.

Auf einem Kometen im Sonnensystem lebt eine außerirdische Zivilisation. Für viele Jahrhunderte reist der Komet durch Kälte und Dunkelheit. Am dunkelsten und kältesten ist es, wenn er sich der Oortschen Wolke nähert, wo er ursprünglich herkommt und wo alles aus Eis besteht, sogar die Luft gefriert dort.

Während der langen Jahre, die der Komet in Sonnenferne verbringt, befindet sich alles Leben in tiefem Schlaf. Nichts bewegt sich. Doch wenn der Komet alle paar Jahrhunderte näher an die Sonne kommt, an der Erde vorbei und noch näher, erwacht er für einige Zeit. Dann tauen die gefrorenen Wesen auf, umarmen sich und treffen sich, sie spielen Musik, tanzen und lachen und führen Theaterstücke auf. Gleichzeitig bekommt der Komet einen Schweif, denn das Eis schmilzt, und der Schweif zieht sich weit durch das Sonnensystem und ist von allen Planeten aus sichtbar, außer von der Erde und der Venus, die von ihren Atmosphären dicht verhüllt sind. Aber vom Mars aus sieht man ihn kristallklar, und er zieht sich über den ganzen weiten Marshimmel, an den glitzernden Sternen vorbei.

Dann schleudern die Gesetze der Gravitation den Kometen wieder fort von der Sonne. Die Wesen verabschieden sich traurig voneinander, wenn es dunkler wird, und vergraben sich in den Boden, wo sie zu Stein gefrieren für die nächsten Jahrhunderte. Doch von all dem wissen wir nichts, und wir werden auch nie etwas davon erfahren.

Ludwig faltete den Zettel langsam zusammen. Er starrte aus dem Fenster auf die menschenleere Straße. Jemand musste Nathanael die Unterlagen zur Astronomiestunde weitergegeben haben. Was stellte der Junge sich vor? Dass Ludwig seine Hausaufgabe korrigieren und zurückgeben würde, gegen den Willen seiner Eltern? Nathanael schien den Auftrag, den er den Schülern gegeben hatte, zudem missverstanden zu haben, es war nicht darum gegangen, eine Geschichte zu erfinden. Immerhin stimmte der Kometenorbit, den Nathanael beschrieb, ungefähr mit den Tatsachen überein. Das war schon viel, die Texte der anderen Schüler waren konfus gewesen, so als hätten sie keines von Ludwigs Worten verstanden.

Ludwig nahm eine Handvoll trockenes Stroh, stopfte es zwischen die Holzscheite im Kamin und schlug den Feuerstein und das Stahlstück zusammen, bis das Stroh zu qualmen begann. Er hängte den Wasserkessel über die größer werdenden Flammen und warf getrocknete Pfefferminzblätter hinein. Wie sehr er Kaffee noch immer vermisste, gerade an einem Morgen wie heute. Er streute aus einer

Dose Hafer in das Pfefferminzwasser und löffelte den Brei langsam. Das Licht draußen war noch trüber als sonst, vielleicht würde es bald wieder schneien.

Wenn er Nathanaels Hausaufgaben weiterhin korrigierte, würde früher oder später unvermeidlich Petra an seine Tür klopfen. Sie würde ihn anschreien, was er sich einbilde und ob sie Nathanael einsperren müsse, damit Ludwig aufhören würde, ihn zu beeinflussen. Wahrscheinlich würde sie Urs in die Sache hineinziehen, der sich dann in Ludwigs Lehrplan einmischen würde. Sina, Urs' Frau, besuchte jetzt auch die Betgruppe.

Als Petra Nathanael aus der Schule genommen hatte, hatte sich in Ludwigs Ärger eine leise Erleichterung gemischt. Er war froh gewesen, dass er ihr hartes Klopfen an seiner Tür nicht mehr hören würde, zumindest so lange, bis Samuel und Elias in die Oberstufe kämen. Wenn Petra sie denn überhaupt die Oberstufe besuchen ließe. Seit Ludwig Nathanaels Klasse übernommen hatte, war sie in regelmäßigen Abständen vorbeigekommen, um seinen Unterricht zu kritisieren. Ob er nicht dieses Buch oder jenes Thema weglassen könne. Ständig hatte sie Nathanaels Taschen durchsucht und seine Schulunterlagen kontrolliert. Früher hatte Ludwig noch gehofft, dass Niklas, Nathanaels Vater, sich eines Tages gegen seine Frau wehren würde. Er war ein schweigsamer Mann und schwer zu durchschauen. Aber scheinbar teilte er Petras Ansichten.

Nein, dachte Ludwig. Ich werde nichts tun. Es ist besser, auch für Nathanael.

Glocke

Es war schon hell, als Nathanael nach unten ins Wohnzimmer kam. Die Mutter verteilte drei Teller auf dem Tisch und sah nur kurz auf. Elias saß auf dem Sofa, in eine karierte Decke gewickelt. Lediglich sein Kopf schaute heraus. Er war bleich, starrte aus dem Fenster auf den fein fallenden Schnee und beachtete Nathanael nicht.

»Geht es ihm besser?«, fragte Nathanael.

»Ihm geht es gut«, sagte die Mutter. »Sei leise, Vater schläft. Er war die ganze Nacht wach.«

Samuel polterte die Treppe herunter. Auf halber Strecke blieb er abrupt stehen und musterte Elias.

»Elias, du Idiot«, rief er.

»Ruhe«, rief die Mutter. »Ihr seid genauso schuld. Ihr wisst doch, dass ihr auf Elias achtgeben sollt.«

Elias zog sich die Decke über den Kopf.

»Gehen wir nicht zur Predigt?«, fragte Nathanael. Hendrik hatte bereits das erste Mal die Glocke geschlagen. Normalerweise weckte die Mutter sie vor dem Läuten.

»Ihr geht. Ich bleibe bei Elias. Und Vater muss schlafen.«

»Das ist gemein«, nörgelte Samuel.

Die Mutter legte das Besteck hin.

»Genug jetzt«, sagte sie leise. »Kommt her, sofort.« Nathanael und Samuel näherten sich ihr zögernd. »Wir tun alles für euch. Tag für Tag rackern wir uns ab, damit ihr genug zu essen habt. Und ihr? Ihr beklagt euch, dass ihr am Samstagmorgen das Wort Gottes hören müsst? Ist das für euch nur eine Pflicht? Wollt ihr lieber so aufwachsen wie Vanessa? Mit einer Mutter, die gut und schlecht nicht unterscheiden kann?« Wie bleich sie ist, dachte Nathanael. »Reicht denn nicht, was Elias uns angetan hat?«

»Wir gehen ja«, sagte Nathanael und zog Samuel am Ärmel. »Ich werde auf Samuel aufpassen. Wir werden hingehen und für Elias beten.«

»Das ist das Mindeste«, sagte die Mutter. »Das Mindeste.«

»Auf mich muss niemand aufpassen«, sagte Samuel. »Ich lese keine verbotenen Bücher und trinke auch nicht.«

»Dann passt eben aufeinander auf«, sagte die Mutter müde. »Und nehmt euch noch ein Stück Brot mit.«

Metallladen

Lisa saß hinter der Theke und las. Als Ludwig die Tür öffnete, zuckte sie zusammen und richtete sich auf. »Und, war Vollmond?«, fragte sie.

Ludwig nickte. Er fuhr mit dem Finger die Theke entlang. Er hatte nicht nachgesehen. Ohnehin konnte niemand sicher sein, welcher Tag genau war; ein paar Dörfer weiter waren sie überzeugt, es sei drei Tage später. Lisas Bitte hatte ihn dazu gebracht, wieder darüber nachzudenken, wie man den Kalender genauer machen könnte, etwa, indem man versuchte, die dunkelste Nacht des Monats zu bestimmen. Aber wozu, Lisas Vorstellungen vom Einfluss des Monds waren doch nur dummer Aberglaube.

Die Tür zum Hinterzimmer des Ladens stand halb offen. Auf dem kleinen Tisch lag ein gelb gemustertes Wachstuch, dahinter waren die rostigen Armaturen einer ehemaligen Küche sichtbar. Am Boden stand das Kurbelradio. Leise chinesische Musik, unterbrochen von statischem Knistern, drang aus den Lautsprechern. Ludwig wünschte sich, dort am Tisch sitzen zu dürfen, den ganzen Tag lang. Er würde den Kopf auf das kühle Wachstuch legen und der Musik zuhören, bis es Abend wurde, während Lisa vorn an der Theke las.

»Habt ihr das Fahrrad noch?«, fragte Ludwig, um etwas zu sagen.

»Ja, aber wie du weißt, darf ich es nicht …«

»Ich will es ja nicht kaufen. Nur ausleihen. Ich möchte nächste Woche den Dynamo behandeln.«

Lisa zögerte und nickte dann. Sie verschwand im Hinterzimmer, und Ludwig hörte, wie sie eine Tür aufschloss. Sie kam mit einem großen, verbeulten Mountainbike unter dem Arm zurück. Ludwig nahm es ihr ab. Es war schwerer, als er erwartet hatte, waren Mountainbikes nicht leicht gewesen? Er stellte es auf den Boden. Lisa strich sich den dunklen Rock glatt und richtete ihren Zopf.

»Was für ein Ding«, sagte Ludwig.

Sie lächelte stolz, als hätte sie das Fahrrad selbst gebaut.

Das Hinterrad des Mountainbikes war vollkommen verbogen, und die Speichen waren rostig. Doch das Vorderrad lief noch. Ludwig hob es an und drehte das Rad, die Lampe leuchtete hell. Wie schön es wäre, ein Fahrrad zu besitzen. Ludwig würde damit in andere Dörfer fahren und mit Neuigkeiten zurückkommen, die Lisa überraschten. Oder er würde sie mitnehmen, sie würden immer weiter fahren, bis sie ans Meer kämen, und dort ein Haus bauen.

»Danke«, sagte Ludwig, nachdem Lisa das Fahrrad zurück ins Hinterzimmer getragen und die Tür wieder verschlossen hatte. »Ich hole es in ein paar Tagen.«

»Ist gut«, sagte Lisa und griff nach dem Buch, das vor ihr auf der Theke lag.

»Was liest du?«, fragte er.

»Die *Buddenbrooks*«, antwortete sie.

Schon wieder, dachte Ludwig. Während der großen Kälte hatte er stapelweise Bücher in den Kamin geworfen und verbrannt. Nur zwei naturwissenschaftliche hatte er aussortiert. Beide lagen seit Jahren in Walters Bibliothek.

Lisa hielt ihm das Buch hin, und er schlug es auf der ersten Seite auf.

»Lisa Wendelin«, las er vor.

Sie richtete sich auf, und Ludwig merkte, dass er mit seiner Lehrerstimme gelesen hatte wie vor der Klasse, wenn er die Anwesenheitsliste prüfte. Lisa hatte ihren Mädchennamen mit runden Buchstaben hineingeschrieben, bestimmt noch als Schülerin. Wahrscheinlich hatte sie das Buch auf der Flucht mitgeschleppt. Wieso hatte er sie nicht schon damals kennenlernen können? Jetzt trug sie Michaels Namen, Schmid. Das passte überhaupt nicht zu ihr. Es war wie eine Tarnung, die sie sich übergestülpt hatte.

Weiter unten war eine Strichliste eingezeichnet, neun Fünferblocks und ein angefangener Block mit vier Strichen. Das Lesezeichen steckte fast am Ende des Buches zwischen den Seiten, bald würde sie auch den letzten Block durchstreichen können.

»Nächstes Jahr werde ich es Sarah zum Lesen geben«, sagte Lisa.

Ludwig nickte. Er konnte sich nicht vorstellen, wie sich Sarah auf solch ein langes Buch würde konzentrieren können. Es ärgerte ihn, dass ausgerechnet Lisas Tochter so unbedarft von der Schule gehen würde. In letzter Zeit arbeitete sie immer weniger mit.

»Wie geht es dir?«, fragte er schließlich.

»Ich habe schlecht geschlafen. Muss der Vollmond sein.«

»Ich auch.« Ludwig schaute Lisa lange an. Sie lächelte. Also doch.

Die Tür ging auf, kalte Luft kam ins Innere. Es war Urs.

Er wandte sich an Lisa: »Hast du die Ersatzschrauben gefunden?«

Lisa griff unter die Theke und holte eine Tüte mit Schrauben hervor. »Es sind nur fünf, und eine wird nicht ganz passen, die musst du noch abschleifen.«

Urs nahm die Schrauben entgegen. »Danke. Warum bist du letzte Woche nicht zur Dorfversammlung gekommen?«, fragte er.

»Hat Michael mich nicht entschuldigt?«

»Doch«, sagte Urs. »Aber ich wäre froh gewesen um eine weitere Stimme gegen Hendriks Vorschlag.«

»Du musst ihn ja nicht umsetzen«, sagte Ludwig.

Hendrik hatte wieder einmal darum gebeten, dass Urs bei der Zentrale vorstellig werden sollte, um finanzielle Unterstützung für die Kirche zu holen. Sie täten so viel für die Gemeinschaft, und früher hätte es ja auch die Kirchensteuer gegeben. Und obwohl die Mehrheit der Versammlung dafür gewesen war, hatte Urs gesagt, es stünde außer Frage, die Zentrale erneut damit zu behelligen.

»Ja, aber es sieht besser aus, wenn zumindest ein paar von euch auf meiner Seite sind. Zumal nun sogar Sina gegen mich stimmt.«

Urs hob die Hand zum Gruß und verließ den Laden, die Tüte in der Hand.

»Der hat's auch nicht immer leicht«, sagte Ludwig.

Lisa schüttelte den Kopf. »Mir wär's lieber, die Zentrale würde die Religiösen unterstützen. Wenn die bei uns klopfen, fühlen wir uns jedes Mal verpflichtet, etwas zu geben. Sarah und Michael gehen doch auch oft zu den Betabenden.«

Ludwig zuckte mit den Schultern. Er gab ebenfalls meistens etwas, dem Frieden zuliebe, aber er hatte gegen Hendriks Vorschlag gestimmt.

Ludwig ging zügig an den Reihenhäusern vorbei, die die Hauptstraße des Dorfes säumten. Der Schnee knirschte unter seinen Füßen. Die frühere Ähnlichkeit der Häuser miteinander war noch erkennbar, alle hatten denselben kleinen Balkon links oben. Ansonsten war ihr Zustand sehr unterschiedlich. Einige standen leer und hatten eingestürzte Dächer und rußgeschwärzte Wände. Bei den anderen waren die Ziegeldächer mit Steinen und Kotflügeln von Autos ausgebessert. Viele Fenster waren mit Brettern zugenagelt. Der Putz blätterte überall von den Wänden, und das Holz, das die Fassaden schmückte, war dunkelbraun und verzogen. Rauch stieg aus einigen Kaminen.

Er ging schnell weiter, am Schulhaus vorbei, ohne es eines Blickes zu würdigen, über die Kreuzung, in deren Mitte ein riesiger Spalt den Asphalt aufriss, und dann eine steile Quartierstraße entlang den Hügel hinauf. Auch hier standen Reihenhäuschen, die meisten leer und verfallen. Die Hausmauern waren von den Spuren zerplatzter Wasserleitungen gezeichnet, die den Putz aufgerissen hatten. Schnee lag in den ehemaligen Wohnzimmern. In einem hing noch ein Bild an der Wand, aber was einmal darauf abgebildet gewesen war, war nicht mehr zu erkennen. Im Haus am oberen Ende der Straße wohnte Anna mit Vanessa. Aus ihrem Schornstein stieg kein Rauch, vielleicht schliefen sie noch.

Ludwig ging an dem Haus vorbei und gelangte auf den Feldweg zwischen den Wiesen. Die kalte Luft hatte sein Kopfweh nicht verscheucht. Er blieb stehen und sah vom Hügel auf das Dorf hinunter. Ludwig wusste genau, wer wo wohnte, wer krank war und wer gesund, wer wie viele Kinder hatte und wer sich mit wem stritt. All die Probleme, all die kleinen Entscheidungen, die Dramen. Nie hatte er so leben wollen. Als Student hatte er von New York geträumt, von einem Loft mit unverputzten Wänden und Sirenengeheul in der Nacht, wo man die Nachbarn nicht kannte und jeder tat, was er wollte. Er hätte gerne in einem Großkonzern gearbeitet, mit spiegelnden Fassaden und Glasliften, eine dünne Krawatte getragen und viel Geld verdient, zumindest für ein paar Jahre.

Das Haus, in dem Lisa mit Michael und Sarah wohnte, war von hier aus nicht zu erkennen. Auf Petras Haus hingegen hatte er einen freien Blick, es war eines der größten im Dorf. Er sah vor sich, wie Nathanael im Dachzimmer heimlich über den Hausaufgaben brütete, wie seine Mutter ihn dabei erwischte und ihm eine Ohrfeige verpasste. Er spürte das Echo des Schmerzes in der Wange und schüttelte den Kopf. Er durfte sich nicht in diese Geschichte verstricken lassen.

Im Metallladen brannte schwaches Licht, Lisa musste eine Kerze angezündet haben. Ludwig drehte sich um und ging weiter. Er stellte sich vor, das Dorf hinter ihm versänke in metertiefem Schnee. Als er den Wald betrat, huschte vor ihm ein Fuchs über den Weg.

Winterschals

Nathanael stand vor dem Versammlungshaus und vergrub die Hände in den Taschen seines Wintermantels. Der Schnee tanzte in der Luft wie Staub. Die anderen Gläubigen hatten sich voneinander verabschiedet, waren nach Hause gegangen, um zu Mittag zu essen, und hatten die Straßen des Dorfs leer zurückgelassen. Samuel war mit seinen Freunden davongerannt. Dabei hätte Nathanael ihn gerne gefragt, was Elias auf dem Dorffest getrieben hatte, nachdem er selbst es verlassen hatte. Wie hatte ihr Bruder nur so viel Wein trinken können?

Auf dem Hinweg hatte er Samuel nicht ausfragen können, weil Vanessa hinter ihnen gegangen war und sie hätte hören können. Sie war trotz der Kälte draußen unterwegs gewesen und hatte sich ihnen an die Fersen geheftet. Vielleicht nur, um sie zu ärgern, vielleicht, weil sie im Versammlungshaus etwas zu essen klauen wollte.

»Hast du Hausarrest, Nathanamehl?«, hatte sie gerufen.

In der Unterstufe war das einer seiner Spitznamen gewesen, aber niemand sonst nannte ihn jetzt noch so. Nathanael hatte nicht geantwortet. Samuel hatte dümmlich gekichert. Dann war sie plötzlich weg gewesen.

Nathanael dachte an das bleiche Gesicht der Mutter am Morgen. Vermutlich hatten sich die Eltern in der Nacht wieder gestritten, nachdem ihre Sorge um Elias nachgelassen hatte. Nathanael hatte nichts gehört, aber das musste nichts heißen. Die Eltern stritten sich oft in der Nacht, im Flüsterton, mit zischenden Lauten. Manchmal hörte man den Vater mit der flachen Hand auf eine Oberfläche schlagen. »Hör auf«, sagte die Mutter dann halblaut.

Nathanael wusste nicht, worüber die Eltern stritten, aber er vermutete, dass die Mutter meistens recht hatte. Wahrscheinlich kamen die Streitereien daher, dass der Vater etwas, was er hätte erledigen sollen, nicht getan hatte. Es gab Tage, da legte er sich auf sein Bett und reagierte auf keine Ansprache. »Er hat eine Laune«, sagte die Mutter dann, »lasst ihn in Ruhe.« Sie tat, als störte es sie nicht, aber sie antwortete den Söhnen in diesen Zeiten nur knapp und verlor schnell die Nerven mit Elias.

Nathanael stellte sich vor, wie es wäre, wenn das Haus nicht mehr stünde, wenn er heimkam. Wenn Elias es angezündet hätte, aus Rache, weil der Vater ihm eine Ohrfeige gegeben hatte, und er nur noch eine rauchende Ruine vorfände.

Wieso dachte er nur solche Dinge? Elias würde bestimmt verstockt und schweigsam sein, wenn Nathanael heimkam, aber er war nicht so dumm, wie die Eltern immer sagten. Nie würde er sein eigenes Haus anzünden.

Es war kalt, viel länger konnte er nicht mehr hier draußen herumstehen. Vielleicht konnte er in die Schule gehen und dort für eine Weile seine Ruhe haben? Aber auch dort war es am Wochenende eisig, wenn die Feuer nicht brannten. Oder zurück in den Versammlungsraum? Dort bestand allerdings die Gefahr, dass er Hendrik antraf und dieser mit ihm reden wollte.

Zögernd machte er sich auf den Heimweg. Als er an Grubers

Haus vorbeikam, überlegte er, anzuklopfen. Doch als er durchs Fenster schaute, sah er keine brennenden Öllampen und keine Bewegung.

Er hörte gedämpfte, schnelle Schritte im Schnee und blieb stehen. Auch das noch. Schon wieder Vanessa. Sie trug einen dicken Wintermantel und mehrere Schals um den Kopf gewickelt. Möglicherweise waren das die Schals, die einige Leute nach der Predigt nicht mehr hatten finden können. Aber er war sich nicht sicher.

»Haben sie dich aus der Schule genommen?«, hörte er Vanessa durch den Stoff fragen. Sie klang nicht mehr so spöttisch wie vorher.

Nathanael blieb stehen.

»Ja«, sagte er.

»Arschlöcher«, sagte Vanessa und zog die Schals etwas nach unten, fort vom Mund.

Nathanael mochte den Klang des Wortes, er unterdrückte ein Lächeln. »Es ist nur für eine Woche«, sagte er.

»Das glaubst du doch selbst nicht«, sagte Vanessa.

»Lass mich in Ruhe«, sagte Nathanael. Was wusste sie schon? Seine Eltern würden sich umstimmen lassen. Jetzt wollte er nach Hause.

Nach ein paar Schritten traf ihn ein Schneeball am Hinterkopf. Es tat nicht weh, sie hatte ihn nicht fest geworfen, und er drehte sich nicht um. Die Kälte drang durch seine Mütze. Als er schließlich doch stehen blieb und sich umdrehte, war niemand mehr zu sehen.

Bibliothek

Ludwig wusste nicht, wie lange er schon unterwegs war. Endlich machten die schneebedeckten Äcker den ersten verfallenen Häusern Platz. Diese bildeten einen Ring von Ruinen um das bewohnte Zentrum des Nachbardorfs. Sie stammten aus dem Bauboom, der in Ludwigs Kindheit von seinen Eltern bitter beklagt worden war. Heute waren alle Fensterscheiben zerbrochen oder entfernt. Viele

Dächer waren eingestürzt, den anderen fehlten die Ziegel, weil man damit die Dächer der bewohnten Häuser ausgebessert hatte. Ludwig dachte daran, wie es in den Häusern aussah, an die gesprungenen Flatscreens, den Schutt, die Brandspuren, die von Nässe vollgesogenen Teppiche, den Geruch nach Beton und Zerfall. Aus einem dieser Häuser hatte er einen schwarzen Ledersessel für sein Wohnzimmer mitgenommen und ihn auf einem Leiterwagen den ganzen Weg nach Hause gezogen. Am Straßenrand standen noch Autos, vollkommen verrostet und ohne Reifen. Mit jedem Jahr blieb weniger von ihnen übrig, sie sanken tiefer und tiefer, als würden sie sich im Zeitlupentempo verflüssigen, bis sie ganz im Boden versickert wären.

Die Bibliothek war nicht größer als ein Wohnzimmer, aber randvoll mit Büchern in unterschiedlichstem Zustand. Sie standen und lagen auf Metallregalen. Graues Winterlicht fiel durch das eine Fenster, das noch eine Scheibe hatte, die anderen beiden waren mit Brettern zugenagelt und mit Teer abgedichtet, sodass kein Lufthauch hindurchdrang. Lange zerschlissene Vorhänge säumten die Fenster. Walter sei einkaufen gegangen, hatte der Nachbarjunge gesagt, er komme bald zurück.

Ludwig ging zwischen den Regalen umher. Walter hatte die Bücher nicht nach Themen geordnet, sondern nach Verfassernamen. Einzig die Bücher über Landwirtschaft und Technik bewahrte er getrennt auf. Sie waren im dicken Stahlschrank eingeschlossen, der in einer Ecke stand und zu dem nur Walter einen Schlüssel hatte. Er hatte Ludwig verraten, dass er diesen in einem eingesägten Fach in seinem Bettpfosten versteckte.

Die Luft war stickig vom Staub und dem Geruch nach altem Papier. Ludwig schritt die Regale entlang und suchte mit den Augen die Titel ab. Irgendwo musste sich doch noch eine Ausgabe von den *Buddenbrooks* befinden. Stattdessen sah er in einem oberen Fach ein Buch liegen, das ihm bislang nie aufgefallen war, vielleicht war es der Bibliothek gerade erst geschenkt worden. Es hieß *Folge deinen Träumen,* und das Titelbild zeigte einen blassen Regenbogen, vor dem ein Heißluftballon schwebte. Ludwig schlug es auf und begann in der Mitte eines Kapitels zu lesen. Darin ging es um einen Banker, der ein mittelgroßes Team leitete, sich aber zunehmend unglücklich fühlte und unter Tinnitus litt. Im Behandlungszimmer des Autors, eines Harvard-Psychologen, starrte er vor sich hin und sagte, er habe keine Ahnung, was er mit seinem Leben noch anfangen solle. Erst nach mehreren Sitzungen –

»Ludwig!«, ertönte eine laute Stimme.

Schmelzender Schnee tropfte von Walters Mantel. In der Hand hielt Walter stolz ein duftendes dunkles Brot. Ludwig wurde beinahe schlecht vor Hunger, er legte das Buch zurück und folgte seinem Freund in die kleine Küche.

»Was gibt es Neues bei euch?«, fragte Walter und stellte zwei Teller auf den schiefen Tisch, in die er eine Scheibe Brot und ein Stück Schafskäse legte. Er winkte Ludwig heran.

»Petra hat Nathanael von der Schule genommen«, sagte Ludwig und ließ sich auf den Stuhl fallen.

»Wundert mich nicht.« Walter füllte zwei Gläser mit Wasser und setzte sich Ludwig gegenüber. »Guten Appetit.«

»Es war wegen dem Anatomiebuch«, sagte Ludwig mit halb vollem Mund.

Walter schaute ihn mit zusammengekniffenen Augen an.

»Hätte ich es ihm nicht geben sollen? Dann hätte sie einen anderen Grund gefunden.«

»Ich wünschte einfach, er wäre ein paar Monate länger in der Schule geblieben«, antwortete Ludwig.

»Hat er das Buch noch? Oder hat sie es in den Kamin geschmissen?«

»Sie hat es mir vor die Füße geworfen. Ich habe vergessen, es einzupacken. Das nächste Mal bringe ich es mit.«

»Gut. Zu dumm, dass er sich damit hat erwischen lassen.«

»Vielleicht überlegt Petra es sich noch einmal«, sagte Ludwig.

»Das bezweifle ich«, antwortete Walter.

»Was soll jetzt aus ihm werden?«

Walter rieb sich die Stirn. »In Italien gibt es angeblich wieder eine richtige Universität. Hast du davon gehört? In Mailand. Mit einer Fakultät für Medizin. Das Politecnico. Sie machen Fortschritte dort, heißt es.«

»Erzähl ihm ja nichts davon.«

»Natürlich nicht. Was denkst du? Aber es ist eine Schande.«

»Ich weiß«, sagte Ludwig.

Die beiden schwiegen eine Weile und aßen. Das Brot schmeckte gut, nach Rauch und Roggen.

»Das Salz geht aus, aber das weißt du ja«, sagte Ludwig und schob den Teller von sich. »Das Papier auch. Und bevor ich es vergesse: Selina ist gestorben.«

Walter stand auf. »Das wusste ich nicht.« Er holte das schwere Buch, das auf der Anrichte lag, und setzte sich wieder. Sein Füller kratzte über die Seite. Walter hatte die Dorfchronik schon begonnen, als alle anderen noch mit dem schieren Überleben beschäftigt gewesen waren. Manchmal nahm ihm Ludwig übel, mit welcher Kälte er die Ereignisse festhielt. Der Tod war nur eine Zeile in seinem Buch. Aber heute störte es ihn nicht.

»Woran ist sie denn gestorben?«, fragte Walter.

»Wir wissen es nicht. Sie war alt«, antwortete Ludwig.

Walter legte das Buch weg, nahm sich ein Stück Brot und schwieg. Selina war neunundsechzig gewesen, und Walter war nur drei Jahre jünger, fiel Ludwig ein.

»Weißt du, wer noch gestorben ist?«, fragte Walter. Er schaute Ludwig an, als hätte er gute Nachrichten. Er legte das Stück Brot wieder auf den Teller.

»Nein, wer denn?«

»Die Prophetin.«

»Ach, gab es die überhaupt?«, fragte Ludwig. Sie war ihm immer vorgekommen wie ein Hirngespinst von Hendrik.

»Natürlich«, sagte Walter. »Irgendjemand muss sich diesen ganzen Unsinn doch ausgedacht haben. Die Gläubigen behaupteten ja eine Zeit lang, sie hätte unterdessen im Wald gelebt, aber das kam mir immer komisch vor. Bei der Zentrale haben sie nun glaubwürdige Nachrichten erhalten. Man sagt, sie hätte den letzten Rest Verstand verloren und sei tatsächlich in den Wald davongerannt. Schon im Herbst. Und kürzlich hätten ihre Anhänger sie dann dort gefunden. Tot.«

Ludwig schüttelte den Kopf. »Das wird nichts ändern. Oder?«

»Nein«, sagte Walter. »Sie werden glauben, dass sie jetzt im Himmel ist und dort neben Jesus auf uns herunterschaut oder so etwas.«

Walter kaute schweigend sein Brot und sah Ludwig erwartungsvoll an.

»Lisa liest die *Buddenbrooks*«, sagte Ludwig und lächelte unwillkürlich.

»Tut sie das«, sagte Walter.

»Ich möchte mir das Buch von dir ausleihen.«

»Kann sie dir nicht ihres geben?«

Ludwig fuhr sich durch die Haare. »Ich möchte es ihr nicht wegnehmen.«

Walter stand auf und brachte eine Karaffe mit Wasser an den Tisch. Er schenkte sich und Ludwig ein.

»Lass das endlich sein«, sagte Walter.

»Was?«

»Lisa.«

»Fängst du schon wieder damit an?« Ludwig stand auf.

Walter hob die Schultern und öffnete den Mund, aber Ludwig hatte keine Lust zu hören, was er zu sagen hatte.

»Kümmere dich um deinen eigenen Kram«, sagte er, ließ Walter in der Küche sitzen und ging zurück in die Bibliothek. Er konnte das Buch nicht finden. Er schaute in der Kartei nach, obwohl er wusste, dass Walter es nicht gerne hatte, wenn man das tat. Es war ausgeliehen, und zwar seit drei Monaten, weit über den Termin hinaus, von einem Schulkind, das es vermutlich in einem Schulsack verschimmeln ließ.

»Hier findet man ja nichts!«, rief Ludwig. Er lauschte eine Weile, aber Walter gab keine Antwort. Ludwig riss seinen Mantel vom Haken, streifte ihn im Gehen über, öffnete die Tür und ging nach draußen, ohne sich zu verabschieden. Es schneite nun heftiger, in dicken, nassen Flocken.

Es war gefährlich, bei diesem Wetter so weit zu gehen. Würde der Schneefall noch dichter, war die Gefahr groß, sich zu verirren und zu erfrieren; er wäre nicht der Erste, dem das passierte. Bei Walter bleiben wollte er aber nicht, er musste heute in seinem Bett schlafen, die eigene Tür hinter sich schließen. Die Wut auf Walter, der sich mal wieder in sein Leben einmischen wollte, würde ihn warm halten.

Während er den steilen Anstieg hinter Walters Dorf hinaufging, dachte Ludwig an das Buch über die Träume, denen man folgen sollte. Hätte er es nur eingesteckt. Er mochte es, hie und da über die Sorgen von früher zu lesen. Es lenkte ihn ab und erinnerte ihn an seine Jugend. Daran, wie die Welt für ihn ausgesehen hatte damals, voller Möglichkeiten, von denen man die eine oder andere in die Hand nehmen, ausprobieren und wieder verwerfen konnte, so als suchte man ein Buch in einer Bibliothek aus.

Kartoffeln

Nathanaels Einkäufe vom Wochenmarkt waren nicht schwer, bei jedem Schritt schwang die Tasche hin und her. Der Boden war mit Schnee bedeckt, aber der Wind war heute weniger kalt als gestern, und es roch schwach nach Erde und Frühling.

Als er zum Schulhaus kam, blieb er stehen. Im oberen Stock sah er Gruber, der gerade die äußere Reihe der Pulte entlangging. Seine Bewegung ließ die Öllämpchen auf den Schreibtischen flackern. Im Erdgeschoss befanden sich alle Kinder der unteren Klassen zusammen in einem Zimmer. Kerzen standen auf dem Fenstersims. Die Kinder rannten im Raum herum, vielleicht spielten sie ein Spiel. Sina, die Lehrerin der jüngeren, stand an der Stirnseite des Zimmers zu einem Kind hinuntergebeugt. War es Elias? Nathanael konnte es nicht deutlich sehen. Die Fenster aller anderen Schulzimmer waren dunkel. Es fiel ihm schwer, sich vorzustellen, dass die Schule vor langer Zeit einmal voll mit Kindern gewesen war. Im oberen Stock standen die ersten Schüler von ihren Pulten auf, sicher machten sie bald Pause. Er musste sich beeilen, er wollte seinen Klassenkameraden nicht begegnen und sich ihre Fragen anhören müssen.

Nathanael ließ das Schulhaus hinter sich. Bestimmt würde er bald zurück in die Schule dürfen. Die Mutter war heute gut gelaunt. Sie hatte ihn ausschlafen lassen und ihm nur leichte Aufgaben gegeben. Einkaufen und beim Mittagessen helfen.

Auf dem Küchentisch lag bereits ein Haufen Kartoffeln, daneben die Schälmesser. Das Herdfeuer brannte, darüber hing ein Topf mit Wasser. Die Mutter ging in der Küche umher, öffnete Schubladen und sang leise vor sich hin. »Herr unser Erlöser …« Das Lied hatte eine seltsame Melodie, angeblich von der Prophetin selbst komponiert. Die Mutter lächelte Nathanael an.

»Vielen Dank«, sagte sie und nahm das Brot, die Wurst und die Milch aus seiner Tasche. Sie deutete auf den leeren Stuhl vor den Kartoffeln. »Ich habe Tee gemacht.« Sie stellte zwei Teetassen auf den Tisch und setzte sich neben ihn. Es roch nach getrockneten Kräutern und Erde. Nathanael nahm eine Kartoffel in die Hand und begann sie zu schälen.

»Wie geht es dir?«, fragte die Mutter, während auch sie mit schnellen Bewegungen eine Kartoffel schälte.

»Gut«, antwortete Nathanael, ohne sie anzusehen.

»Ich habe Neuigkeiten für dich.«

Nathanaels Herz klopfte schneller.

»Ich habe mit Hendrik gesprochen«, fuhr die Mutter fort. »Ich habe ihn daran erinnert, dass du schon mit zehn das Evangelium auswendig konntest.«

Nathanael schwieg.

»Er hat sich bereit erklärt, dich zu unterrichten. Zwölf Stunden pro Woche. Nur du und er.« Die Mutter lächelte, ihre Augen leuchteten. »Obwohl er so viel zu tun hat.«

Nathanael ließ die halb geschälte Kartoffel fallen und warf das Rüstmesser hin.

»Ich will aber zurück in die Schule.«

»Lass mich ausreden. Wenn du bei Hendrik in den Unterricht gehst, kannst du selbst Prediger werden.«

»Wir haben doch ihn.«

»Du kannst als Missionar in ein anderes Dorf gehen. Du wirst ein gutes Leben haben.«

Nathanael schwieg.

»Du bist erst fünfzehn. Du denkst dir, es wäre schön, Menschen zu heilen. Ich wollte früher auch Menschen helfen. Aber jetzt weiß ich, dass sie einzig und allein Gottes Hilfe brauchen.«

»Aber …«, sagte Nathanael.

Die Mutter unterbrach ihn. »Ärzte machen nichts anderes, als den Menschen beim Sterben zuzuschen. Es stinkt, Blut fließt, alles ist hoffnungslos, die Angehörigen schreien dich an. Es ist der schrecklichste Beruf, den es gibt.«

»Früher war das anders.«

»Früher war alles anders. Früher hatten die Menschen einen Pakt mit dem Teufel. Sie lebten länger, aber sie waren unglücklich und nahmen Medikamente, die ihre Seelen vergifteten. Jeder hatte Angst vor dem Tod. Heute haben wir keine Angst mehr.«

»Ich habe Angst.«

»Ein Glaube, der nie durch Zweifel geprüft wurde, ist nichts wert. Als ich so alt war wie du, habe ich auch an allem gezweifelt. Ich konnte mir nicht vorstellen, so zu leben wie meine Eltern.«

»Du lebst ja auch nicht wie sie«, sagte Nathanael.

»Zum Glück.« Die Mutter stand auf. Sie warf die geschälten Kartoffeln in einen Topf. Sie lächelte und schaute über seinen Kopf hinweg. »Du wirst ein guter Prediger werden.«

Spinnen

Ludwig saß am Küchentisch und studierte ein Schaubild, das den Körperbau einer Spinne zeigte. Je länger er es betrachtete, desto weniger sah es aus wie ein Lebewesen. Stattdessen ähnelte es einem Wegnetz, das in viel zu viele verschiedene Richtungen verlief. Eine Kreuzung mit einem Vorderleib, einem Hinterleib und Tastorganen.

Dabei spürte er, wie seine Kehle langsam anschwoll. Schon am Morgen war er mit einem Kratzen im Hals aufgewacht.

Er wusste kaum etwas über Spinnen. Sein Biologielehrer am Gymnasium war ein verträumter, langsamer Mann mit Bart gewesen, dem er gerne zuhörte, solange es nicht um das Innere des Menschen ging. Und doch war ihm vom gesamten Biologieunterricht nichts geblieben. Das hatte er erst vor ein paar Jahren gemerkt, als er anfing, das Fach in der Dorfschule zu unterrichten.

Während des Studiums war er einmal bei einem Kollegen zu Hause gewesen, um zu lernen. In seinem dunklen und unaufgeräumten Schlafzimmer hatten mehrere Terrarien gestanden, in denen Vogelspinnen lauerten. Ihr Biss sei gar nicht so gefährlich, hatte der Kollege behauptet. Ludwig hatte sich die Vogelspinnen höflich angeschaut. Wie konnte der nur in diesem Zimmer schlafen? Er hatte ihn nie wieder besucht.

Ludwig hielt das Schaubild in der einen Hand und zeichnete es mit der anderen an der Tafel langsam nach. Die Tracheen, die Spinndrüsen und die Augen. Hinter sich hörte er das leise Schaben der Bleistifte. Er kam sich vor wie ein Hochstapler, als hätte er das Innere der Spinne frei erfunden, oder sei zumindest auf eine Erfindung hereingefallen.

Seine Kreide brach ab, er bückte sich danach und hörte die Schüler hinter sich tuscheln. Als er sich wieder aufrichtete, wurde ihm schwindlig. Er stützte sich mit der Hand an der kühlen Wandtafel ab und schloss kurz die Augen. Dann malte er weiter. Schweiß rann ihm über die Stirn, seine Nase kitzelte, und es war ihm egal, dass die Schüler lauter wurden. Nach einer Weile setzte er sich an sein Pult und sagte, sie sollten den Text aus dem Biologiebuch lesen, wenn sie mit dem Abzeichnen fertig waren. Sarah meldete sich.

»Ja, Sarah?«, sagte Ludwig.

»Spinnen sind eklig. Können wir stattdessen nicht lieber Schmetterlinge behandeln?«

»Schmetterlinge sind auch ekelhaft, wenn man sie sich genau anschaut«, warf Marion ein.

Marion saß neben Vanessa und schwieg meistens. Wenn sie doch einmal etwas sagte, schien es ein besonderes Gewicht zu tragen, und Ludwig hatte das Gefühl, darauf ermutigend reagieren zu müssen. Aber ihm fiel nichts ein.

Vanessa verdrehte die Augen. »Ich bringe ständig Spinnen auf der bloßen Hand nach draußen. Die beißen nicht.«

»Typisch«, sagte Sarah verächtlich.

Ihre Freundinnen lachten. Marion sank tief in ihren Stuhl. Vanessa schaute Ludwig wütend an. Aber was sollte er tun, er hatte keine Lust, noch mal eine Rede darüber zu halten, wie nützlich Spinnen waren und dass sie Wespen fingen, das hatte er alles schon gesagt.

Er bereute, keine Spinne in einem Glas mitgebracht zu haben, die er der Klasse zeigen konnte. Daran hätte er denken sollen. Aber jetzt im Winter gab es ohnehin nicht so viele. Ludwig unterdrückte ein Niesen, sein Kopf schmerzte immer stärker.

Sein Blick wanderte von der Klasse zur großen Landkarte an der Wand. Das Gebiet, in dem sich das Dorf befand, *Nord 1*, war blau eingezeichnet, daneben, verstreut über die Landschaft, die anderen Gebiete, *Ost 2* in Gelb, *Süd 1* in Rot, *West 3* in Grün, dazwischen graue leere Landschaft. Im grauen Niemandsland lag auch die Stadt, in der er studiert hatte, er sah ihre Straßen noch vor sich, die Fassaden mit den eingemeißelten Statuen, die langen Busse, die Apotheken, in denen es diese kombinierten Grippemittel gab, die einen so wunderbar schlafen ließen.

»Pause«, verkündete er, obwohl es zu früh war.

Prediger

Nathanael drückte die schwere Tür zum Versammlungsraum auf. Schwaches Licht drang durch die Deckenfenster. Der Saal war leer, die Stuhlreihen standen ordentlich da. Wie kahl es hier aussah ohne die Kerzen. Aus dem Nebenzimmer drang ein leises Rascheln.

»Ich bin gleich bei dir«, rief Hendrik hinter der angelehnten Tür.

Nathanael war absichtlich langsam gegangen und später dran als abgemacht. Bestimmt ließ Hendrik ihn deshalb jetzt warten. Nathanael setzte sich auf einen Stuhl in der ersten Reihe, dorthin, wo seine Eltern immer saßen. Er stellte sich vor, was sie während den Predigten und den Betabenden sahen. Hendrik stand erhöht auf einem Podest. Man hatte also seine Beine direkt vor sich und musste den Kopf weit nach hinten legen, um sein Gesicht zu sehen. Dafür sah man nichts von den anderen Leuten, die im Raum waren, hörte nur ihre Bewegungen und ihr leises Atmen. Wie ein Gewicht im Rücken. Nathanael war froh, dass er immer ganz hinten saß.

Hendrik öffnete die Tür. Er trug nicht seinen üblichen dunklen Anzug, sondern Jeans und einen Pullover.

»Willkommen«, sagte er und lächelte. »Entschuldige. Ich musste die Freitagspredigt fertig schreiben.«

»Kein Problem«, sagte Nathanael und nahm die Hand, die Hendrik ihm entgegenhielt. Sie war warm.

»Unglücklich, hier zu sein?«, fragte Hendrik.

Das war einer seiner Tricks, dachte Nathanael.

»Nein«, log er.

Hendrik lächelte immer noch leicht. »Schön. Ich freue mich, dass du hier bist. Wir haben einen weiten Weg vor uns.«

Das glaube ich auch, dachte Nathanael.

»Ich möchte mit dir über etwas sprechen, das mich beschäftigt. Komm, setzen wir uns in mein Zimmer.«

Es war das erste Mal, dass Nathanael Hendriks Arbeitszimmer betrat. Es war voller Bücher. Theologische Werke, aber auch Bücher über Psychologie. *Massenhypnose*, las er. *Revolutionen und ihre Vorläufer*.

»Ich lasse fast niemanden hier herein«, sagte Hendrik.

»Wo hast du all die Bücher her?«, fragte Nathanael. Er merkte, dass seine Stimme interessierter klang als gewollt.

»Geschenke«, sagte Hendrik. »Setz dich.«

Er hob einen Stapel Bücher von einem Hocker. Nie hätte Nathanael gedacht, dass Hendrik so viele Bücher besaß. Er hatte geglaubt, Hendrik arbeite ausschließlich mit der Bibel, dem Evangelium des Staubes und den »Sprüchen der Gnade«, aus denen er oft zitierte und die Nathanael nicht ausstehen konnte. Alles, was darinstand, war entweder offensichtlich richtig oder völlig verlogen.

»Ich will nicht um den heißen Brei herumreden«, sagte Hendrik. »Eine Sache macht mir Sorgen.«

»Was denn?«, fragte Nathanael.

»Wenn du Prediger werden willst, musst du lernen, offener zu sein. Und wärmer. Als Prediger müssen die Leute dich mögen.« Hendrik sah Nathanael forschend an. »Magst du die Menschen, Nathanael?«

Nathanael dachte nach. »Nicht alle«, sagte er und blickte zu Boden. Für einen Moment kam er sich ganz durchsichtig vor. Als wisse Hendrik alles über ihn.

Hendrik seufzte. »Magst du mich?«

Nathanael spürte, wie sein Gesicht heiß wurde. »Nein«, sagte er leise. Aber stimmte das wirklich? Auch wenn er mit Hendrik meistens nicht einverstanden war, gab es etwas an ihm, das ihn anzog.

Hendrik lachte.

»Da bist du eine Ausnahme«, sagte er. »Die meisten Menschen mögen mich nämlich. Weißt du, das hängt zusammen. Wer die Menschen nicht liebt, wird auch von ihnen nicht geliebt. Um

Prediger zu werden, musst du als Erstes lernen, die Menschen zu lieben.«

Es stimmte, Hendrik schaute jeden an, als sei er ihm wichtig. Es fühlte sich gut an, so angeschaut zu werden. Und doch war Hendrik dagegen, dass man sich bei der Zentrale Hilfe holte, wenn man krank war. Gott wird für uns sorgen, sagte Hendrik immer.

»Ich will kein Prediger werden«, sagte Nathanael mit klarer Stimme und sah Hendrik direkt in die Augen.

»Ich weiß«, sagte Hendrik. Er lächelte. »Aber auch als Arzt musst du die Menschen gernhaben und sie für dich gewinnen. Ich kann dir dabei helfen. Ich glaube, dass ich dir etwas beibringen kann, das in keinem Schulbuch zu lesen ist.«

Hendrik erhob sich. »Steh auf«, sagte er.

Nathanael gehorchte. Hendrik schüttelte den Kopf. »Aufrechter«, sagte er. »Schultern zurück. Hände sinken lassen. Und jetzt lächeln.«

Nathanael bemühte sich um eine gute Haltung und zog die Mundwinkel nach oben.

»Sieht unecht aus«, sagte Hendrik und lachte. »Das musst du mit einem Spiegel üben.«

Fieber

Ludwig sah sich im Licht des frühen Abends durch einen hellgrünen, frisch bepflanzten Park gehen. Er folgte einer Reihe junger Bäume, jeder von ihnen sorgfältig in der dunklen Erde eingegraben und am Stamm von einem zarten Netz umhüllt. Auf einem menschenleeren Spielplatz standen Schaukeln, kleine Häuschen und Wippen aus hellem Holz, fabrikneue Bänke warteten auf Anwohner, die sich im Sommer auf sie setzen würden. Er steuerte auf eines der Hochhäuser zu, die die Grünanlage säumten. Die hohe Glastür war von bronzenem Metall gerahmt und schwang lautlos auf, als er näher kam, sie hatte den Chip in seiner Tasche erkannt. Sie ließ ihn in die hohe Lobby ein. Auch die Lifttür öffnete sich von selbst, als er näher kam. Alles in der Kabine glänzte, das Metall des Bodens und der Wände, der hohe Spiegel. Ohne dass er einen Knopf drücken musste, fuhr der Lift lautlos in den achten Stock. Dort betrat Ludwig einen Gang mit Kirschholzwänden und einem matten Steinboden, der von einem komplex geäderten Muster durchzogen war. Die Tür zu seinem Appartement schwang auf, er ging hinein. Der Parkettboden war aus echtem Holz, das man roch, seine Farbe so matt und pudrig wie das früheste Morgenlicht. Obwohl es draußen noch nicht dunkel war, schaltete sich sanft das Licht ein, wie Musik, die langsam lauter wurde. Indirektes Licht aus vielen Quellen, Designerlampen, eine milder leuchtend als die andere. Eine Wohnküche mit einer frei stehenden Kücheninsel, schimmernde Messer in einem Messerblock aus Glas, zwei Backöfen übereinander, sechs Herdplatten, alles glänzend, als wäre es noch von niemandem berührt worden. Ludwig ging zum Fenster, legte eine Hand auf die Lehne des schwarzen Ledersessels und blickte auf die Gleise weit unter ihm. Er betrachtete die lautlos fahrenden Züge, die blendenden Signallichter. Und erst jetzt begriff er: *Er* war es, der stehen geblieben war, nicht die Welt. Ludwig stieß sich von der Lehne ab. Er musste sein Leben nachholen, seine Eltern warteten auf seinen Anruf, wahrscheinlich seit Jahren. Er drehte sich in Richtung des Wohnbereichs, wollte zum Telefon stürzen, doch da war kein Raum mehr, keine Lichter, nur Schwärze.

Ludwig schreckte hoch. Sein Hals schmerzte, er tastete nach dem Glas Wasser, das neben seinem Bett stand, und trank gierig.

Ludwig hatte den Unterricht für heute abgesagt. Es konnte nicht spät sein, Licht drang zwischen den Vorhängen hindurch. Er legte sich ein frisches Stofftaschentuch aufs Gesicht und dachte an seine Eltern, die er nie wieder würde anrufen können. Wenn er als Kind krank gewesen war, hatte ihm die Mutter Apfelschnitze gebracht, und er hatte auf dem Flatscreen Comicserien angeschaut, bis er einschlief. Ums Bett herum hatten heruntergefallene Papiertaschentücher gelegen, die irgendwo in einer Fabrik hergestellt und ständig ersetzt und geliefert wurden, sie hatten kaum etwas gekostet. Die Mutter hatte über die Unordnung geschimpft, die Taschentücher aber für ihn eingesammelt. Und sein Vater hatte ihm ein Glas Wasser mit einer Vitamin-C-Brausetablette darin gebracht, die leise zischte.

Wie anders es heute war, krank zu sein. Alles, was er hatte, um wenigstens die Halsschmerzen zu lindern, waren getrocknete Salbeiblätter, welche die alte Selina letzten Sommer gesammelt und vorbeigebracht hatte. Sie rochen nach Staub und schienen nicht zu helfen. Immer, wenn er krank wurde, fürchtete Ludwig um sein Leben. Er sprach mit niemandem darüber, aber wenn er so mit heißem Kopf im Bett lag, betete er. Lass mich leben, lieber Gott. Er betete, dass es ein Virus war und keine bakterielle Infektion, weil er die Vorstellung hasste, an etwas zu sterben, das man in seiner Jugend mit einem einfachen Antibiotikum hätte heilen können. Er betete um Ruhe und Stärke. Wenn er überlebte, würde er Lisa fernbleiben, keinen Wein mehr trinken und Walter für seinen Ratschlag danken. Er würde überhaupt dankbar sein für das Leben, das er hatte.

Ludwig hatte keinen Appetit und nicht einmal Lust, die Hühner zu füttern, obwohl er das sonst gerne tat. Er hörte sie hinter der geschlossenen Tür der ehemaligen Küche gackern.

Er stellte sich ans Fenster und schaute hinaus. Der Schnee war halb geschmolzen, der Boden von Matsch bedeckt. Alles schien die gleiche graue Farbe zu haben, der Himmel, der Boden, die Häuser, das Gesicht der Nachbarin, die mit gebeugtem Rücken vorbeiging. Sogar das Salz war grau geworden, das hatte er gesehen, als er die Vorräte überprüft hatte, die langsam, aber sicher zur Neige gingen. Bald würde er trotz Fieber nach draußen müssen. Ihm schwindelte. Er setzte sich an seinen alten, zerkratzten Tisch. Hier hatte er Lisa gefragt, ob sie mit ihm fortgehen würde. Er hatte sich vorgestellt, wie Lisa, Sarah und er gemeinsam in einem anderen Dorf ein kleines Haus instand setzten, und dabei einen großen Frieden verspürt.

Vielleicht würden sie sogar ein Kind bekommen. Eine kleine Schwester für Sarah.

Lisa hatte ihn zuerst angelächelt, aber dann wurde ihr Gesicht traurig. Ich kann Sarah und ihren Vater nicht voneinander trennen, hatte sie gesagt, und ohne Sarah kann ich auch nicht sein. Kurz darauf hatte sie ihm mitgeteilt, dass sie sich aus dem Weg gehen müssten.

Und doch hatte sie ihn am Fest wieder nach dem Mond gefragt. Ludwig blickte auf den Mondkalender, der an der Wand hing und jetzt nur noch drei Jahre in die Zukunft reichte. Er hatte die Seiten aus einem Astronomiebuch gerissen und aufgehängt, als er neu in das Haus gezogen war. Damals hatte er noch gedacht, dass der Mond bestimmt wieder klar am Himmel sichtbar sein würde, wenn er zum Ende des Kalenders kam, und dass er dann wissen würde, ob sie im Dorf das Datum richtig geschätzt hatten oder nicht.

Das Leben ist kurz, hatte Lisa einmal gesagt, wie um ihn zu trösten. Aber das stimmte nicht. Alle sagten, dass die Zeit schneller vorbeiging, wenn man älter wurde. Ihm schien eher, dass sie zunehmend stockte. Besonders im Winter, wenn man krank war, aus dem Fenster schaute und zusah, wie unendlich langsam am Morgen der Tag anbrach und wie lange es dauerte, bis der Nachmittag wieder in die Dämmerung überging.

Plastik

Nathanael streifte seine Schuhe und seine Jacke ab, betrat das Wohnzimmer und warf seine Tasche auf den Boden.

»Willst du, dass sich jemand den Hals bricht?«, fragte die Mutter. »Nimm die Tasche da weg.«

Sie saß mit Elias am Stubentisch, vor ihnen ein Blatt mit Rechenaufgaben. Wie ungerecht sie war. Ihn nahm sie von der Schule und Elias half sie beim Rechnen.

Nathanael hob die Tasche wieder auf, er spürte darin das Gewicht des Buches, das Hendrik ihm ausgeliehen hatte. *Praktische Theologie.*

»Ich hasse Hendrik«, sagte er.

»Was fällt dir ein!«, rief die Mutter. »Hendrik ist der gütigste Mensch, den ich kenne.«

»Ich hasse sein Büro und ich hasse seine dummen Bücher.«

»Ich warne dich«, sagte die Mutter.

Elias begann zu lachen. Die Mutter beachtete ihn nicht. Wieso konnte sich Elias alles erlauben? Nathanael wusste nicht einmal, ob Elias sich über ihn oder über die Mutter lustig machte.

»Geh auf dein Zimmer und denk nach, wie du weitermachen willst«, sagte die Mutter. »Du kannst auch zu deinem Vater in die Lehre gehen und Metzger werden. Elias, fang noch mal von vorn an.«

Nathanael schleppte sich die Treppe nach oben in sein Zimmer und schleuderte die Tasche mit dem Buch in eine Ecke. Er hoffte, dass es dort zu Staub zerfallen würde, es war sowieso schon alt. Wie eintönig und anstrengend das Leben geworden war, seit er nicht mehr in die Schule durfte.

Jetzt gab es nur noch Hendrik. Zu Beginn war er ja noch ganz freundlich gewesen. Doch mit jeder kritischen Nachfrage Nathanaels verlor er ein wenig mehr die Geduld. Heute hatte er gesagt, Nathanael müsse sich selbst auseinandernehmen und dann von Grund auf neu erschaffen, und dass er das immer schon gewusst habe, schon damals, als Nathanael ein kleiner Junge gewesen war und seinen Eltern nicht gehorcht hatte. Es fiel Nathanael schwer, das von sich zu weisen. Vielleicht erkannte Hendrik wirklich etwas in ihm, das schon immer da gewesen war. Er hatte etwas Kaltes an sich, das wusste Nathanael, etwas, das es möglich machte, dass er seinen Kinderglauben verloren hatte und dass er seine Eltern manchmal für ihre tiefe Religiosität verachtete. Seine eigenen Eltern. Nathanael legte sich aufs Bett. Er schaute an die Decke und versuchte, die Tränen zurückzuhalten. Weinen half nicht.

Die Mutter machte die Tür auf und blieb im Türrahmen stehen. Nathanael studierte die Schatten an der gemaserten Zimmerdecke.

Vielleicht würde sie wieder gehen, wenn er sich nicht rührte. Aus den Augenwinkeln sah er, wie sie eintrat.

»Hör zu«, sagte sie und blieb auf halbem Weg zwischen Tür und Bett stehen. »In der ersten Zeit nach dem Tag Null waren Vater und ich ständig am Rand der Verzweiflung. Es gab nicht genug zu essen und es war kalt. Der Himmel war viel dunkler als jetzt. Eines Tages klopfte es an unsere Tür. Da warst du gerade zwei Jahre alt. Es regnete in Strömen. Draußen stand Hendrik, halb verhungert, triefnass. Mit Armen, so dünn wie die eines Kindes. Doch seine Augen strahlten. Er sprach von Gott und der Prophetin, von der ich damals noch nie gehört hatte, und ich spürte, dass sich unser Leben verändern würde. Ich ließ ihn herein, gegen Vaters Protest. Hendriks Hände glühten.«

»Ich weiß«, sagte Nathanael. Diese Geschichte hatte er schon tausend Mal gehört. Früher hatte er sich vorgestellt, dass die Hände des Predigers im Halbdunkel leuchteten, wie kühles Feuer, aber heute glaubte er nicht mehr daran. Hendrik hatte die Abschrift des Evangeliums bei sich getragen, in Plastik eingepackt. Die Mutter bewahrte die Plastikhülle bis heute auf, sie lag im schönen Schrank in der Küche. Die Abschrift selbst, verschmiert und jedes Jahr weniger lesbar, weil die Leute sie gerne berührten, lag in einem Holzschrein im Versammlungsraum.

»Wir haben sein Leben gerettet«, sagte die Mutter. »Und er unsere Seelen.«

»Ich weiß«, sagte Nathanael wieder. Wieso konnte sie nicht gehen und ihn in Ruhe lassen?

»Sei ihm dankbar, Nathanael, gerade du solltest ihm dankbar sein«, sagte sie. »Wir wollten aufgeben. Wir dachten, es gäbe keine Zukunft. Vater und ich hatten entschieden, dich auszusetzen. Besser, als zu dritt zu verhungern.«

Jetzt wandte Nathanael den Kopf der Mutter zu. Ihre Stirn war voller Falten, noch nie hatte sie so alt ausgesehen. Nathanael packte ein solcher Zorn auf diese Frau, die sich andauernd in sein Leben einmischte und ihn bevormundete, dass er kaum atmen konnte.

Hendrik hatte recht. Er war nicht fähig zu lieben. Er liebte nicht einmal die eigene Mutter. Sie hätte ihn also ausgesetzt, wenn Hendrik nicht gekommen wäre. Oder log sie ihn nur an, um ihn dazu zu bringen, Hendrik zu mögen? Er wusste nicht, was schlimmer wäre.

Du bist ein oberflächlicher Mensch, hatte Hendrik gesagt, oberflächliche Menschen kommen leicht vom Glauben ab. Vielleicht stimmte es. Und wenn schon. Nathanael drehte seinen Kopf mit einem Ruck wieder zur Wand. Er hasste Hendrik und die Mutter gleichermaßen. Die Mutter sagte nichts mehr. Schließlich hörte er sie davongehen.

China

»Haben Sie sich meine Hausaufgaben angesehen?« Nathanael stand vor der Tür und blickte sich nervös um. Er ist dünner geworden, dachte Ludwig. Eiskalte Winterluft strich um seine Beine. Als er vom Klopfen geweckt worden war, hatte er vermutet, es sei wieder eine Schülerin, die ihm auf Geheiß ihrer Mutter Essensreste brachte, obwohl er ausdrücklich gesagt hatte, dass er das nicht wollte, auch nicht, wenn er krank war. Sie verstanden einfach nicht, dass er sich lieber von altem Brot ernährte als vom Essen seiner Schüler.

»Komm rein, ich hol mir den Tod«, sagte Ludwig.

Der Junge zögerte, und Ludwig dachte schon, er müsse ihn ein zweites Mal auffordern, doch dann betrat Nathanael endlich das Haus. Er war noch nie hier gewesen. Ludwig sah sein Wohnzimmer mit Nathanaels Augen und schämte sich. Auf dem Bett lagen mehrere zerschlissene Decken. Schmutziges Geschirr stand auf dem Boden. Ludwig hatte nicht die Kraft gehabt, Wasser aus dem Brunnen zu holen, um das Geschirr zu waschen. Außerdem klebten ihm die Haare am Kopf. Die Holzbretter, mit denen der Boden bedeckt war, knarrten bei jedem Schritt. Ludwig hatte sie auslegen müssen, weil die Rohre der Bodenheizung geplatzt waren.

»Was willst du hier«, sagte Ludwig. »Du steckst dich an.« Ludwig fühlte sich schwach. Er setzte sich auf sein Bett. »Ich kann deine Hausaufgaben nicht korrigieren. Deine Eltern haben es verboten.«

»Das ist nicht fair«, sagte Nathanael. »Ich glaube nicht mal an Gott.«

»Hast du das deinen Eltern gesagt?«

»Natürlich nicht.«

»Ich kann dir nicht helfen. Tut mir leid.«

Nathanael schwieg für einen Moment. »Ich gehe nach China«, sagte er dann.

Ludwig legte sich hin und zog die Decke über sich. »Lass mich jetzt mit deinen Dummheiten in Ruhe, Nathanael. Ich bin krank.«

»Ich meine es ernst. In China gibt es Strom. Sonst würde Lisas Radio nicht dorthin senden.«

»Von dort empfangen, Nathanael. Hast du nicht aufgepasst?«

»Das meinte ich doch. In China gibt es Strom. Also gibt es dort auch noch Medizin. Medikamente. Es sind siebentausendfünfhundert Kilometer, ich habe es im Atlas nachgeschlagen. Weniger als zwei Jahre zu Fuß. Den Rand von *Nord 1* erreiche ich in ein paar Stunden, danach kommt schon bald *Ost 2*, und dahinter wird es nicht anders sein als hier. Das schaffe ich! Besser als Kartoffeln ausgraben und Hendriks Predigten ertragen.«

»Wenn du das Dorf verlässt, wirst du sterben.«

Nathanael schaute ihn ungerührt an.

»Ich muss hier weg.«

»Wenigstens haben wir zu essen. Vielleicht wird es irgendwann wieder besser für uns alle. Irgendwo entsteht wieder eine Macht, die uns erobern wird, meinetwegen sogar die Russen. Ich verneige mich vor jedem, solange er uns nur wieder Benzin und Medikamente bringt und die Straßen repariert. Dieser Sender in China könnte auch mit einer Plutoniumbatterie betrieben werden und ohne menschliches Zutun aufgezeichnete Musikstücke senden. Lisa sagt, sie hat nie jemanden reden hören. Bleib hier und warte ab, wie wir alle.«

»Warten! Das ist alles, was Sie tun!«

Ludwig schwieg und sah Nathanael an. Etwas in seinem Blick

war anders als früher. Schließlich senkte Nathanael die Augen. Wortlos wandte er sich um, ging zur Tür und riss sie auf.

Ludwigs Herz klopfte noch immer, nachdem Nathanael die Tür schon längst geschlossen hatte und die Kälte, die er hereingelassen hatte, langsam nachließ.

Er drehte sich zur Wand. Es stimmte, während man wartete, dass die Dinge endlich besser wurden, ging das Leben vorüber. Jede neue Erkältung schien schwerer abzuschütteln zu sein als die letzte, und seine Müdigkeit wurde mit jedem Jahr tiefer. Immer dachte er, er würde sich im Sommer vom Winter erholen, aber wenn der Winter dann wiederkam, merkte er, dass ihm der letzte noch in den Knochen saß, so als hörte er in Wahrheit nie auf und überdauerte tief in ihm den ganzen Sommer.

Von fern spürte Ludwig wieder den alten Zorn, von dem er geglaubt hatte, ihn längst überwunden zu haben. Den Zorn auf alles, was schiefgegangen war. Er war arglos durch sein Leben gegangen, Ziele vor Augen, die damals alle für leicht erreichbar hielten, seine Lehrer, seine Eltern. Er würde einige Jahre in New York arbeiten, das Praktikum bei der Großbank dort hatte er dank seines Abschlusses in Informatik leicht bekommen, und bestimmt würde er danach eine interessante Stelle finden. Er hatte sich bereits nach Wohnungen im East Village umgeschaut und ausgerechnet, dass er sich mit seinen Ersparnissen von der Arbeit im IT-Callcenter und dem Praktikumslohn eine kleine Wohnung gerade eben so würde leisten können. Er würde über neunzig Jahre alt werden, ohne je viel Schmerzen zu leiden, an jeder Ecke würde ein Arzt oder ein Therapeut warten, der ihm, wenn nötig, zuhörte und half. Er würde sich immer wieder neu erfinden, wenn er seines Lebens überdrüssig wurde, hierhin und dorthin reisen, alles ausprobieren, von allem kosten. Doch bevor er damit überhaupt hatte anfangen können, war der Himmel schwarz geworden. Nur Sekunden später war der Strom ausgefallen, und die Mobilgeräte hatten keinen Empfang mehr gehabt. Fassungslos hatten sie irgendwann verstanden, dass er nicht zurückkehren würde, während es mit jeder Stunde kälter wurde. Und die Versprechen, nach denen er sein Leben ausgerichtet hatte, waren zur

Lüge geworden. Sie alle mussten damit leben, auch wenn es einige gab, die so taten, als wäre es nie anders gewesen, oder wie Petra sogar behaupteten, die Katastrophe habe die Welt verbessert. Heute schien im ganzen Dorf und der Umgebung nur einer dazu entschlossen, zurück in die Zivilisation zu finden, Nathanael. Aber es gibt sie nicht mehr, dachte Ludwig. Sie ist nicht unter der Erde vergraben, sie hat nicht auf einem anderen Kontinent überlebt. Zwischen uns und der Zivilisation klafft der größte Abgrund, den es gibt, der Abgrund der Zeit. Nathanael war zu jung, um das zu begreifen.

II
FRÜHLING

Schachspielerin

Vanessa stieg vorsichtig die Treppe des Hochhauses nach oben. Im Staub auf den Stufen konnte sie ihre Fußabdrücke vom letzten Mal erkennen. Damals hatte sie Winterstiefel angehabt, jetzt trug sie ihre alten, von Stoffbändern zusammengehaltenen Turnschuhe. Im ersten Stock blieb Vanessa stehen und lauschte. Nichts war zu hören. Die Türen der drei Wohnungen standen offen. Sie sah in eine hinein. Der Boden war bedeckt mit aufgerissenen Müslipackungen, verbeulten elektrischen Geräten, Kleidern und Büchern. Dazwischen lag Mäusekot. Nichts hatte sich verändert, seit Vanessa das letzte Mal hier gewesen war. Irgendwann sollte sie die Kleider mitnehmen, reinigen und auf dem Markt als Lumpen verkaufen.

Vanessa ging weiter nach oben. Die Treppe war aus Stein, trotzdem sah der Winkel zwischen der Wand und den Stufen zunehmend verschoben aus. Auch im nächsten Stockwerk standen die Türen zu den Wohnungen offen. Vanessa blickte wieder in eine hinein. Durch ein Gitternetz von rostigen Stahldrähten sah sie in die offene Landschaft, Teile der Wand waren heruntergestürzt. Moos wuchs am Boden und bedeckte Formen, die an ein Sofa und einen Stuhl erinnerten. Efeu kletterte die Wände hoch.

Sie stieg ein weiteres Stockwerk hinauf, und noch eins. Die Stufen wurden glitschig, Vanessa musste sich an den Wänden abstützen, um nicht auszurutschen. Etwas tropfte auf ihre Hand. Vanessa roch daran. Es war nur Wasser. Ein Knacken ging durch die Treppe.

Im obersten Stockwerk, dem siebten, blieb Vanessa stehen. Sie griff in ihre Hosentasche. Darin lag kühl der Schlüssel. Sie schloss die Tür auf und stemmte sich dagegen, bis sie mit einem Ruck aufsprang. Der Rahmen sah nicht verzogen aus, dennoch klemmte die Tür jedes Mal mehr, sie sollte sie heute offen stehen lassen. Das Licht war gedämpft, Vanessa hatte die Rollläden halb heruntergelassen. Vor dem zerbrochenen Küchenfenster, das auf den Balkon führte, war der Rollladen ganz geschlossen, trotzdem kroch ein kühler Luftzug hindurch. Die Scherben lagen unberührt in der Ecke, in die sie sie gekehrt hatte.

Die Wohnung war vollständig in Schwarz und Weiß eingerichtet gewesen. Ein schwarzes Sofa, darunter ein weißer Teppich, der unterdessen gelb geworden war. Ein Couchtisch aus Glas, dick mit Staub bedeckt. Vergilbte Vorhänge, die unten einen schwarzen Rand hatten. An der Wand hing hinter Glas eine Zeichnung, auf der mit einer dünnen Linie die Umrisse einer nackten, dicken Frau nachgezeichnet waren. Wie immer ging Vanessa als Erstes zum Bild, wischte den Staub weg und betrachtete die Frau.

Auf dem Weg zur Küche fuhr sie mit der Hand über das staubbedeckte Bücherregal. Vanessa hatte einige der Bücher verkauft, keines hatte viel Geld abgeworfen. Die übrigen schienen wertlos. Nur erfundene Geschichten und viele Bücher über Mathematik.

In der Küche sah alles ordentlich aus. Sie hatte nichts stehen gelassen und die Schränke wieder geschlossen. Das verdorbene Essen hatte sie vom Balkon geworfen, das brauchbare mitgenommen, immer nur ein paar Gläser und Packungen auf einmal. Sie hatte sie zu Hause in ihrem Zimmer versteckt, damit sie sie hervorholen konnte, wenn die Mutter und sie nichts mehr zu essen hatten. Für ein Glas Oliven hatte sie auf dem Markt zehn Kronen bekommen, von denen sie einen Monat lang Brot und Milch kaufen konnten. Sie selbst hatte noch nie eine Olive gegessen. Sie schwammen in einer trüben Flüssigkeit. Dass einer je Olive eine halbe Krone ausgab, widerte sie an. Oliven seien obendrein sauer, hatte Marion gesagt.

Wie immer öffnete Vanessa die Schränke und sah sie durch. Jedes Mal fiel ihr etwas auf, das ihr bislang wertlos erschienen war und für das ihr dann doch eine Verwendung in den Sinn kam. Aber die Geschirrschränke waren unterdessen beinahe leer, nach und nach hatte ihr Inhalt die Töpfe zu Hause ersetzt. Hier stand noch ein Sieb. Es war sauber und wahrscheinlich etwas wert, Vanessa ließ es dennoch stehen.

Den Kühlschrank öffnete sie erst gar nicht; vermutlich war selbst der Schimmel, der ihn durchzogen hatte, mittlerweile abgestorben.

Sie betrachtete das Schwarz-Weiß-Foto, das am Kühlschrank hing. Es zeigte eine Reihe Hochhäuser, von der Straße aus aufgenommen, wie Vanessa erst nach einer Weile verstanden hatte. Kein Leben war auf der Fotografie. Nichts als glänzende Fenster.

Vanessa ging ins Schlafzimmer. Diesen Raum mochte sie besonders. Das Doppelbett war schwarz bezogen, das Kopfkissen weiß. Sie dachte an die Frau, die hier geschlafen hatte, jede Nacht, ganz allein im Dunkeln.

In ihrer Vorstellung war die Frau etwa so alt wie ihre Mutter. Sie war schön und groß, hatte pechschwarze Haare und eine senkrechte Falte zwischen den Brauen. Sie sprach wenig, aber wenn sie etwas sagte, klang ihre Stimme laut und sicher. Von Beruf war sie offenbar Schachspielerin, denn im Schrank hatte Vanessa ein Schachbrett gefunden. Darum hatte sie ihre Wohnung auch schwarz-weiß eingerichtet. In ihrer vielen freien Zeit dachte die Frau über nutzlose Dinge nach, einfach, weil es ihr Freude machte. Erfundene Geschichten und Mathematik. Damals hatte man so gelebt. Reich war die Frau gewesen, so reich, wie es heute nur die Soldaten waren. Vanessa hatte einige Kleider der Frau anprobiert, aber sie hingen an ihr wie Säcke. Fast alle waren schwarz. Die Frau hatte eine große Menge an Schuhen mit Absätzen besessen, Größe zweiundvierzig. Vanessa und ihre Mutter hatten beide Größe neununddreißig. Auch die Schuhe waren fast alle schwarz, einige glitzerten. Sie hatte sie nicht verkaufen können, niemand wollte Schuhe mit Absätzen.

Staub wirbelte auf, als Vanessa sich auf das riesige Bett setzte. An der Wand hingen weitere Fotografien in Schwarz-Weiß, andere standen angelehnt am Boden. Die Frau war vielleicht nicht mehr dazugekommen, sie aufzuhängen. Den meisten Schmuck, den sie gefunden hatte, hatte Vanessa verkauft, vieles war wertlos gewesen, Plastik und Holz, wenig Silber. Nur einen schweren Goldring hatte sie auf dem Nachttisch zurückgelassen. Vanessa hatte ihn bislang nicht eingesteckt. Sie hatte immer gewusst, dass sie ihn würde holen müssen, bevor das Haus einstürzte, aber sie hatte sich auch eingebildet, das Haus würde stehen bleiben, solange der Goldring noch hier war. Sie dachte an Erwins fette Wangen und wie bewundernd die Mutter ihn anschaute, wenn er redete. Sie schüttelte sich und streifte sich den Goldring über den Daumen. Er saß viel zu locker.

Vanessa stand auf. Es war Zeit zu gehen. Trotzdem kurbelte sie den Rollladen in der Küche nach oben. Er quietschte und klemmte, etwas knallte, dann drehte die Kurbel leer, und der Laden bewegte sich nicht mehr. Vanessa kroch durch die Öffnung auf den Balkon. Die Luft draußen war kühl.

Von hier aus konnte man weit sehen. Der Wald wich durch die Abholzung immer weiter zurück und war von den Bauern durch Reihen von Tännchen ersetzt worden. Direkt neben dem Hochhaus lagen zwei Schutthalden. Die eine war schon alt, der Schutt dicht überwuchert. Zwischen den moosbedeckten Trümmern wuchsen kleine Birken, und zwei verbeulte Stahlgerüste ragten in die Höhe. Es war kaum noch erkennbar, dass hier ein Haus gestanden hatte, das wahrscheinlich ebenso hoch gewesen war wie das, auf dessen Balkon Vanessa stand. Die andere Schutthalde war frischer. Eine Wand stand unversehrt, die Fenster darin klafften wie Zahnlücken. Auch dieses hatte sieben Stockwerke. Das Donnern des Einsturzes hatte das ganze Dorf auf die Straße getrieben, Kinder hatten geschrien, die Erwachsenen hatten im Licht der Fackeln die Augen aufgerissen. So sieht Angst aus, hatte Vanessa gedacht, diese weiten Augen. Wie froh alle gewesen waren, dass es eines der leer stehenden Häuser war, das eingestürzt war. Seitdem war Vanessa die Einzige, die sich noch hertraute.

Das erste Mal, als sie in die Wohnung eingedrungen war, hatte sie den Weg über die Nachbarswohnung und diesen Balkon nehmen müssen, weil die Tür versperrt war. Als sie erst einmal drin war, hatte sie den Schlüssel für das Hauptschloss gleich finden können, aber es gab drei weitere Sicherheitsschlösser. Sie hatte in allen Schubladen gesucht, bis sie die Zweitschlüssel schließlich ganz weit hinten im Kleiderschrank in einem Glas mit Schraubdeckel gefunden hatte. Seltsam, dass die Schachspielerin so viel Angst gehabt hatte vor einem Einbruch. Vielleicht waren hier früher viele wertvolle Dinge gelagert gewesen, die sie alle mitgenommen hatte. Vanessa lehnte sich ans Balkongeländer und blickte nach unten auf den Vorplatz des Hauses. Mit dem Fuß schob sie eine einzelne Scherbe unter dem Geländer hindurch und zählte, bis sie mit einem fernen Klirren unten auftraf. Einundzwanzig, zweiundzwanzig.

Aussaat

Ludwigs Rücken schmerzte. Er blieb stehen und streckte sich. Vor ihm lag der rohe Acker, darüber türmten sich die Wolken. Es windete. Seine Schüler hatten ihn überholt und beugten sich weiter vorn über das Feld. In den Händen hielten sie verblichene Plastiksäcke, die im Wind flatterten und in die sie immer wieder griffen. Immerhin musste man den Mais nicht tief in die Erde stecken, zwei Zentimeter genügten, hatte Nima gesagt. Nima hatte alle Bücher über Landwirtschaft, die nicht von der Zentrale eingezogen worden waren und die er folglich in Walters Bibliothek finden konnte, gelesen. Auch wenn die einen veraltet, die anderen auf Französisch waren oder Seiten fehlten, habe er sich den Inhalt so leicht merken können, als sei er schon immer für die Landwirtschaft bestimmt gewesen, hatte er Ludwig erzählt. Nima hatte früher einmal in einem Büro gearbeitet und angeblich keinen Kaktus am Leben halten können.

Am Morgen hatten die Schüler gelacht und einander in den Acker gestoßen, jetzt waren sie ruhig. Morgen würden sie wieder in der Schule sitzen, er und die Schüler, erschöpft vom heutigen Tag, stiller als im Winter und doch unkonzentrierter, weil sie mit den Gedanken beim Mais wären und hofften, dass dieses Jahr der Pilz nicht kam. *Fusarium.* Ein Wort, das alle Schüler kannten. So wie Ludwig und seinen Studienkollegen die Namen der Computerviren vertraut gewesen waren, die sich von einem Tag auf den anderen überall verbreitet und sogar die damals ganz neuen Wearables erwischt hatten. *Styx9* und *Styx10*. Er hatte sie beinahe so sehr gehasst wie heute den Fusarium, der im letzten Jahr die halbe Maisernte vernichtet hatte. Auf einer Dorfversammlung hatte Lisas Mann Michael behauptet, daran sehe man doch, dass Nimas Bücherwissen nutzlos war. Aber schließlich waren Nimas Bohnen und Kartoffeln doch besser gewachsen als die der anderen.

Ludwig warf einen prüfenden Blick in seinen Plastiksack. Bald würde er bei Nima mehr Saatgut holen müssen. Die Maiskörner waren feucht, Nima hatte sie eingeweicht. Auch der Boden war feucht, und seine alten Turnschuhe undicht, seine Fußsohlen fühlten sich klamm an. Was hätte er nicht für Wanderschuhe gegeben. Urs hatte welche. Wenn Urs starb, würde Ludwig Sina fragen, ob er die Schuhe haben konnte. Aber Urs war nicht gerade alt, so bald würde er nicht sterben, was dachte er da bloß? Die Wolken wanderten rasch über den weiten, gelblichweißen Himmel. In der Ferne flog ein Schwarm Krähen auf. Sie mussten dringend eine zweite Vogelscheuche bauen.

Am Abend würde er noch den Schulstoff für morgen vorbereiten müssen. Quadratische Gleichungen. Ludwig bückte sich und drückte zwei Maiskörner in den Boden. Je 75 Zentimeter Abstand zwischen den Reihen, in einer Reihe alle zehn Zentimeter ein Korn. Nur diese Mathematik war wichtig, sie war die Lösung für eine Gleichung, bei der es um alles ging.

Bei der Kartoffelaussaat vor einer Woche hatte Lisa auf demselben Feld gearbeitet wie er. Sie hatte einen blauen Rock getragen, der am Ende des Tages voller Erdflecken gewesen war. Sie hatten kaum miteinander gesprochen, ständig war jemand in der Nähe gewesen. Aber er sollte nicht an sie denken.

Ludwig spürte einen Druck auf den Ohren, schon seit dem frühen Morgen. Er fürchtete sich davor, wieder krank zu werden. Die Grippe im Winter hatte eine Müdigkeit hinterlassen, die er nicht abschütteln konnte. Vielleicht hatte sie seine Vitaminreserven aufgezehrt. Bestimmt hast du Magnesiummangel, hätte seine Mutter gesagt. Heute sprach niemand mehr von Magnesium. Womöglich enthielt der Mais welches. Nima hatte gesagt, Mais und Weizen, das könne man abwechseln, ohne sich um den Rest der Fruchtfolge zu scheren, der Boden lauge so nicht aus. Hoffentlich irrte er sich nicht.

Ludwig drückte ein weiteres Maiskorn mit dem Daumen in die kühle Erde. Nima hatte die Bodentemperatur jeden Tag gemessen. Endlich war sie über acht Grad gestiegen, warm genug für den Mais. Wenn der Boden kälter war, verdarben die Körner in der Erde. Gestern hatte Ludwig in seinem Gemüsegarten den Kohl gepflanzt, den er in seiner Stube in alten Gläsern hatte keimen lassen. Bislang sahen die Pflanzen gut aus mit ihren violetten Stängeln und ihren blaugrünen Blättern. Letztes Jahr war sein Kohl das erste Mal richtig gewachsen, er hatte jeden Tag nach ihm gesehen. All der Aufwand für ein paar wenige Mahlzeiten.

Die Wolken hatten sich aufgelöst, aber die Sonne war hinter der Staubschicht weitergewandert und das Licht hatte abgenommen. Der Wind war stärker geworden. Wie lang so ein Tag auf dem Acker war.

Seit dem Mittagessen lief ihm ein Lied nach. Er erinnerte sich nur an Satzfetzen, einzelne Zeilen, die sich wieder und wieder abspielten, in etwas anderes übergehen wollten und nicht konnten.

But you don't really care for music, do you.

Alle waren erschöpft auf dem Boden gesessen und hatten schweigend gegessen. Da sagte Sarah mit vollem Mund »Hallelujah« und das Lied war aus den Tiefen seiner Erinnerung aufgetaucht.

Jeder Schritt schmerzte im Rücken. Wie schön es wäre, sich auf die kalte Erde sinken zu lassen und die Augen zu schließen. Die ersten Schüler waren schon heimgegangen. Zwei Reihen noch, und er hatte seinen Teil getan und konnte ebenfalls nach Hause. Nima würde zufrieden sein. Wie war das Lied nur weitergegangen? Vielleicht sollte er wieder einmal die verlassenen Häuser ums Nachbardorf herum durchsuchen, auch wenn sie drohten, einem über dem Kopf einzustürzen. Irgendwo musste es doch noch einen CD-Player und CDs geben. Ganz selten fand man auch noch halb leere Batterien. In seiner Kindheit hatte er selbst einen CD-Player besessen, danach waren die Lieder zu etwas Körperlosem geworden und das Gerät zu Elektroschrott. Die Musik hatte im Raum zwischen den Geräten Platz gehabt, jederzeit konnte man sie aus dem Nichts zu sich rufen.

In Wahrheit wusste er ja, dass die Lieder als Information auf Servern gespeichert gewesen waren, dass sie bei Bedarf mit Lichtgeschwindigkeit durch Kabel geschickt wurden, um in seiner Wohnung dann als Mikrowellen bis zum kabellosen Kopfhörer zu gelangen, wo sie die Lautsprechermembran zum Vibrieren brachten und schließlich in Form von Schallwellen in seinen Gehörgang drangen. Aber angefühlt hatte es sich für ihn immer, als wäre die Musik in der Luft gespeichert, als wären die Informationen überall, wie eine Atmosphäre, und müssten auch in diesem Moment noch da sein, direkt neben seinem Ohr, darauf wartend, dass jemand richtig hinhörte. Er wusste nicht mehr, von wem das Lied war. *Hallelujah*. Ein Wort für Petra und für Hendrik, nicht für ihn.

Ludwig hatte Nima, der manchmal Gitarre spielte, gleich nach der Mittagspause nach dem Lied gefragt. Es war ihm peinlich gewesen, vor Nima zu singen, aber Nima hatte ruhig zugehört. Er kannte es nicht.

But you don't really care for music, do you. Die Liedzeile schien Ludwig einen Vorwurf zu machen. Er hatte die Leidenschaft seiner Freunde für Musik tatsächlich nie ganz verstanden. Wenn er beim Lernen manchmal irgendeine Playlist gehört hatte, hatte er nicht gemerkt, wenn die Musik abbrach. Du bist wohl ein visueller Mensch, hatte seine erste Freundin gesagt, als sie ihm ihre Lieblingslieder vorspielte und er ungeduldig wurde. Aber nein, er war auch kein visueller Mensch. Weder visuell noch akustisch noch taktil noch sonst etwas. Dafür konnte er programmieren. Was für ein Trost.

Er hatte das Lied wahrscheinlich in dem Café neben seiner ersten kleinen Wohnung in der Stadt gehört. Wenn er beim IT-Support den ganzen Tag am Telefon alten Leuten zugehört hatte, hatte er keine Energie mehr, sich ein Abendessen zu kochen. Die Alten kamen mit ihren Touchscreens nicht zurecht und brachten sich in Gefahr. Er sorgte sich um sie, nachdem sie aufgelegt hatten. Manchmal begannen die Wearables in der Nacht zu brennen. Das geschah vermehrt nach dem Auftauchen der beiden Computerviren, und die Alten, die vergessen hatten, die Wearables abzustreifen, verbrannten mit ihnen. Das Café, in das er sich nach solchen Tagen setzte, war hell gewesen, und an den Wänden hatten comicartige Porträts von hässlichen Leuten gehangen, die sich von Minute zu Minute unmerklich veränderten, bis der grinsende Mann mit langen Zähnen plötzlich zu einer grünhaarigen Frau mit Spiralenaugen geworden war. Das hatte ihn nicht irritiert, er hatte sich rasch daran gewöhnt, dass die Bilder sich veränderten, zuerst auf Werbeplakaten, dann überall. Es gab viele kleine dunkle Tische. Immer lief Musik.

Stimmte es, dass sie auch in den Supermärkten Musik gespielt hatten? Während die Kunden in Ruhe von allem nehmen konnten, was sie brauchten, Rindfleisch, Mangos, Streichhölzer, Zahnpasta, Toilettenpapier, durften sie auch noch Musik hören, Streichmusik, Bässe. Er hatte nie darauf geachtet. Hör doch mal den Songs zu. Iss ein Steak für mich. Doch es war unmöglich, seinem vergangenen Ich Nachrichten zu schicken.

Die Mittagspause war zu lange her. Ludwig bekam solche Lust auf Fleisch, dass ihm Tränen in die Augen traten. Vorgestern hatte er die getrockneten Füße eines Huhns in die Suppe geworfen, und jetzt war nichts mehr davon übrig. Er gab seinen Hühnern inzwischen keine Namen mehr. Er hatte sich ausgerechnet, dass er nur alle drei Monate eines schlachten durfte. Aber er hatte seine eigenen Regeln satt. Ludwig drückte das letzte Maiskorn in den Boden und richtete sich auf. Er schüttelte den Plastiksack, er war leer. Vielleicht würde er doch schon heute Abend das fetteste Huhn schlachten. Hühnersuppe würde den Druck auf den Ohren vertreiben.

Ein Fahrradkurier fuhr den Acker entlang. Ludwig beobachtete, wie er abbog und vor Ludwigs Haus stehen blieb. Umständlich klaubte er einen Brief aus seinem Anhänger und warf ihn in den Briefkasten. Ludwig faltete den Plastiksack zusammen und steckte ihn in die Jackentasche. Mit einem Mal waren die Rückenschmerzen und der Hunger verflogen.

Kamin

Die Tür zum Haus war nur angelehnt. Leise Stimmen drangen aus dem Innern. Die Mutter lachte gedämpft, eine dunkle Männerstimme antwortete. Erwin. Schon wieder. Vanessa öffnete die Tür und schlich den Gang entlang in Richtung der Treppe. Vielleicht konnte sie unbemerkt an den beiden vorbeikommen, den Goldring und das Putzmittel in ihrem Zimmer verstecken und gleich wieder nach draußen entwischen. Das Putzmittel hatte sie im Treppenhaus des Hochhauses hinter einem Blumentopf mit einer verdorrten Pflanze gefunden. Es war noch halb voll.

»Vanessa!«, rief die Mutter. Enttäuscht blieb Vanessa stehen. Die Mutter klang aufgedreht. So wie sie nur klang, wenn sie einen Mann zu Besuch hatte. Vanessa drehte sich um. Die Mutter stand im Türrahmen der Küche und lächelte. »Komm, Nessa, Erwin und ich machen Frühstück.« Dabei war es bald Mittag.

Tatsächlich roch Vanessa schon den Qualm. Der Schornstein schien heute wieder nicht gut abzuziehen. Wieso die Mutter auch nie lernte, vor dem Feuermachen die Abzugsklappe ein paarmal zu öffnen und zu schließen. Besteck klirrte, es klang, als würde Erwin es auf den Tisch werfen.

»Keinen Hunger«, sagte sie. »Ist Erwin noch lange hier?«

Die Augen der Mutter wurden schmal. »Komm.«

Vanessa verbarg das Putzmittel auf dem Fenstersims hinter dem Vorhang und folgte der Mutter ins Wohnzimmer. Erwin stand gebückt vor dem prasselnden Feuer, er hatte zu viel Holz genommen, das sah Vanessa sofort. Sie hatte das Holz im Wald gesucht, nicht er. Sein Nacken war rot. Er drehte sich um.

»Hilf Anna mit dem Frühstück«, sagte er. Dann wandte er sich wieder dem Feuer zu.

Vanessa fühlte, wie etwas Kaltes ihre Adern durchströmte. Sie stellte sich vor, Erwin mit einem Schüreisen so hart auf den Hinterkopf zu schlagen, dass er bewusstlos vornüber ins Feuer fiele. Seine wenigen Haare würden rasch verkohlen. Dann würde das Fett in seinen Wangen anfangen zu brennen. Das Geschrei der Mutter wäre in der ganzen Straße zu hören.

Vanessa versuchte, den Blick der Mutter aufzufangen, aber diese hatte sich abgewandt. »Vanessa, hol Eier aus dem Keller. Und Brot.«

»Haben wir etwas zu feiern?«

Die Mutter antwortete nicht.

Als Vanessa wieder nach oben kam, standen die Mutter und Erwin verlegen am gedeckten Tisch. »Wir möchten dir etwas sagen. Setz dich.«

Am liebsten wäre Vanessa losgerannt, so schnell sie konnte, hätte sich kopfvoran durch das Fenster gestürzt, das in tausend Splitter zerbersten würde, hinaus in den Garten, auf die Straße, durch das Dorf. Sie rührte sich nicht.

Als die Mutter merkte, dass Vanessa ihrer Aufforderung nicht folgte, versteinerte ihr Gesicht.

»Du setzt dich jetzt.« Erwins Ton war kalt.

Vanessa ignorierte ihn.

»Hör zu«, sagte die Mutter, ohne Vanessa direkt anzusehen. »Ich weiß, dass dir das nicht gefallen wird, aber wir ziehen zu Erwin. Nächste Woche.«

Die Mutter nahm Erwins Hand. Erwin starrte Vanessa an wie einen Gegenstand, der schwer zu transportieren sein würde.

»Ich komme nicht mit«, sagte Vanessa und legte das Brot und den Korb mit den Eiern auf den Tisch. Die Dummheit ihrer Mutter war unerträglich.

»Was fällt dir ein!«, rief die Mutter.

»Das ist auch mein Haus!«, antwortete Vanessa. »Wer hat das Dach geflickt? Und den Schornstein? Geh doch! Ich bleibe hier.«

»Wir haben das Haus verkauft«, sagte die Mutter.

»Ihr?«

»Jawohl.«

»Wie kannst du nur!« Vanessas Gesicht war nass. Sie hatte nicht gemerkt, dass sie angefangen hatte zu weinen. Sie wischte sich über die Wangen. »Denk doch daran, wie es das letzte Mal gelaufen ist. Mit Martin. Warum tust du uns das schon wieder an?«

»Du redest hier nicht mit!«, rief Erwin.

»Erwin, lass sie«, sagte die Mutter. »Nessa, es ist eine große Veränderung, ich weiß, ich …«

»Wer ist es? Wer zieht in unser Haus?«

»Eine Familie aus dem Nachbardorf. Sie haben zwei Jungs.«

Zentrale

»Drohen kannst du damit, aber verschwende keine Munition«, sagte Urs. Er gab Ludwig die Pistole mit dem Griff voran in die Hand. »Und denk daran, es ist das einzige funktionierende Fahrrad. Solange du weg bist, kann niemand im Notfall …«

»Ich weiß, Urs.« Ludwig verstaute die Pistole in seiner Jackentasche.

»Na gut. Und bitte, hör auf, Sinas Geometrieunterricht zu kritisieren. Sie gibt sich wirklich Mühe.«

»Ich weiß.« Aber das, was sie ihnen beibringt, ist falsch, dachte Ludwig, ich kann es Sina so oft sagen, wie ich will, es nützt nichts. Doch sie war Urs' Frau. Auf keinen Fall wollte er gerade jetzt den Unwillen des Dorfchefs auf sich ziehen, vielleicht hatte die Zentrale schon bei Urs die Referenz über ihn angefordert.

»Und hier sind die Papiere.« Urs gab ihm ein Plastikmäppchen mit der Sondererlaubnis für den Besitz des Fahrrads und der Pistole. Ludwig steckte sie sich in die Jacke und zog den Reißverschluss zu.

Ludwig folgte einer schmalen Landstraße. Das schwere Damenfahrrad quietschte bei jeder Umdrehung. Ludwig hatte die Kette mit ranzigem Speiseöl eingerieben, doch sie lief noch immer nicht glatt. Die Pistole, die ihm Urs geliehen hatte, war mit drei Patronen geladen. Er hatte sie leer getestet, und sie klemmte nicht, aber er war fast sicher, dass sie nicht mehr schoss. Urs hatte ihm auch eine Werkzeugtasche geliehen, damit er ein Loch im Reifen flicken oder die Kette wieder einspannen konnte. Er hatte sie auf dem Gepäckträger festgezurrt.

Ein ums andere Mal musste er absteigen, um das Fahrrad über einen Spalt im Asphalt zu tragen. Junge Bäume wuchsen aus dem aufgesprungenen Straßenbelag. Ihre Knospen würden bald blühen. Ludwig schwitzte, es war ein warmer Tag. Von Zeit zu Zeit kam er an einem Auto vorbei, dem Pneus oder die Kühlerhaube fehlten. Bei einem hatte jemand alle vier Sitze herausgerissen.

Der direkteste Weg zur Zentrale führte über eine Autobahn, aber dort reihten sich die verrosteten Autos aneinander. Ludwig hatte keine Lust, stundenlang den verbeulten Blechdächern zu folgen und dabei ständig den Blick abwenden zu müssen, um die Skelette der erfrorenen Kinder auf den Rücksitzen nicht zu sehen. An den Expeditionen, auf denen Dorfbewohner früher Benzin aus den Autos gesogen, in den Kofferräumen nach Esswaren gesucht und Autobatterien ausgebaut hatten, hatte Ludwig sich nur ungern beteiligt. Die Autos waren ihm unheimlich. Jedes von ihnen war die Konsequenz einer falschen Entscheidung, womöglich in Sekundenschnelle getroffen: Wir fahren, kommt ins Auto, schnell. Dann waren die Kolonnen immer langsamer geworden, bis sie schließlich erstarrten, und die Menschen, die sich in der Kälte nicht trauten, ihre Autos zu verlassen, waren darin erfroren, folgsam aufgereiht in ihren Metallsärgen. Vielleicht hatten sie vorher noch miteinander gestritten – wären wir doch daheim geblieben, warum hast du mir nicht zugehört –, und irgendwann waren sie alle still geworden.

Nur wenige hatten bei ihrem Versuch zu fliehen die Landstraße genommen, hier standen kaum Autos herum. Auch sonst war die Straße leer, nur einmal überholte ihn ein Fahrradkurier. Er trug einen Helm, eine dicke Weste und ein Gewehr. An seinem Fahrrad war ein verschlossener Anhänger befestigt. Ludwig grüßte ihn, aber der Kurier reagierte nicht.

Die Zentrale lag inmitten eines ehemaligen Industriequartiers, umgeben von Bürogebäuden, Produktionshallen und riesigen Parkhäusern, in denen Moos und andere Schattenpflanzen wucherten. »Sparen Sie«, las Ludwig auf einem großen metallenen Werbeschild, dessen untere Hälfte von Efeu bedeckt war. Hinter einer der Hallen stiegen schwarze Rauchsäulen auf. Es knallte mehrmals laut, das Echo hallte zwischen den Gebäuden.

Ludwig stieg vom Fahrrad und schob es die Asphaltstraße entlang. Vor einer ehemaligen Recyclinganlage stand ein Wächter, der eine Maschinenpistole trug. Er folgte Ludwig aufmerksam mit den Augen, Ludwig winkte, doch auch dieser Mann grüßte nicht zurück. Im Innern der Anlage schepperte Metall. Ein leichter Wind wehte beißenden Rauch über den Schrottplatz vor der Anlage und in sein Gesicht.

An der Wand des früheren Multiplexkinos gegenüber hingen riesige verblichene Plakate hinter zersprungenen Glasscheiben. Eines davon zeigte einen Mann in dunklem Cape auf einem Hügel. Sein Gesicht war nicht zu erkennen; aus seinen Zeigefingern schossen Blitze in Richtung Boden. »Prepare« stand darüber, und ein längst verstrichenes Datum. Das Knallen wurde lauter. Es klang nach Schüssen. Ludwig drehte sich nach dem Wächter um, der verzog keine Miene.

Ludwig hörte undeutliches Gemurmel. Er bog um eine Kurve, und das Stimmengewirr wurde schlagartig lauter. Vor ihm lag der große Platz. Seit Jahren hatte er nicht mehr so viele Leute gesehen. Wo kamen sie nur alle her? Marktstände reihten sich dicht an dicht, Bauern boten die ersten Petersiliensträuße, letztjährige Zwiebeln und Karotten an. Soldaten verkauften Konservendosen und rostige Werkzeuge. Die meisten Leute standen nur herum und redeten. Das auch hier kaum zu überhörende Knallen schien niemanden zu kümmern. Als Ludwig vor einigen Jahren das letzte Mal hier gewesen war, war der Platz fast leer gewesen. Die Zentrale hatte ihr Hoheitsgebiet in der Zwischenzeit vergrößert. Damals waren hier nur ein paar missgestimmte Soldaten herumgestanden. Sie weigerten sich, ihm die Bücher zu verkaufen, um die er sie bat. Für die paar Seiten, die sie ihn abschreiben ließen, verlangten sie Geld. Danach hatte er keine Lust mehr gehabt, herzukommen. Ludwig kettete sein Fahrrad an eine Straßenlampe, zweifach, so wie Urs es ihm eingebläut hatte, und er überprüfte mehrmals, ob es auch wirklich nicht zu entfernen war. Aber gegen eine Metallschere wäre nichts zu machen.

Am hinteren Ende des Platzes stand das ehemalige Einkaufszentrum, in dem sich die Zentrale befand. Eine gläserne Drehtür führte in das Gebäude. Ludwig war vor dem Tag Null schon einmal hier gewesen. Ganz in der Nähe hatte sich damals das Callcenter befunden. Jetzt war die Drehtür von zwei schwer bewaffneten Soldaten bewacht, die in die Luft starrten. Ludwig ging an ihnen vorbei zur großen Baracke, die neben der Zentrale stand. Hier sollte er sich melden.

Ein Soldat lehnte an der Barackenwand. Er nahm ihm das Schreiben grob aus der Hand und starrte darauf. »Was wollen die denn mit so einem«, murmelte er.

Im Innern der Baracke blieb Ludwig zögernd vor einer Glastür stehen, hinter der an einem winzigen Pult ein Kommandant saß und schrieb. Der Mann schaute auf und winkte ihn herein. Das Büro war bis auf das Pult und zwei Stühle unmöbliert.

»Ah ja«, sagte der Kommandant, nachdem er das Schreiben überflogen hatte. Er war jünger als Ludwig, hatte einen Schnurrbart und trug eine Tarnuniform, die ihm zu eng war. Er kratzte sich am Kopf, sodass sich sein Filzberet verschob, und rückte es dann wieder zurecht. Statt Militärstiefeln trug er verdreckte Turnschuhe, an seinem Gürtel hing eine Pistole. Er zeigte auf den Stuhl vor seinem Pult. Ludwig setzte sich. Der Kommandant schwieg, und Ludwig stellte sich vor, der Mann würde ihm gleich sein Todesurteil verlesen, Hochverrat, und bevor er fragen könnte, warum, würden sie ihn hinter die Baracke zerren und erschießen. Er fühlte ein Kitzeln in der Mitte seiner Stirn, als sickerte schon das Blut heraus. Ludwig zuckte zusammen, als es draußen wieder knallte. Der Kommandant musterte ihn.

»Wir wollen ein Funknetz aufbauen. Kennen Sie sich damit aus?«

»Natürlich«, sagte Ludwig. Sein Mund war trocken. »Ich war ja Funkaufklärer. Im Militär. Habe ich damals angegeben.« Wie aufgeregt alle im Dorf gewesen waren, als die Zentrale ein Register erstellte, in das sie ihre früheren Berufe und Eignungen eintragen mussten. Sie hatten geglaubt, der Wiederaufbau der Zivilisation stünde kurz bevor. Und wie enttäuscht er gewesen war, als sie ihm nur den Beruf des Dorflehrers zugewiesen hatten.

»Ideal wäre Sprechfunk, aber notfalls geht auch Morse. Wir brauchen es bald«, sagte der Kommandant.

»Warum jetzt?«

Der Kommandant studierte Ludwigs Gesicht, als läse er in einer Zeitung. Er schüttelte den Kopf.

»Wir haben eine Menge Material, Drähte, Funkgeräte, Radios. Einiges funktioniert noch.«

Wenn sie ihn anstellten, würde er in der Zentrale leben können. Zumindest für einige Zeit. Das hatte Ludwig sich immer gewünscht.

»Um ehrlich zu sein, schauen Sie mir nicht so aus, als wüssten Sie über Elektrotechnik Bescheid. Haben Sie schon einmal etwas gelötet?«

»Ja«, sagte Ludwig. »Ich habe Elektronikkurse besucht. Es ist lange her, aber ich werde mich leicht wieder einarbeiten.«

»Meinen Sie? Wieso sollte ich Ihnen glauben?«

»Ich habe Informatik studiert. An der Technischen Universität.«

»Das haben Sie angegeben«, sagte der Kommandant. »Aber woher soll ich wissen, dass das stimmt? Ihr Diplom haben Sie natürlich nicht dabei?«

»Nein, das habe ich verloren«, sagte Ludwig.

»Wissen Sie, wie eine Diode funktioniert?«, fragte der Kommandant.

»Ja«, sagte Ludwig. »Eine Diode hat in die eine Richtung einen großen Widerstand und in die andere einen kleinen. Sowas braucht man für einen Wechselrichter.« Konnten die in der Zentrale etwa Wechselstrom erzeugen und wollten ihn nun zu Gleichstrom umwandeln? Vor seinem inneren Auge sah er das Symbol für die Diode auf den Elektronikschaltplänen, ein Pfeil, der auf einen Balken trifft. Wie eine Bewegung, die sofort wieder gestoppt wird.

Der Kommandant seufzte. Dann stand er auf. »Gut. Sie können in zwei Wochen anfangen, Probezeit ist vier Wochen. Wohnen können Sie fürs Erste in den Truppenunterkünften, das sollte angenehmer sein als im Dorf. Organisieren Sie für diese vier Wochen einen Stellvertreter, danach kümmern wir uns. Wenn Sie Ihre Sache gut machen, können Sie mindestens ein Jahr bleiben. Sobald das Funknetz aufgebaut ist, werden Sie für uns als Funker arbeiten.«

Der Kommandant lächelte jetzt. Er streckte die Hand aus, und Ludwig drückte sie lange. Schon oft hatte er sich gefragt, ob irgendetwas, das er im Studium gelernt hatte, je wieder nützlich sein würde, an die Diode hatte er dabei nie gedacht. Er wusste nicht, was er sagen sollte. Dass der Kommandant sein Angebot nur ja nicht zurückzog.

Draußen auf dem Platz sahen die beiden Soldaten vor der Zentrale mit einem Mal weniger bedrohlich aus. Ludwig näherte sich ihnen vorsichtig. Sie beachteten ihn auch jetzt nicht. Die große Glasfront links und rechts des Eingangs war unzerstört bis auf einige Schusslöcher. Hinter der Scheibe sah Ludwig eine Rolltreppe. In einem der früheren Ladengeschäfte flackerte kurz helles elektrisches Licht auf und erstarb wieder. Ludwig hatte vergessen, wie grell und kalt Neonröhren leuchteten.

»Entschuldigung«, sagte Ludwig zu den Soldaten. Sie sahen ihn misstrauisch an. Sie hatten runde, glatte Wangen, und ihre Haarschnitte waren akkurat.

»Ist die Krankenstation noch am selben Ort?«

»Was hast du dort zu suchen?«

»Ich will nur eine Frage stellen. Ich bin nicht krank.«

»Eingang C. Links.«

»Was knallt hier so?«

»Ausweis bitte.«

Ludwig holte seinen Ausweis aus der Jackentasche. Es war sein Pass, der mit einem viereckigen Loch durchgestanzt worden war, um zu zeigen, dass er ein Bürger von *Nord1* war, dem Gebiet, das die Zentrale kontrollierte. Der Soldat gab ihm schweigend den Ausweis zurück und sah dabei an ihm vorbei, als hätte er ihn schon wieder vergessen.

Ludwig ging weiter und umrundete das ehemalige Einkaufszentrum, bis er zu dem Seiteneingang kam. Ein handgeschriebenes Schild wies zur Krankenstation.

Der Soldat, der dort stand, gähnte Ludwig an. Ludwig wartete, bis er fertig gegähnt hatte.

»Schlecht geschlafen?«

»Die ganze Nacht halten sie einen mit ihren Knallgasexperimenten wach, und dann muss man auch noch den ganzen Tag hier stehen. Was willst du?«

»Ich möchte mit einem Arzt reden.«

»Du siehst nicht krank aus. Aber falls du krank bist«, der Soldat wich einen Schritt zurück, »hau ab und geh rüber ins andere Krankenhaus, das beim Schrottplatz. Das ist für die Dörfler, das weißt du doch.«

»Ich habe einen Schüler, der gerne Arzt werden möchte.«

»Unser Krankenhaus nimmt schon lange keine Bauernkinder mehr auf. Die haben doch alle Läuse. Und die Dorfschulen taugen nichts.«

»Meine Schüler haben keine Läuse. Und ich werde auch bald zum Militär gehören, ich habe eben hier eine Stelle bekommen.« Ludwig hielt dem Soldaten sein Schreiben hin, das schon ganz zerknittert war.

Der Soldat überflog es und nickte schließlich.

»Also gut. Ausnahmsweise.«

Als er durch den Eingang treten wollte, hielt ihn der Soldat unsanft an der Schulter zurück.

»Keine Waffen«, sagte er.

»Entschuldigung.« Ludwig reichte ihm die Pistole und die dazugehörigen Papiere, und der Soldat gab ihm einen abgeschliffenen Plastikjeton.

»Was ist das?«

»Pfand.«

Der Soldat tastete ihn ab und verzog dabei das Gesicht, dann winkte er ihn durch.

Waldrand

Vanessa ging so weit, bis sie sicher war, dass niemand sie vom Weg aus sehen konnte, und setzte sich ins Gras. Vor ihr lag eine Wiese, die sanft zum Waldrand abfiel. Sie griff in ihre Tasche, in der schwer der Goldring lag. Sie betrachtete ihn genauer und fand eine Gravur darin, ein Datum aus ferner Vergangenheit, bevor sie auf die Welt gekommen war. Sie steckte ihn zurück in die Jackentasche. Es war warm, der Himmel spannte sich riesig über ihr. Seine fahle Farbe erinnerte sie an die Mähne eines Schimmels, den sie in einem Buch gesehen hatte. Der Boden war nur ein wenig feucht, und die Luft war so mild wie noch nie in diesem Jahr.

Es war schulfrei, damit die Jugendlichen bei den vielen anstehenden Aufgaben mit anpacken konnten. Marion half im Laden ihrer Eltern aus, viele arbeiteten auf dem Feld. Aber sie zahlten den Schülern sehr wenig. Allein das halb volle Putzmittel, das sie heute gefunden hatte, war mehr wert als ein Tageslohn. Und der Goldring noch viel mehr. Die anderen Jugendlichen trauten sich trotzdem kaum in die leer stehenden Häuser, sie verbrachten den Tag lieber auf den Feldern und schubsten einander in den Dreck, wenn die Erwachsenen nicht hinschauten.

Vanessa riss eine Butterblume aus dem Boden. Eine der wenigen Blumen, die sie mit Namen kannte. Butterblume, Löwenzahn, Kornblume. Aber wie hießen diese kleinen lila Blumen dort, oder diese rosaroten hochgewachsenen da drüben? Und was war das für ein graugrünes Kraut, das überall wucherte? Gruber hatte gesagt, dass früher alle Pflanzen einen Namen hatten, nur hatte er die Namen nie gelernt. Als Kind habe er nicht einmal gewusst, wie der Schössling einer Kartoffelpflanze aussieht, den Kartoffelkäfer hatte er erst recht nicht gekannt. Es habe ihn nicht interessiert, und auch sonst kaum jemanden um ihn herum. Vanessa hatte die beiläufige Art, mit der er über sein früheres Unwissen geredet hatte, so sehr geärgert, dass sie sich am nächsten Tag geweigert hatte, zur Schule zu gehen. Mit dem stimmt etwas nicht, hatte sie zur Mutter gesagt. Von dem will ich nichts lernen. Die Mutter war wütend geworden und hatte sie aus dem Haus geworfen. Sie war dann doch noch zur Schule geschlichen. An jenem Tag hatte sie versucht, Gruber zu testen. »Wie heißt dieser Baum?«, fragte sie ihn und zeigte aus dem Fenster. Er hatte sie ausgelacht. Natürlich wusste er, wie der Baum hieß. Es war ein Lindenbaum. Heute wusste man solche Dinge, aber früher, wiederholte er, sei das für ihn einfach ein Baum gewesen, er habe gerade mal Tannen von Laubbäumen unterscheiden können.

Wie kann man nicht wissen, wie die Pflanzen heißen, von denen wir leben, hatte sie danach die Mutter gefragt. Sie habe es früher auch nicht so genau gewusst, hatte die Mutter geantwortet. Und dass sie sich wünschte, sie würde immer noch nicht wissen müssen, wo das Essen herkam. Sie habe damals oft flüssige Nahrung zu sich genommen, die alles enthalten hatte, was man brauchte, auch während der Schwangerschaft. Vanessa ekelte die Vorstellung, dass sie als ungeborenes Kind indirekt auch so ernährt worden war. Du spinnst, sagte die Mutter. Ist dir Hungern lieber, wie im Winter vor drei Jahren? Damals hatte Erwin begonnen, getrocknetes Gänsefleisch vorbeizubringen, und Vanessas Mutter hatte damit angefangen, aufgedreht zu lachen, wenn er kam.

Erwin hielt die Gänse auf einem schattigen Stück Land vor seinem Haus. Sie machten einen Riesenlärm, wenn man vorbeiging. Als Kind hatte Vanessa sich vor den Gänsen gefürchtet. Wie groß sie sich machten und wie weit sie ihre Flügel ausbreiteten, wenn man in die Nähe des Drahtzauns kam. Als sie erfahren hatte, dass man ihnen im Herbst den Hals umdrehte, war sie erleichtert gewesen, aber im Frühling waren wieder neue Gänse dort gewesen.

Vanessa sah Nima aus dem Wald kommen. Er trug einen Korb mit Brennholz auf dem Rücken. Vanessa hatte Lust, auch in den Wald zu gehen und Holz zu sammeln. Aber wozu? In wenigen Tagen würden sie zu Erwin ziehen. Dann könne auch Vanessa sich einmal zurücklehnen und sich verwöhnen lassen, hatte die Mutter gesagt. Vanessa riss die rosa Blume, deren Namen sie nicht kannte, aus dem Boden. Dunkle Wurzeln hingen daran. Sie warf sie ins Gras.

Vanessa nahm den Goldring wieder in die Hand und stellte sich die Schachspielerin vor, mit ihrem langen schwarzen Kleid, ihren großen Ohrringen.

Sie würde nicht mit ihrer Mutter zu Erwin ziehen.

Ärztin

Ludwig ließ den Blick über die Wartenden schweifen. Die meisten trugen schmuddelige, geflickte Kleidung. Einige schliefen auf ihren Stühlen. Eine Frau hielt einen Säugling in den Armen, vor einem Mann döste ein struppiger Hund auf dem Boden.

Ludwig setzte sich. Der Mann neben ihm, der einen langen Bart hatte und einen Mantel mit Flicken trug, nickte ihm zu. Er hielt die Arme verschränkt.

»Ich warte schon seit Stunden«, raunte er.

Ludwig nickte.

»Bin hier wegen meinen Schafen«, sagte der Mann. »Sind alle krank.«

»Das tut mir leid.« Draußen knallte es wieder.

Ludwig musterte die Fensterfront des Wartezimmers. Sie bildete eine Art Erker, als ob darin früher eine Auslage gewesen wäre. Schlagartig wurde ihm klar, dass er schon einmal in diesem Raum gewesen war. Hier hatte sich eine Buchhandlung befunden. Der Abgrund zwischen damals und heute war so tief, dass ihm schwindlig wurde. Und doch war es derselbe Raum. Er hatte ein Buch über numerische Methoden gesucht, es aber auch hier nicht finden können und stattdessen in einem großformatigen Bildband über die Architektur von New York geblättert. Fast hätte er ihn gekauft, obwohl er viel zu teuer gewesen war. Wenn er damals doch nur stattdessen die Medizinbücher gekauft hätte, alle, die im Laden waren, und sie in einer Stahlkassette im Wald vergraben, zusammen mit Medikamenten, Batterien, Zigaretten und anderen wertvollen Dingen. Immerhin würde er in der Bibliothek der Zentrale bald Zugang zu allen Fachbüchern bekommen. Er würde neben der Arbeit am Funknetz versuchen, so viel dazuzulernen wie möglich.

Der Mann mit dem Bart wurde zum Schalter gerufen und stand mühsam auf.

»Viel Glück«, sagte Ludwig.

»Gleichfalls«, antwortete er.

Eine Frau im Laborkittel schüttelte dem Mann mit Plastikhandschuhen die Hand. Ludwig betrachtete ihren weißen Kittel. Früher hatten die Ärzte auch Weiß getragen, aber damals hatte das etwas anderes bedeutet, man hatte ihnen fast blind vertrauen können. Der Säugling begann zu jammern, die Mutter stand auf und trug ihn durch den Raum. Das Tuch, das sie ihm locker über den Mund gelegt hatte, fiel hinunter, und als sie sich bückte, um es aufzuheben, sah Ludwig, dass der Säugling eine Hasenscharte hatte. Die Frau trug dreckige Schuhe, wie er selbst, und geflickte Hosen. Wahrscheinlich lebte sie in dem Ring von Häusern rund um die Zentrale und hatte daher Zugang zum besseren Krankenhaus.

Ludwig wurde davon geweckt, dass ihn jemand an der Schulter rüttelte. Das Licht war unverändert, es konnte nicht viel Zeit vergangen sein. Eine Frau mit zusammengebundenen Haaren und ernstem Gesicht sah ihn prüfend an. Sie hatte feine Falten im Gesicht und sah müde aus. Auch sie trug einen weißen Arztkittel.

»Mitkommen, bitte.«

Sie traten durch den Hinterausgang des Buchladens in das Foyer des ehemaligen Einkaufszentrums. In der Luft lag ein pudriger Staub, der Ludwigs Mund füllte. Es war düster. Wieder flackerte kaltes elektrisches Licht in einem der ehemaligen Ladengeschäfte. Es erstarb, jemand rief etwas. Zwei Soldaten standen mit verschränkten Armen vor einem Laden, der einmal ein großes Kleidergeschäft gewesen war, hinter ihnen waren noch die damals üblichen Stellagen zur Diebstahlsicherung zu sehen.

Ludwig war schon lange nicht mehr in einer so großen Halle gewesen, und er musste sich beherrschen, nicht immer wieder staunend den Kopf zu drehen. Die Ärztin wies ihn zur Rolltreppe, sie wollte offenbar, dass er vorausging. Er schritt die stillstehende Rolltreppe nach oben und hörte hinter sich die Ärztin atmen. Ludwig stellte sich vor, die Rolltreppe würde sich plötzlich in Bewegung setzen, schnell und rückwärts, und ihn und die Ärztin nach unten schleudern. Natürlich war das unmöglich, sagte er sich. Dennoch nahm er zur Sicherheit seine Hand nicht vom schwarzen Gummigeländer.

Die Krankenstation befand sich im oberen Stock. Die Zugänge waren mit Laken verhüllt, Ludwig hörte dahinter gedämpfte Schritte, Menschen unterhielten sich mit ruhigen Stimmen. Jemand stöhnte, ein Kind weinte leise. Die Station war zwar viel besser als die beim Schrottplatz, aber Ludwig hoffte trotzdem, nie hier zu landen. Lieber einfach tot umfallen.

»Nehmen Sie Platz«, sagte die Ärztin und wies auf einen Stuhl, der vor den Laken stand. »Worum geht es? Man hat mir gesagt, dass Sie bald ins Militär eintreten. Als Funker. Ist jemand in Ihrem Dorf krank?«

»Es geht um einen Schüler in meiner Klasse. Er möchte Arzt werden.«

Die Ärztin rieb sich die Augen. »Dann soll er sich beim anderen Krankenhaus melden. Die suchen immer Helfer. Ist er kräftig?«

»Nein, das meine ich nicht. Er ist der beste Schüler, den ich bisher hatte. Könnte er nicht zu Ihnen in die Lehre gehen? Er stellt Fragen, die ich nicht beantworten kann.«

Die Frau schüttelte den Kopf. »Es gibt Hunderte, die das möchten, zwei Lehrlinge habe ich schon. Einer ist der Sohn eines Soldaten, die andere die Tochter eines Arztes. Wir nehmen keine Dörfler mehr.«

»Warum nicht?«

»Sobald man einmal nicht aufpasst, klauen sie Medikamente und verschwinden wieder, zurück in ihre Dörfer.«

»Nathanael würde nie stehlen.«

»Das sagen alle. Und dann wird die Mutter krank.« Die Ärztin blickte für einen Moment zu Boden. Dann hob sie den Blick wieder und stand auf.

»Ich habe zu tun.« Sie streckte die Hand aus. Ihr Händedruck war weich. »Der Junge kann ja Lehrer werden. Oder eben doch Krankenhelfer. Viel mehr als die Helfer können wir ohnehin nicht tun. Die Leute wollen unbedingt einen Arzt, aber wozu eigentlich.«

Ludwig ließ ihre Hand los. »Sie können hier doch mehr erreichen als im anderen Krankenhaus.«

»Ich habe heute Morgen einem Mann den Blinddarm entfernt. Er ist gestorben.«

»Das tut mir leid.«

Sie schüttelte leicht den Kopf. »Und wenn erst die Medikamente komplett aufgebraucht sind, sind wir hier auch nicht mehr besser dran als das andere Krankenhaus.«

»Nathanael könnte Ihnen helfen, er ist schnell, er würde …«

»Nein, hören Sie«, sagte sie energisch. »Ich kann nichts für Sie tun.«

»Was machen Sie denn, wenn die Medikamente ausgehen? Irgendjemand muss doch neue entwickeln.«

Sie lachte auf. »Hier? Bevor wir Medikamente herstellen können, benötigen wir so viel anderes. Sie können sich nicht ausmalen, woran es alles fehlt. Wenn wir Glück haben, wird irgendwo eine chemische Industrie aufgebaut. Aber hier?« Sie senkte die Stimme. »Ich war früher Ihrer Meinung. Aber hier ist nicht der Ort dafür. Wenn es geschieht, dann anderswo. Vielleicht in Italien.«

»Am Politecnico?«

Die Ärztin sah ihn mit schmalen Augen an. »Was wissen Sie darüber?«

»Nichts«, sagte Ludwig.

Schweigend händigte der Soldat vor dem Eingang Ludwig die Pistole und die Papiere wieder aus. Ludwig überprüfte das Magazin. Alle drei Patronen waren noch darin. Aber er hätte sowieso nichts tun können, wenn eine gefehlt hätte. Als er aufschaute, sah er den alten Mann mit dem geflickten Mantel aus dem Eingang kommen. Er blickte nicht auf, wandte sich nach Süden und ging mit schleppenden Schritten davon, weg von der Zentrale. Bestimmt hatten sie ihm gesagt, dass sie keinerlei Ressourcen für kranke Schafe aufwenden könnten und dass er im Interesse der Allgemeinheit die ganze Herde keulen müsste. Und bestimmt würde er genau dies nicht tun. Andere Schafe würden sich anstecken, und vielleicht würde sich eine Schafseuche ausbreiten, die niemand aufhalten konnte. Die Zentrale hatte zu wenig Personal, um dafür zu sorgen, dass derlei Anordnungen eingehalten wurden.

Vor ein paar Jahren hatte es einmal geheißen, die Zentrale habe eine Dampflokomotive instand gesetzt. Urs, Nima, Michael, Niklas, Ludwig und die anderen Männer des Dorfes hatten in tagelanger Arbeit die überwucherten Gleise gesäubert, die am Dorf vorbeiführten, und sich vorgestellt, dass nun eine neue Zeit anbrechen würde. Der Zug kam nie an, der Kessel der Dampflok war schon nach wenigen Hundert Metern Fahrt explodiert. Danach hatte man nie mehr etwas davon gehört. Lange redeten die Leute mit großer Bitterkeit darüber. So sehr hatten sie sich gewünscht, dass ein Zug regelmäßig Güter und Neuigkeiten zu ihnen bringen würde.

Was sie jetzt wohl mit den Knallgasexperimenten erreichen wollten? Versuchten sie etwa, eine Brennstoffzelle zu bauen? Das würde ihnen doch niemals gelingen. Aber letztlich war es auch nicht wichtig. Sie würden ein Funknetz aufbauen! Endlich würde man nicht mehr mit dem Fahrrad fahren müssen, um eine einfache Botschaft zu überbringen. Für Nathanael konnte er nichts tun. Aber sein Leben würde endlich besser werden.

Holz

Es dämmerte schon, im Wald wurde es schnell dunkel. Um sich zu beschäftigen, war sie doch noch Holz sammeln gegangen. Sie trug es in der brüchigen Plastiktasche, die sie immer zusammengefaltet in der Hosentasche aufbewahrte, für den Fall, dass sie etwas fand. Und sie fand immer etwas. Vollgestopft, wie sie war, war die Tasche unförmig und mühsam zu tragen. In Gedanken stritt Vanessa mit der Mutter. »Wo warst du so lange«, würde die Mutter vorwurfsvoll sagen, »ich habe dir doch gesagt, du sollst beim Packen helfen.« Sie hatte keine Lust auf diesen Streit, aber sie konnte der Mutter auch nicht ewig ausweichen. Und sie wollte aus dem Wald herauskommen, solange sie sehen konnte, wo sie hintrat.

Sie erreichte die breitere Forststraße, hier kam sie zügig voran. Als der Wald sich schon lichtete, passierte sie die Ruinen eines Hauses, das mit Moos bedeckt war. Sie hätte nicht sagen können, ob es hundert oder tausend Jahre alt war. Daneben stand ein Wegweiser, dessen Farbe abgeblättert war, sodass man nichts mehr lesen konnte. Vielleicht würde sie hier entlangkommen, wenn sie das Dorf für immer verließ. Sie hoffte, dass es bald so weit sein würde.

Das Haus der Schachspielerin und die beiden Trümmerhaufen tauchten vor ihr auf. In der Dämmerung sah das Haus noch toter und verlassener aus als am Tag. Aber ihre Augen fanden sofort den Balkon ihrer Wohnung.

Vor dem Haus bewegte sich etwas. Vanessa verlangsamte ihre Schritte und näherte sich vorsichtig. Es war Sarah. Sie schritt in Gedanken versunken auf dem Vorplatz des Hauses hin und her. Sie blickte auf und winkte Vanessa zu. Sarah trug dasselbe blaue Kleid, das sie am Tag zuvor in der Schule angehabt hatte, darüber eine abgeschabte Windjacke. Es war seltsam, Sarah allein zu sehen, sonst war sie immer mit ihren Freundinnen unterwegs.

»He«, rief Vanessa laut. »Was suchst du hier?«

»Dich«, rief Sarah zurück. »Komm mal her.«

In der Schule sprachen sie fast nie miteinander. Nur manchmal stritten sie sich im Unterricht. Sie waren so unterschiedlich, als kämen sie von zwei verschiedenen Planeten. Sarah tuschelte ständig mit ihren Freundinnen, rätselhafterweise schien der Gesprächsstoff nie zu versiegen. Vanessa sprach in den Pausen höchstens einmal ein paar Sätze mit Marion, und manchmal lief sie mitten am Schultag davon, weil ihr die Klassenkameraden und Gruber auf die Nerven gingen.

Was wollte Sarah von ihr? Zögernd schritt Vanessa auf sie zu. Das Holz in der Plastiktasche schlug gegen ihre Hüfte.

»Das letzte Haus wird sicher auch bald einstürzen«, sagte Sarah.

»Stimmt«, sagte Vanessa.

»Sagst du meinem Vater nicht, dass ich hier war?«, fragte Sarah.

»Was willst du?«, fragte Vanessa.

Sarah blickte zu Boden und malte mit ihrem Schuh einen Kreis in den Staub.

»Wie weit warst du schon weg?«, fragte sie. »Ich meine, vom Dorf?« Ihre Stimme klang belegt.

Vanessa dachte kurz nach. Warum fragte Sarah sie das? »Ich war schon ein paarmal bei der Zentrale. Dinge verkaufen. Und ein bisschen weiter auch.«

Sarah sah sie besorgt an. »Ist das nicht total gefährlich?«

»Weiß nicht«, antwortete Vanessa. Gefährlich war es, nichts zu essen zu haben. Aber Sarah würde das nicht verstehen. Ihre Eltern sorgten dafür, dass jeden Abend etwas auf dem Tisch stand.

»Alle sagen, die Straßen seien unsicher«, sagte Sarah.

Vanessa dachte daran, wie ihr einmal, nicht weit vom Dorf entfernt, ein stinkender Mann den Arm auf den Rücken gedreht und ein Messer an die Kehle gehalten hatte. Er hatte ihr all ihr Geld abgenommen. Glücklicherweise war es nicht viel gewesen, und er hatte sie nachher laufen lassen. Sie hatte nie jemandem davon erzählt.

»Es geht«, sagte sie. »Aber warum willst du das wissen?«

»Nur so.« Sarah blickte wieder zu Boden.

»Ich hätte keine Angst, noch viel weiter zu gehen«, sagte Vanessa.

»Wirklich?«, fragte Sarah. »Und was würdest du tun, wenn du jemandem begegnest? Soldaten? Oder Dieben?«

»Wieso fragst du das alles?«, fragte Vanessa. »Willst du etwa abhauen?«

»Ich nicht.« Sarah lachte auf. »Ich bin doch nicht blöd.«

»Jemand anderes?«

»Kann sein«, sagte Sarah.

Ahnte Sarah etwas von ihren Plänen? Aber nein, das wäre Sarah egal, sie würde sich doch keine Sorgen um sie machen. Vanessa musterte Sarahs Gesicht. Bis eben hatte sie eine bekümmerte Miene gemacht, jetzt wirkte sie beinahe stolz, weil sie etwas wusste, was Vanessa nicht wusste. Sie verstand nicht, warum Sarah als hübsch galt. Ihre äußeren Augenwinkel wiesen leicht nach unten, und das gab ihr den Ausdruck eines traurigen und dummen Hundewelpen, egal, wie sehr ihre Haare schimmerten und wie mahagonibraun ihre Augen angeblich waren. Vanessa war nicht einmal sicher, was Mahagoni überhaupt war.

»Glaub ich dir nicht«, sagte sie. »Außer mir traut sich doch keiner von euch auch nur etwas tiefer in den Wald hinein.« Sie lächelte. »Höchstens mal mit euren Eltern.«

»Da irrst du dich«, sagte Sarah. »Er geht schon morgen. Er hat mich gefragt, ob ich mitkomme. Natürlich hab ich Nein gesagt. Er hat gemeint, dann geht er erst recht.« Sie schwieg und sah Vanessa erwartungsvoll an. »Der Arme«, fügte sie an.

Vanessa ging im Kopf ihre Klassenkameraden durch. Es gab nur einen, der blöd genug wäre, ausgerechnet Sarah zu fragen, ob sie mitkäme.

»Nathanael? Er will abhauen?«

Sarah zuckte zusammen. »Du sagst es nicht weiter, ja? Er geht nach Italien.«

Vanessa hatte Nathanael vor ein paar Tagen gesehen, wie er mit müden Schritten heimging. Er sah nicht aus, als ob ihm die Ausbildung bei Hendrik gefallen würde. Dann hatte er jetzt also genug und meinte, er könnte sich da draußen allein durchschlagen. Bestimmt würde er nach zwei Tagen reuig zurückkommen. Typisch Sarah, dachte Vanessa, dass sie Nathanaels Geheimnis gleich jemandem verriet. Aber sie schien sich wirklich Sorgen um ihn zu machen. Vielleicht war Sarah doch fähig, andere Menschen gernzuhaben. Zumindest ein wenig.

»Bitte, sag es nicht weiter«, wiederholte Sarah. Jetzt klang sie nervös.

»Von mir aus«, sagte Vanessa und bereute es sofort. Natürlich würde sie es niemandem erzählen, wem auch. Sie hatte genug eigene Probleme. Aber sie hätte von Sarah etwas dafür verlangen können. Etwas Kleines. Wenigstens hätte sie ihr einen Fisch oder zwei abschwatzen können, Michael fing doch ständig welche.

Sarah lächelte erleichtert. »Was hast du in der Tasche?«, fragte sie.

»Holz, das siehst du doch.«

»Nein, in der Jackentasche. Ich sehe, dass du mit etwas spielst.«

Vanessa nahm die Hand heraus. »Da ist nichts.«

»Warst du da drin?« Sarah wies mit dem Kinn auf das dunkle Hochhaus.

»Kann sein.«

»Du spinnst«, sagte Sarah.

Funknetz

Lisa stützte sich mit beiden Händen auf die Theke des Metallladens. »Die Zentrale hat uns schon so viel weggenommen. All die nützlichen Geräte, die Batterien, die Bücher, jeden Herbst ein Zehntel der Ernte. Und jetzt gehst auch noch du.«

»Ich dachte, vielleicht freust du dich für mich.«

Lisa senkte den Kopf und wischte mit der Hand über die Theke. »Was ist mit den Schülern?«, fragte sie.

»Das weiß ich noch nicht«, sagte Ludwig. »Es wird sich schon jemand finden.«

Lisa schwieg.

»Den Schülern ist die Schule nicht wichtig. Jedes Jahr rückt die alte Welt weiter weg. Frag Sarah.«

»Aber du hast doch immer gesagt, Nathanael –«

»Eben. Nathanael.« Ludwig wandte sich zum Fenster und sah auf die Straße. Plötzlich hatte er das Gefühl, belauscht zu werden. Aber da war niemand.

»Kannst du nicht Petra noch mal darum bitten, ihn wieder zur Schule gehen zu lassen?«

»Es gibt nichts, womit ich sie überzeugen könnte.« Er verzog das Gesicht. »Ich habe in der Zentrale gefragt, ob er dort eine Ausbildung zum Arzt machen könnte. Aber es gibt keinen Platz.«

»Du wolltest ihn also mitnehmen?«, fragte Lisa. Sie blickte auf ihre Hände, die ruhig auf der Theke lagen wie zwei Tiere, die nicht zu ihr gehörten.

»Die Zentrale hat es endlich begriffen«, sagte Ludwig. »Wir müssen das Funknetz jetzt bauen. Bevor unsere Generation wegstirbt.«

»Die jungen Soldaten werden nicht wissen, was sie damit tun sollen.«

»Ich bringe es ihnen bei.«

»Und wir?«, fragte Lisa. Sie schaute auf. Ihre Augen sahen verschleiert aus, als ob sie gleich anfangen würde zu weinen.

»Komm mit«, sagte er.

»Nein«, sagte Lisa.

»Warum nicht?« Ludwig war wieder laut geworden. Er drehte sich erneut um, jetzt stand tatsächlich jemand auf der Straße. Hendrik. Er sah zum Schaufenster des Metallladens herüber.

Lisa hatte ihn auch gesehen und warf Ludwig einen warnenden Blick zu. »Ich bleibe bei Sarah«, sagte sie leise.

»Rund um die Zentrale leben auch Familien, das weißt du doch. Sie haben eine Kanalisation. Krankenhäuser. Du könntest Sarah mitnehmen.«

»Ich habe es dir doch erklärt. Ich kann und will Sarah und Michael nicht trennen«, sagte Lisa. Ihre Stimme war höher geworden und hart und scharf wie Glas. Wenn er jetzt widersprach, würde Lisa ihn vielleicht anschreien. Das hatte sie noch nie getan. Ludwig hätte gerne ihre Hände kurz berührt, aber sie lagen nicht mehr auf der Theke, und draußen auf der Straße stand Hendrik.

»Hör mir zu, ich …«, begann er.

Lisa schüttelte den Kopf. Plötzlich sah sie wieder kraftlos aus. Eine einzelne Träne lief aus ihrem linken Auge, sie wischte sie weg.

Sie würde nicht mitkommen, obwohl das Leben hier härter war, obwohl sie hier früher sterben würde.

»Wenn du etwas brauchst«, sagte Ludwig leise, »schick mir eine Nachricht.« Hoffentlich wurde Lisa nicht krank. Die Leute starben manchmal so schnell, auch wenn sie jung waren. Es war, als würden sie alle im Vergleich zu früher nur noch halb existieren, mit einem Bein schon im Nichts.

»Und wenn jemand anderes etwas braucht?«, fragte Lisa.

»Du kannst mir immer schreiben. Die Kuriere fahren jeden Mittwoch.«

Ludwig wandte sich wieder zum Fenster. Hendrik stand nach wie vor auf der Straße herum, als würde er auf etwas warten. Ludwigs Magen zog sich zusammen.

Als er aus dem Laden trat, rief Hendrik seinen Namen.

»Nicht jetzt«, sagte Ludwig.

»Warte«, sagte Hendrik. »Es geht um Nathanael.«

Ludwig blieb stehen. Hendrik war der Allerletzte, mit dem er jetzt reden wollte.

»Was ist mit Nathanael?«

»Spiel nicht den Unschuldigen. Ich weiß, dass du in der Zentrale warst.«

»Sie werden ihn nicht nehmen«, sagte Ludwig. »Du kannst beruhigt sein.«

»Dann hast du also gefragt. Deine Respektlosigkeit ist unglaublich. Ich bilde Nathanael zum Prediger aus. Unter großem Aufwand.«

Was für ein aufgeblasener Idiot Hendrik doch war. »Nathanael möchte kein Prediger werden, begreift das endlich. Er will Arzt werden.«

»Da irrst du dich.« Hendriks Augen wurden schmal. »Seit ein paar Wochen ist er wie verwandelt. Er hat seine Berufung gefunden.«

Hendrik sah aus, als sei er sich sehr sicher. Aber so sah er meistens aus, egal, welchen Unsinn er erzählte. Er war einer von diesen Menschen, die glaubten, was sie sagten. Sobald er etwas in Worte fasste, schien es wahr zu werden.

»Die Prophetin ist seit Monaten tot«, sagte Ludwig wütend. »Hat euch das eigentlich jemand erzählt?«

»Ja«, sagte Hendrik. »Sie hat ihren Lebensweg vollendet, indem sie das höchste Opfer gebracht hat. Jetzt kann niemand mehr an ihr zweifeln. Auch Nathanael tut das nicht mehr. Frag Petra.«

»Von mir aus«, sagte Ludwig. »Ich gehe sowieso.«

»Wohin?«

»Zur Zentrale. Als Funker.« Ludwig biss sich auf die Unterlippe. Wieso erzählte er Hendrik davon?

»Das hätte ich mir denken können.«

»Was soll das heißen?«

Hendrik lachte.

»Ich weiß, was da läuft. Warum sie einen Funker brauchen. Hast du gefragt, warum?«

Ludwig schwieg.

»Sie wollen das Materiallager von *Ost 2* überfallen«, sagte Hendrik. »Ihnen gehen die Medikamente aus, und die Generäle haben nicht mehr genügend Dosenfutter. Einen Feldzug bereiten sie vor. Sie denken, sie könnten die Soldaten dort besiegen. Du wirst mit ihnen in den Krieg ziehen.«

»Du lügst«, sagte Ludwig.

Hendrik lächelte nur.

Ludwig ballte die Fäuste. Er warf einen Blick zurück durch das Schaufenster des Metallladens. Lisa las ungerührt in ihrem Buch. Nein, er würde Hendrik nicht ins Gesicht schlagen. Er wandte den Blick von Lisa ab. Hendrik schaute ihn immer noch spöttisch an, sein Lächeln war breiter geworden. Wortlos ging Ludwig einen Schritt auf ihn zu. Hendrik wich nicht aus. Wie gerne hätte er ihn mit der Schulter gestoßen. Er spürte die selbstzufriedene Wärme, die von Hendriks Körper ausging.

Rasch drängte Ludwig an ihm vorbei, die Straße entlang, in Richtung Schule. Hendrik rief ihm etwas nach, aber er verstand es nicht. Er würde endlich die kaputten Stühle aus dem Korridor vor dem Schulzimmer in den Keller räumen und sie dort gegen die Wand schlagen, bis sie zersplitterten und ihre Einzelteile durch die Luft flogen. Fast wünschte er sich, ihm würde dabei ein Splitter ins Auge geraten. So würde ihm wenigstens irgendetwas wehtun.

Lisa, dachte Ludwig, als er die Tür zum Schulhaus aufschloss, Lisa saß in ihrem kleinen Laden und wehrte sich gegen nichts, als wäre sie ihrem Schicksal machtlos ausgeliefert. Dabei war es doch nicht so schwierig, sich von Michael zu trennen, Sarah war alt genug.

Lisas Eltern hatten sich scheiden lassen, als sie zehn gewesen war, und Lisa sagte oft, sie habe sehr darunter gelitten. Aber Sarahs Situation war doch eine völlig andere. Wenn Lisa sie vor die Wahl gestellt hätte, mit ihr und Ludwig in der Zentrale zu leben oder bei ihrem Vater im Dorf zu bleiben, hätte sie sich gewiss für die Zentrale entschieden, sie war vernünftig genug zu wissen, dass das Leben dort einfacher wäre. Michael konnte sie jederzeit besuchen, und auch für ihn wäre die Verbindung zur Zentrale von Vorteil. Lisa wollte es einfach nicht verstehen. Weil sie zu stur und zu festgefahren war. Darum las sie auch immer wieder dasselbe Buch.

Sie hätten auch irgendwo anders hingehen können, es musste ja nicht die Zentrale sein, ein neues Leben aufbauen, dann wäre Sarah vielleicht bei Michael geblieben, sie hätten die Entscheidung ihr überlassen können, sie war ja bald erwachsen. Doch für Lisa war ein solcher Schritt offenbar undenkbar.

Ludwig stieg die dunklen Stufen im Treppenhaus der Schule hinauf. Die Fensterscheiben waren zerbrochen und mit Brettern zugenagelt. Es roch nicht nach Kreide, wie früher in den Schulhäusern, sondern das ganze Jahr über nach den Holzfeuern, mit denen sie im Winter heizten, und nach dem Ruß der Kerzen aus Schweinetalg. Er hasste diesen Geruch heute noch genauso sehr wie am ersten Tag, als er das Schulhaus betreten hatte.

Brot

Die Vorhänge im Stubenfenster von Nathanaels Haus waren zur Hälfte zugezogen. Vanessa sah vom dunklen Garten aus nur den halben Esstisch, der von trüben Öllampen beleuchtet war. Ein wenig zusätzliches Licht kam wohl vom Schein eines Feuers, das außerhalb ihrer Sichtweite brannte. Elias schaufelte Brei in sich hinein und machte ein abwesendes Gesicht. Samuel kam vor lauter Reden kaum zum Essen, und seine Mutter blickte ihn nachsichtig an. Saß Nathanael gar nicht am Tisch? Erst als sich Vanessa gegen die raue Hauswand presste, konnte sie seine linke Schulter erkennen und die linke Hand, in der er eine verbogene Gabel hielt. Kurz legte er sie ab, nur um sie gleich wieder aufzuheben. Für einen Augenblick sah sie sein Gesicht, als er sich zu Elias beugte, um ihm etwas ins Ohr zu flüstern. Nathanael wirkte angespannt. Die Mutter hingegen strahlte und legte Samuel die Hand auf den Arm. Sie stand auf und holte ein Brot. Der Vater war entweder nicht da oder saß so, dass Vanessa ihn nicht sehen konnte.

Vanessas Magen knurrte. Wieso wollte Nathanael abhauen? Er hatte alles. Eltern, Geschwister. Sie hatten immer genug zu essen, die Mutter kochte jeden Abend, während sich Vanessa fast jeden Tag um die Mahlzeiten kümmern musste. Sie legte die Tasche mit dem Holz ab und verschränkte die Arme. Es war kühl geworden.

Nathanaels Mutter lachte über etwas, was Samuel gesagt hatte. Als Elias ein Stück Brot zu Boden fiel, verdüsterte sich für einen Moment ihr Gesicht. Elias schaute sie nicht an. Vanessa sah an ihren Lippen, dass sie mehrmals dasselbe Wort wiederholte, aber sie konnte nicht entschlüsseln, was es war. Schließlich schaute Elias doch auf und blickte der Mutter trotzig ins Gesicht. Er bückte sich unter den Tisch und hob das Brot wieder vom Boden auf. Die Mutter sagte noch etwas, und dann aßen sie weiter, als wäre nichts gewesen.

Wie unterschiedlich die drei Brüder waren. Äußerlich ähnelte

Elias Nathanael mit seinen dunklen Haaren und seinem verschlossenen Gesicht durchaus. Doch die jüngeren Kinder hatten Angst vor Elias. Einmal war er auf ein Dach geklettert, um seine Kollegen zu beeindrucken. Als er unvermittelt hinuntersprang, wäre er beinahe auf ein kleines Mädchen gestürzt, wenn es nicht jemand weggerissen hätte. Danach humpelte er wochenlang. Und Vanessas Klassenkameraden hatten erzählt, wie er am Dorffest betrunken unter dem Tisch geschlafen hatte, ohne dass die Erwachsenen es merkten. Samuel hingegen lachte und redete dauernd und war ständig von Freunden umgeben.

Nathanael war eine Mischung von beiden und doch ganz anders. Von den dreien war er der Zurückhaltendste, Vanessa konnte sich nicht vorstellen, dass ausgerechnet er abhauen würde, eher hätte sie es Elias zugetraut. Vanessa hätte gerne Nathanaels Gesicht noch einmal gesehen, aber es tauchte nicht mehr in ihrem Blickfeld auf. Sie rieb sich mit den Händen die Oberarme. Sie hätte die wärmere Jacke mitnehmen sollen. Ob ihre Mutter wohl schon nach ihr suchte? Vanessa bückte sich, sammelte einige Kieselsteine auf und kratzte die Erde mit den Fingernägeln ab.

Endlich hatte die Familie aufgegessen. Sie hielten die Blicke auf ihre leeren Teller gesenkt und bewegten die Lippen. Offenbar sprachen sie auch am Ende des Essens ein Gebet. Es hörte und hörte nicht auf. Vanessa überlegte, ob sie an die Tür klopfen sollte, um sie zu unterbrechen. Sie würde sagen, sie müsse mit Nathanael reden. Nathanaels Mutter würde das gar nicht gefallen.

Schließlich stand Nathanael auf. Er ging hinter seinen Brüdern vorbei, fuhr Samuel über die Haare, sodass sich seine Locken aufstellten, und war verschwunden. Vanessa wartete einige Atemzüge, dann trat sie zurück und warf einen Kieselstein an den heruntergelassenen Rollladen im ersten Stock. Einen zweiten. Sie hoffte, dass sie das richtige Fenster in Erinnerung hatte. Im Sommer las Nathanael manchmal auf dem Fenstersims.

Der Rollladen wurde leise nach oben gezogen, Nathanaels Oberkörper erschien im Fenster.

»Sarah?«, rief er mit gedämpfter Stimme.

Vanessa winkte. »Psst«, rief sie noch leiser zurück. »Komm runter.«

Als er Vanessa sah, runzelte Nathanael die Stirn. »Was willst du? Jetzt ist es schlecht.«

Vanessa lächelte. »Morgen bist du ja nicht mehr hier.«

Nathanael fuhr zusammen. »Warte«, flüsterte er. Nur wenige Augenblicke später öffnete sich die Haustür.

»Woher weißt du das?«, fragte Nathanael leise. Er atmete heftig. Sein Gesicht war bleich.

»Wo willst du hin?«, fragte Vanessa.

»Das geht dich gar nichts an.« Nathanael drehte sich um, aber niemand war ihm gefolgt. Vanessa sah durchs Fenster, dass die Mutter immer noch am Tisch saß und mit Elias redete.

»Ich komm mit«, sagte Vanessa.

Nathanael starrte sie entsetzt an.

»Ich hab ein scharfes Messer«, sagte Vanessa schnell. »Und Geld. Einer kann wach bleiben, wenn der andere schläft.«

»Ich geh weit weg«, sagte Nathanael. »Allein.«

»Italien ist mir recht. Mir egal, wohin, Hauptsache weg von hier«, sagte Vanessa. »Wir treffen uns morgen früh, kurz vor Sonnenaufgang. Bei dem verfallenen Haus am Waldrand. Wir nehmen den Weg durch den Wald.«

»Das ist die falsche Richtung«, sagte Nathanael.

»Wir drehen erst drinnen im Wald Richtung Süden ab. Sie werden uns auf der direkten Straße nachgehen, im Wald werden sie uns nicht suchen, sie haben Angst vor den wilden Hunden. Ich nicht. Hier«, Vanessa holte den Goldring aus ihrer Hosentasche. »Schau, echtes Gold, ich kann ihn verkaufen. Und ich hab mehr. Das Messer ist scharf, wie neu. Ich nehm alles mit. Ich teile es mit dir. Hast du Karten?«

»Ja«, sagte Nathanael. »Aber ich geh allein.« Er klang schon nicht mehr so sicher.

Vanessa hielt seinem Blick stand.

»Ich kann auch an die Tür klopfen und deinen Eltern erzählen, was du vorhast«, sagte sie.

Nathanael schwieg.

»Morgengrauen«, sagte sie. »Ich warte auf dich. Nimm alles Essen mit, das du finden kannst.«

Ruine

Ludwig schlug ein weiteres Mal mit den flachen Händen an Walters Tür. Es war gerade hell geworden, er war im ersten Dämmerlicht aufgebrochen. Ludwig zitterte vor Kälte. Wie tief schlief Walter denn? Endlich öffnete sich die Tür. Walter trug einen derart armseligen Mantel über seinem Schlafanzug, dass es Ludwig bei dem Anblick schmerzte. Walters halblange graue Haare hingen ihm über die Schultern, sein Gesicht war vom Schlaf tief zerfurcht. Er musterte Ludwig und sagte nichts.

»Darf ich reinkommen?«, fragte Ludwig. »Ich friere.«

»Wieso trägst du keine Jacke?«, entgegnete Walter und trat einen Schritt zurück, um Ludwig hindurchzulassen. »Geht es dir nicht gut?«

Im Innern des Hauses war es dunkel, die Vorhänge waren geschlossen.

»Du willst dich wohl bedanken«, sagte Walter. »Dafür hättest du mich nicht wecken müssen.«

»Bedanken?«

»Für den Funkerjob.«

Ludwig setzte sich auf Walters altes Sofa und legte sich eine zerschlissene Decke über die Beine. Auch die Decke war kalt. Walter setzte sich ihm gegenüber auf einen Stuhl.

»Ich werde ablehnen«, sagte Ludwig.

»Spinnst du?«

»Ich mache nicht bei einem Raubzug mit.«

Walter schwieg.

»Wieso sagst du nichts?«, fragte Ludwig.

Walter lachte bitter. Er stand auf und begann in der Stube umherzugehen. Er riss die Vorhänge auf. Bei Tageslicht sah das Zimmer noch schäbiger aus.

»Das darf nicht wahr sein.« Walters Stimme war heiser, wie immer, wenn er wütend wurde. »Es hat mich einiges an Überzeugungsarbeit gekostet, dir diesen Job zu verschaffen.« Er drehte sich zu Ludwig um. »Sag mir, dass es nicht wegen Lisa ist.«

»Ich mache bei so etwas nicht mit.«

»Als Soldat hast du Zugang zu allem. Bücher. Medikamente. Fahrräder. Du musst nicht mehr auf dem Feld arbeiten und kannst deine Fähigkeiten endlich einsetzen, das wolltest du doch immer.«

»Ich will nicht in den Krieg ziehen«, sagte Ludwig.

Walter lachte wieder. »Du übertreibst maßlos. Ich fasse es nicht, dass du jetzt einen auf Pazifist machst. Schau dich um!« Walter zeigte aus dem Fenster, auf die verkohlte Ruine gegenüber. »Damit wir endlich vorwärtskommen, müssen sich die Gebiete zusammenschließen, ihr Wissen vereinen, ihre Ressourcen zusammenlegen. Das ist doch offensichtlich. Schon im Mittelalter haben sich aus den kleinen Fürstentümern mit der Zeit immer größere Einheiten gebildet. Freiwillig geben die Soldaten im Osten ihre Macht nicht auf. Aber wenn wir dort aufziehen, braucht es wahrscheinlich nicht einmal einen Kampf.« Walter verschränkte die Arme. »Und wenn doch: Wir sind in der Überzahl, und als Funker kannst du im Hintergrund bleiben.«

»Das ist es nicht«, sagte Ludwig.

»Es ist wegen Lisa«, sagte Walter tadelnd. »Du willst nicht aus dem Dorf weg. Stimmt's?«

»Lass Lisa aus dem Spiel.«

»Diese Übernahme findet mit oder ohne dich statt.« Walter ließ die Arme hängen. Er schaute wieder aus dem Fenster auf die Ruine. Das Nachbarhaus war im letzten Winter abgebrannt.

»Es tut mir leid, Walter.« Walter hatte bestimmt recht, die Entwicklung war nicht aufzuhalten. Aber auch im Osten hatte sich eine kleine Stadt um den Sitz des Militärs gebildet, bewohnt von den Menschen, die den Soldaten die Haare schnitten und ihre Kinder unterrichteten. Er konnte sich nicht vorstellen, Teil einer Truppe zu sein, die sich dieser Stadt näherte, um sie zu belagern und zu beschießen.

»Du möchtest kein schlechtes Gewissen haben«, sagte Walter ruhig. »Den Luxus können wir uns nicht mehr leisten. Du willst doch überleben?«

Ludwig schwieg.

»Oder etwa nicht? Willst du als armer Dorflehrer sterben? An einem Schnitt im Finger? Verhungern nach einer Missernte? Die würden uns auch angreifen, wenn sie könnten, und sie hätten jedes Recht dazu. Es gibt nur einen Weg vorwärts. Der Krieg ist der Vater aller Dinge, sagt Heraklit.«

Ludwig hasste es, wenn Walter anfing, die alten Griechen zu zitieren. »Mag sein«, sagte er. »Aber ich kann nicht.«

»Du selbst hast doch immer wieder davon gesprochen, dass wir ein Funknetz brauchen«, sagte Walter. Er nahm eine Talgkerze in die Hand und stellte sie gleich wieder ab. »Strom. Im Osten liegen Turbinen und Generatoren in einer Lagerhalle herum, weil sie nicht wissen, was sie damit anfangen sollen. Du wolltest doch mithelfen.«

»Turbinen und Generatoren? Wer hat das gesagt, dieser Brigadier, den du von früher kennst?«

Walter schüttelte den Kopf. »Du hast dich in deinem Unglück bequem eingerichtet. Das muss es sein.«

Ludwig konnte nicht länger still sitzen und stand auf. Er war mittlerweile größer als Walter, das Älterwerden schien Walter zuzusetzen.

»Es geht doch nur um eines«, sagte Ludwig, »die Offiziere wollen mehr Medikamente und Dosen. Ihnen geht es nicht um Fortschritt. Sie werden das Stromnetz nicht zu uns bringen. Sie kümmern sich nur um sich selbst. Ich will kein Teil davon sein. Und ich habe nicht vor, an einem Schnitt im Finger zu sterben.«

»Du machst den Fehler deines Lebens«, sagte Walter. »Wenn du absagst, kannst du einen Job in der Zentrale vergessen. Du wirst für immer Lehrer bleiben. Kapierst du das?«

Ludwig antwortete nicht. Er dachte an sein Schulzimmer, daran, wie seine Klasse ihn manchmal anschaute, während sie nur darauf wartete, dass die Stunde endlich zu Ende ging.

Ludwig riss die Tür zum Metallladen auf. »Ich gehe nicht«, sagte er. Lisa schaute ihn fragend an. »Zur Zentrale«, erklärte er.

Er war gegen Ende des Weges zurück von Walter immer schneller gelaufen, er hatte Lisa seine Entscheidung sofort mitteilen wollen. Vielleicht würde wenigstens sie sich freuen.

»Wieso denn nicht?«, fragte Lisa. Sie hatte dunkle Schatten unter den Augen. »Bist du sicher?«

Ludwig schwieg. Lisa sah nicht erleichtert aus.

»Ich habe lange nachgedacht und eingesehen, dass es das Beste ist, wenn du gehst. Und endlich bekommst, was du dir so lange gewünscht hast.« Lisa warf einen schnellen Blick zum Fenster. »Hendrik hat Michael erzählt, dass er uns bei einem langen Gespräch beobachtet hat. Dass wir laut geworden sind.«

»Dieses Ekel.«

»Sprich leiser. Michael will Urs irgendwann ablösen. Wenn Urs zu alt wird, um das Dorf zu leiten. Hendriks Meinung ist ihm wichtig.«

»Michael will Urs ablösen? Wie kommt er darauf? Urs ist doch noch gar nicht alt.«

»Michael findet, dass Urs nicht mehr so gesund aussieht. Und dass er vielleicht nicht mehr lange Dorfchef sein will.«

Noch jemand, der auf Urs' Tod spekuliert, dachte Ludwig. Wie er selbst wegen den Wanderschuhen. In Wahrheit wäre ihm lieber, Michael würde tot umfallen. Aber der würde sie alle überleben.

»Wenn er Dorfchef werden will, kann er schlecht eine Frau haben, die ständig mit einem anderen Mann redet und streitet. Die Leute schöpfen Verdacht, das schadet ihm. Und uns bringt es nichts. Es ist alles entschieden.« Lisa presste die Lippen aufeinander.

»Ich hatte gehofft, du freust dich«, sagte er. Plötzlich war er erschöpft. Wollte Lisa die Frau des Dorfchefs sein, ging es ihr darum?

Aber nein, das passte nicht zu ihr, solche Dinge waren ihr doch völlig egal.

Lisa legte die Hand auf ihr Buch, das sie auf der Theke aufgeschlagen hatte, als wollte sie gleich weiterlesen. »Ich freue mich, wenn du bleibst«, sagte sie leise. Von der Straße drangen Stimmen herein. »Aber du wirst hier nicht glücklich.«

»Du auch nicht.«

»Ich habe ein Kind. Geh, solange du kannst.«

Ein Kind? Sarah war doch kein Kind mehr.

»Wohin denn?«, fragte Ludwig.

Lisa antwortete nicht.

Ludwig drehte sich um und trat grußlos durch die Glastür auf die Straße. Erst gestern hatte er sich vorgenommen, Lisa fernzubleiben, und jetzt war er doch wieder bei ihr im Laden gestanden in der Hoffnung, sie wäre erleichtert, wenn sie hörte, dass er blieb. Wie dumm von ihm. Sie wollte ihn loswerden.

Aber es gab keinen Ort, wo er hinkonnte. In ein anderes Dorf, dort ganz allein von vorn anfangen? Nur um Lisa auszuweichen? Nein, das war sinnlos. Er musste sich endlich mit allem abfinden, mit der Schule, der Feldarbeit, der Angst, der Enge, mit Hendrik und der Sekte und ihren verqueren Ideen. Nur eines würde er nicht tun: selbst religiös werden. Eher würde er sich aufhängen.

Porzellan

Die Mutter lag auf dem Sofa und fuhr hoch, als Vanessa sich an ihr vorbeischleichen wollte.

»Da bist du ja«, murmelte sie. »Wo warst du denn?«

»Ich hab Holz gesammelt.«

Die Mutter schwieg.

»Und jetzt ess ich etwas, dann geh ich schlafen.«

»Gut«, sagte die Mutter. »Gut, gut«, und legte sich wieder hin. Vanessa nahm das Wolltuch, das auf den Boden gefallen war, deckte die Mutter zu und blies die Kerze aus, die vor ihr auf dem Couchtisch stand. Manchmal mochte die Mutter nicht in ihrem Zimmer schlafen. Sie sagte dann, sie bekomme dort keine Luft. Es musste mit einem Erlebnis zusammenhängen, das sie nach dem Tag Null gehabt hatte. Was da geschehen war, hatte sie Vanessa nie erzählt. Vanessa stapelte das Holz neben den Kamin, holte das Putzmittel hinter dem Vorhang hervor und stellte es auf den Tisch. Hoffentlich wusste Erwin, wie viel man dafür bei der Zentrale verlangen konnte. Die Mutter war imstande, das Putzmittel selbst aufzubrauchen, weil es sie an früher erinnerte. Dabei hatten sie gute Gallseife.

Vanessa ging leise die Treppe hinunter und betrat die kleine Speisekammer. Sie stellte die Kerze auf ein leeres Regalbrett. Es roch nach Erde und den alten Kartoffeln, die in den unteren Fächern lagerten. Mit ihrem Messer schnitt sie die Hälfte des Roggenbrots ab, es war hart und würde schwer zu kauen sein. Sie packte es in ihre Tasche. Dann die Hälfte vom Käse, den ganzen Speck und alle fünf Trockenwürste. Erwin würde der Mutter neues Fleisch bringen, bestimmt. Zwei Würste legte sie wieder zurück, die Mutter musste vor dem Umzug ja auch noch etwas essen, und vielleicht würde es sie ein wenig über den Verlust der Tochter hinwegtrösten, wenn sie Fleisch essen konnte. Sie nahm zwei leere Petflaschen mit, die innen mit Algen bewachsen waren. Morgen früh würde Vanessa sie am Dorfbrunnen füllen. Vorsichtig trug sie sie nach oben, durch die Stube und dann weiter die Treppe hinauf in den ersten Stock. Das Schnarchen der Mutter wurde mit jedem Schritt leiser.

Vanessa schloss die Tür hinter sich. Sie würde ihr Zimmer vermissen. Besonders das Gestell mit den kleinen Porzellanfiguren, die noch von den früheren Bewohnern des Hauses stammten. Sie waren im ganzen Haus verteilt gewesen, Vanessa hatte sie eingesammelt und in ihrem Zimmer aufgestellt, weil sie der Mutter unheimlich waren. Kleine tanzende Frauen mit Reifröcken, Hunde, Katzen, altmodische Autos. Am liebsten mochte sie die Figur einer jungen Frau, die sich die Haare kämmte. Sie war klein, Vanessa wog sie in der Hand. Aber sie konnte kein unnötiges Gewicht brauchen. Sie stellte sie zurück. Die Figuren gehörten sowieso nicht ihr.

Früher hatte hier ein älteres Ehepaar gewohnt, dessen Kinder schon ausgezogen waren. In den Fotobüchern trug das Mädchen einen hoch in der Stirn geschnittenen Pony, und der Junge machte ein ernstes Gesicht. Auf einem goldgerahmten Bild, das im Korridor hing, stand das Mädchen etwas abseits vom Rest der Familie, als sei ihm in der Nähe der anderen unwohl. Auch das Lächeln der Eltern und des Sohnes war nur schmal. Seltsam, dass sie gerade dieses Bild aufgehängt hatten.

Das Haus hatte leer gestanden, als Vanessa und die Mutter eingezogen waren. Die Nachbarin, die die Familie noch gekannt hatte, wusste nicht, was aus ihnen geworden war. Die Tochter sei ein paar Jahre vor dem Tag Null nach Australien ausgewandert, und die Eltern hätten wenig von ihr gehört. Vielleicht würde es eines Tages wieder möglich sein, so weit zu reisen, und die Tochter würde zurückkehren und die Porzellanfiguren holen. Vanessa hoffte, dass die Familie, die nun hier einziehen würde, das Haus und die Figuren gut behandeln würde.

Sie nahm ihre gesamte Kleidung aus dem Schrank und legte sie aufs Bett. Hoffentlich brachte Nathanael nicht zu viel Gepäck mit.

Vanessa faltete einen warmen Pullover und eine Hose, die kaum Löcher hatte, klein zusammen und stopfte sie in ihren Rucksack. Die übrigen Kleidungsstücke räumte sie zurück in den Schrank. Die Mutter würde sie verkaufen können. Hoffentlich ließ sie sie nicht einfach hier, wenn sie auszog, sie waren etwas wert. Dann holte sie ihre beiden Landkarten unter der Matratze hervor, steckte sie in die Innentasche ihrer Windjacke und zog den Reißverschluss zu. Sie beulten die Jacke aus, aber sie wollte die Karten nicht im Rucksack transportieren.

Vanessa legte sich auf ihr Bett und stellte sich vor, sie wäre schon weit weg, Hunderte Kilometer, und versuchte, sich an ihr Zimmer zu erinnern, an das Gesicht ihrer Mutter, und beides würde ihr nicht mehr einfallen. Es gab keine einzige Fotografie von der Mutter.

Vanessa sprang wieder auf, ging hinaus in den Gang und öffnete das Fotobuch der Familie. Sie riss ein Foto des Mädchens heraus, mit seinem kurzen Pony und seinem vorsichtigen Grinsen, und steckte es in die Außentasche des Rucksacks.

Zettel

Es war einmal ein Mann, der in einem Dorf lebte. Er hatte eine lange Nase und schwarze Augen. Er versteckte sich in seinem Haus und heckte böse Dinge aus. Wenn er das Haus verließ, fürchteten sich die Kinder.

Im trüben Abendlicht, das ins Zimmer fiel, konnte Ludwig die stark nach rechts geneigte Schrift gerade noch so entziffern. Sarahs Aufsatz war der letzte, den er korrigieren musste. Er hatte nur den Anfang vorgegeben. *Es war einmal.* Immerhin hatte sie etwas abgegeben. Ob Sarah über ihn schrieb? Er hatte dunkle Augen, und seine Nase kam Sarah möglicherweise lang vor, auch wenn sie es nicht war. Ludwig rieb sich die Schläfe. In diesem Moment klopfte es laut an der Tür. Soldaten!, dachte Ludwig. Aber die Soldaten hatten schon vor Jahren aufgehört, die Häuser nach elektrischen Geräten und Chemikalien zu durchsuchen. Er erhob sich und warf die Blätter auf den Tisch. Jetzt klang es, als schlüge jemand mit geballten Fäusten gegen die Tür. Ludwig riss sie auf.

Draußen stand Petra. Sie trug ihr schwarzes, langärmeliges Kleid. Ihr Zopf war halb aufgelöst, die Augen und Wangen gerötet. Aber ihre Miene war entschlossen. Sie atmete schwer.

»Nathanael ist weg.« Petra wischte sich mit dem Handrücken über die Brauen. »Kann ich reinkommen?«

Drinnen richtete sie ihr Kleid und atmete tief ein. »Ist er bei dir?«, fragte sie.

»Natürlich nicht.«

»Wo ist er?«

»Das weiß ich nicht. Ist er …?«

Petra trat näher an ihn heran. »Wo ist er, Ludwig!«

»Seit wann ist er weg?«

Petra fuhr sich mit der Hand übers Gesicht. Ihre Finger hinterließen eine weiße Spur auf der Haut, die gleich wieder verschwand. »Seit letzter Nacht«, sagte sie. »Ich war im Frühgebet. Niklas dachte, er sei bei mir. Ich dachte, er schläft, und tagsüber haben wir nicht …«

Ludwigs Magen zog sich zusammen. Die Straßen waren viel zu gefährlich für Nathanael. »Wieso musstet ihr ihn bloß aus der Schule nehmen!«

Petras Gesicht wurde rot. »Diese Teufelsideen von der Medizin hast du ihm in den Kopf gesetzt!«

»Du weißt genau, dass er von selbst darauf gekommen ist. Als Rahel starb …« Ludwig schüttelte den Kopf. Das hätte er nicht sagen sollen. »Woher weißt du, dass er abgehauen ist?«

»Er hat seine Wasserflasche, Kleidung und einen Rucksack mitgenommen, auch Essen, viel Essen. Unter seiner Decke lag ein Zettel.« Petra schloss die Augen, Tränen rannen ihre Wangen hinunter. »Sucht mich nicht.«

Ludwig hob die Hand, fast hätte er Petra an der Schulter berührt, aber sie öffnete die Augen wieder und sah ihn unverwandt an. »Hol ihn zurück«, sagte sie.

»Ich?«

»Du bist schuld, dass er weg ist.«

»Er ist geflohen, weil er kein Prediger werden will.«

Petra strich sich mit der Hand über die Stirn. »Bitte, Ludwig. Wir müssen uns um Elias und Samuel kümmern. Niklas und ich können nicht weg.«

»Und ich habe eine Schulklasse!«

»Die Schule würde ein paar Tage ausfallen. Vielleicht nur einen Tag. Vielleicht findest du ihn ja gleich, das hoffe ich sehr.«

»Er kann überall sein!«

»Frag seine Freunde. Sarah. Mit dir reden sie doch.«

Ludwigs Brust wurde eng. Nathanael hatte ihn gebeten, ihm zu helfen, und Ludwig war zu feige gewesen. Jetzt war er unterwegs, auf unsicheren Straßen, in Richtung China womöglich. Und Petra bat ihn, Ludwig, und nicht Hendrik, Nathanael zurückzuholen.

»Ich gehe«, sagte Ludwig. »Aber du musst mir versprechen, dass er wieder in die Schule gehen darf.«

Petras Augen füllten sich erneut mit Tränen.

»Also gut«, flüsterte sie. »Wenn er das will. Dann verspreche ich es.«

Umweg

Seit sie aus der Dunkelheit des Waldes getreten waren, kamen sie schneller voran. Hatten sie es geschafft? Hatten sie ihr Dorf wirklich für immer zurückgelassen? Gleich würde sie jemand einholen, anschreien und an den Ohren zurück ins Dorf zerren, wie kleine Kinder. Vanessa schaute über ihre Schulter zurück. Doch die schmale Landstraße war leer.

Sie wich einem Gebüsch aus, das den bröckeligen Asphalt aufgesprengt hatte. Ein Bussard kreiste weit oben am eierschalenweißen Himmel, als gehöre das Land ihm. Auf einer Anhöhe sah Vanessa eine Handvoll Häuser mit eingestürzten Dächern. Früher oder später würden sie in ein Haus eindringen müssen, um darin zu übernachten. Neben ihr ging Nathanael, still wie ein Schatten.

Warum hatte er sich entschieden, mit ihr zusammen aufzubrechen? Wenn er eine Stunde früher in die andere Richtung davongegangen wäre, hätte sie nichts tun können. Er hatte nichts erklärt, und sie hatte nicht gefragt. Er wolle zum Tunnel, hatte er nur wiederholt und war rasch einverstanden gewesen, einen weiten Bogen nach Südosten zu machen, zur Sicherheit. Seitdem schwieg er. Vielleicht dachte er an seine Familie. Erst hatte sie überlegt, ob sie versuchen sollte, sich mit ihm zu unterhalten, um ihn abzulenken, aber dann hatte sie angefangen, an die Zukunft zu denken und an die Vergangenheit, so wie man an alles gleichzeitig denken kann, wenn man weit geht und im Rhythmus der eigenen Schritte versinkt. Sie dachte an die Schachspielerin, deren Wohnung sie nie wiedersehen würde. Sie hätte diese Wohnung gerne Marion gezeigt, aber die ließ sich nicht überreden. Nun würde niemand mehr die Wohnung betreten. Dann dachte sie an das andere Dorf, wo sie und ihre Mutter früher gelebt hatten, ehe sie in Nathanaels Dorf gekommen waren. Auch dort hatten sie in einem kleinen Haus gewohnt. Die Mutter war mit wechselnden Männern befreundet gewesen, alle verheiratet. Den letzten hatte Vanessa gemocht, er hatte ihr Süßigkeiten geschenkt und sie zum Lachen gebracht. Eines Abends hatte seine Ehefrau an die Tür geklopft, ihren kleinen Sohn an der Hand, und der Mutter mitgeteilt, dass sie das Dorf verlassen müssten, wenn ihnen ihr Leben lieb war. Mitten in der Nacht waren sie aufgebrochen. Die Mutter hatte gesagt, die Frau hätte den Verstand verloren und vor Verrückten müsse man fliehen. Vanessa hatte ihr geglaubt.

Nathanael packte sie am Arm.

»Da vorn«, sagte er. Vanessa kniff die Augen zusammen. Auf einem Acker neben der Straße bewegte sich etwas. Es waren zwei Leute, der Kleidung nach ein Mann und eine Frau. Beide bückten sich immer wieder tief über die Erde. Das rote Kleid der Frau bauschte sich im Wind. Vanessa duckte sich und zog Nathanael hinter ein Gebüsch am Wegrand.

»Du hast gesagt, das Gebiet wäre unbewohnt«, flüsterte Nathanael. Er klang vorwurfsvoll.

Vanessa breitete hastig die Karte auf dem Boden aus. Ja, das Gebiet war von Hand schraffiert, so wie sie es in Erinnerung hatte. Es hätte also menschenleer sein sollen. Trotzdem waren dort eindeutig Menschen. Menschen, die ohne den Schutz einer Zentrale lebten, ohne Gesetze und ohne Soldaten. Diese Leute ermordeten einander dafür, dass einer dem anderen ein Brot klaute oder ihn auch nur schief anschaute, hatte Vanessas Mutter gesagt, und würden von niemandem bestraft. Wer weiß, was diese Leute tun würden, wenn sie sie entdeckten.

»Wir müssen einen Umweg machen«, sagte Vanessa. Die Straße führte direkt auf das Feld zu, auf dem die beiden Fremden arbeiteten. Jetzt sah sie auch, dass auf der anderen Seite der Straße zwischen ein paar Bäumen ein Giebelhaus stand. An das Haus war eine Garage angebaut. Das Garagentor war weit offen, und im Innern türmte sich Gerümpel, unter anderem ein weißer Kühlschrank. Wozu würde man den aufbewahren? Bildeten sie sich ein, der Strom kehre irgendwann wieder?

»Wir müssen den Weg zurückgehen, den wir gekommen sind, und dann nach links, hier.« Vanessa zeigte auf die Karte. »Das Wasser sollte reichen, bis wir zum Fluss kommen.«

»Und wenn da auch jemand wohnt?«, fragte Nathanael.

»Oder wir warten, bis es Nacht ist, und gehen dann an dem Haus vorbei. Aber sie haben bestimmt Hunde.«

»Vielleicht würden sie uns gar nichts tun«, warf Nathanael leise ein.

»Sie gehören nirgends dazu«, sagte Vanessa. »Sie haben keine Gesetze. Dafür haben sie wahrscheinlich Gewehre.« Das alles wusste Nathanael doch. Vanessa berührte das Messer, das sie am Gürtel trug. Gegen Gewehre würde es nichts ausrichten können.

Nathanael rieb sich die Stirn. »So dauert es viel länger, bis wir zum Tunnel kommen.«

Vanessa warf einen Blick auf die Karte. Tatsächlich würden sie sich nach Osten bewegen, weg vom Tunnel. Der Umweg führte weit durch schraffiertes Gebiet.

»Hier, ein Dorf.« Vanessa hielt den Finger auf eine Ansammlung schwarzer Punkte. Der Name daneben war mehrfach durchgestrichen. »Es ist unbewohnt. Wir könnten es uns anschauen.«

Sie war noch nie durch ein komplett verlassenes Dorf gegangen.

»Was ist das für eine Linie?«, fragte Nathanael.

Eine dünne schwarz gestrichelte Spur führte von dem unbewohnten Dorf weg. Vanessa drehte die Karte um und sah sich die Legende an, die von Hand auf die Rückseite geschrieben war.

»Eine Hochspannungsleitung.«

»Bist du sicher, dass die Karte stimmt? Diese Gegend sollte ja auch menschenleer sein.«

Vanessa dachte nach. Sie konnte sich nicht vorstellen, dass die Kartenmacher sich darin irrten, ob ein ganzes Dorf bewohnt war oder nicht.

»Sie muss stimmen. Sie hat mich zwei Autobatterien gekostet«, sagte sie schließlich.

Nathanael starrte Vanessa an. »Wo hattest du die Batterien her?«

»Aus einer Tiefgarage«, sagte Vanessa. Sie hatte sie unter einer verlassenen Häusergruppe am Dorfrand entdeckt. Die Decke der Tiefgarage hing zwar so weit durch, dass die meisten Autos zerdrückt waren, aber im hintersten Teil der Tiefgarage waren einige Autos heil geblieben. Der fahrende Händler hatte ihr die Karte für die Batterien überlassen, ohne auch nur zu feilschen. Sie war deutlich mehr wert als der Preis, den die Zentrale für die Batterien gezahlt hätte.

Vanessa hatte die Karte im Winter oft hervorgeholt und betrachtet und davon geträumt, einfach immer weiterzugehen, bis sie den Rand der Karte überqueren würde.

»Überleg mal, was wir in dem Dorf alles finden können«, sagte Vanessa.

»Wenn es wirklich verlassen ist.«

»Wir werden von Weitem sehen, ob Rauch aufsteigt.« Vanessa spähte durch die Zweige des Gebüschs. Der Mann und die Frau arbeiteten immer noch auf dem Feld. Die Frau schien mit einem Spaten Erde zu verteilen. Vielleicht pflanzten sie Kartoffeln. Neben ihnen bewegte sich etwas Weißes, ein Schaf oder ein Hund.

Körner

Ludwig erwachte noch im Halbdunkel. Hatte er sich tatsächlich einverstanden erklärt, Nathanael zurückzuholen? Er lag auf dem Bett und rührte sich nicht. Vor sich sah er weite Straßen. Einen wilden Hund, der sich in sein Bein verbiss. Ein Messer an seinem Hals. Ludwig fuhr sich über die Kehle. Dann sah er Nathanael, der sich weigerte, mit ihm zurückzukommen, und davonrannte, über die Hügel. Er rannte schneller als Ludwig.

Aber jetzt konnte er Petra nicht mehr sagen, er hätte es sich anders überlegt. Er hatte es ihr versprochen. Er setzte sich auf und warf die Bettdecke zurück.

Gestern Abend, gleich nach dem Gespräch mit Petra, hatte er an

Lisas Tür geklopft. Sie hatte ihn erschrocken angeschaut. Als er sagte, er müsse dringend mit Sarah reden, entspannte sich ihr Gesicht für einen Moment. Hatte sie etwa gedacht, er würde einfach so an ihre Tür klopfen, um mit ihr zu sprechen? Nachdem er erzählt hatte, was passiert war, legte Lisa ihm die Hand auf den Arm und rief dann nach ihrer Tochter.

Sarah war anzusehen, dass sie genau wusste, warum Ludwig da war. Sie rückte auch sofort damit heraus, dass Nathanael zum Politecnico wollte. Immerhin hatte er also nicht vor, zu Fuß nach China zu gehen. Aber wie war Nathanael darauf gekommen? Das wusste Sarah nicht. Hatte Walter ihm davon erzählt, obwohl ihn Ludwig ausdrücklich gebeten hatte, das nicht zu tun?

»Wieso hast du nichts gesagt, Sarah?«, fragte Lisa. Sarah hatte geschwiegen und Ludwig angeschaut.

Ehe er sich von den beiden verabschiedet hatte, hatte Sarah ihn noch hoffnungsvoll gefragt, ob die Schule ausfallen würde. Ihr Gesicht hatte sich verdüstert, als er sagte, dass sie trotz seiner Abwesenheit in die Schule mussten, und die Liste mit Büchern erwähnte, die sie dort lesen sollten. Nicht dass er davon ausging, dass sie sich an die Anweisungen hielten.

Ludwig war nach Hause gegangen, hatte gepackt und am Brunnen Wasser geholt. Jetzt blies er ins Feuer, um es anzufachen, er musste das Wasser noch abkochen. Hatte er an alles gedacht? Er schaute aus dem Fenster. Feine Tröpfchen liefen über das Glas. Natürlich musste es ausgerechnet heute regnen. Er zog die Pelerine wieder aus dem Rucksack hervor. Dann schob er das Beutelchen mit dem Feuerstein und dem Zunder in seine Jackentasche und ging nochmals den Proviant durch. Brot, Käse, gekochte Eier. Trockenfleisch, das er von Niklas bekommen hatte. All das würde für zehn Tage reichen müssen, wenn er unterwegs kein Essen fand. Länger als fünf Tage sollte es nicht dauern, bis er den Tunnel erreichte, und der Rückweg würde noch einmal so viel Zeit in Anspruch nehmen. Petra und er waren sich einig, dass Nathanael spätestens am Tunneleingang nicht weiterkommen würde. Es würde Zoll kosten, den Tunnel zu durchqueren, meinte Petra, und den konnte Nathanael nicht bezahlen. Außerdem würden sie einen allein reisenden Jungen wohl aufhalten. Doch bestimmt fände Ludwig ihn vorher. Petra war voller Zuversicht gewesen. Erstaunlich, wie ruhig sie im Laufe des Abends geworden war. Sie hätte es in der alten Welt weit gebracht, dachte Ludwig nicht zum ersten Mal. Aber vermutlich hatte sie es nach ihren eigenen verzerrten Maßstäben auch in der heutigen Zeit weit gebracht. Die gläubigste Person im Dorf, oder so etwas.

Ludwig lauschte. Hatte er Schritte vor der Tür gehört? Was gäbe er darum, wenn jetzt Petra anklopfen und ihm mitteilen würde, Nathanael sei bereits zurückgekehrt, er habe sich für seine Dummheit entschuldigt. Aber er musste sich getäuscht haben, er hörte nur das leise Trommeln des Regens auf dem Dachfenster. Ludwig roch am Trockenfleisch, sein Magen knurrte. Er würde es sich möglichst lange aufsparen.

Ehe er aufbrach, würde er Petra den Schlüssel zu seinem Haus vorbeibringen. Sie hatte angeboten, auf seinen Gemüsegarten aufzupassen. Niklas würde nach den Hühnern schauen. Wir kümmern uns um alles, sagte sie, ohne ihm in die Augen zu sehen, auch wenn du doch länger wegbleibst. Das werde ich nicht, dachte Ludwig. In zehn Tagen bin ich zurück, ob mit oder ohne Nathanael. Aber er sagte nichts.

Das Wasser kochte, er nahm es vom Feuer. Er musste es abkühlen lassen, bevor er es in die Flaschen füllte. In der Zwischenzeit schüttelte er seine Bettdecke aus, das Haus sollte einigermaßen ordentlich aussehen. Er nahm eine Handvoll Körner in die Hand, öffnete die Haustür und warf sie den Hühnern hin. Sie stürzten sich darauf wie Verhungernde. Die Morgenluft war angenehm kühl und feucht, er spürte den feinen Regen wie Gischt im Gesicht. Ludwig blickte auf und zuckte zusammen. Am Zaun stand Sarah und starrte ihn an. Er hatte sich doch nicht geirrt, es waren Schritte gewesen. Hatte sie sich nicht getraut, anzuklopfen?

»Was gibt's?«, fragte er.

»Vanessa«, sagte sie. Sie sah unglücklich aus.

»Was ist mit ihr?«

Sarah schien um Worte zu ringen. Gott im Himmel, dachte Ludwig und machte einen Schritt auf Sarah zu. War Vanessa unter dem leer stehenden Mietshaus begraben worden, bei dem sie manchmal herumstreunte?

»Sie ist mit Nathanael gegangen«, sagte Sarah wütend.

Ludwig atmete erleichtert aus. »Wie kommst du denn darauf?«

»Sie hat gestern gefehlt«, sagte Sarah.

»Na und?«, sagte Ludwig. Vanessa fehlte doch ständig.

»Ich war heute Morgen bei ihrem Haus. Weil ich etwas geahnt habe. Sie ist weg.«

Sarah sah aus, als würde sie gleich anfangen zu weinen. Waren die beiden seit Neuestem befreundet?

»Ich finde Nathanael«, sagte Ludwig. »Und Vanessa, falls sie mit ihm unterwegs ist. Mach dir keine Sorgen.«

»Ist gut«, sagte Sarah und lächelte gequält. »Müssen wir wirklich auch das englische Buch lesen?«

»Natürlich müsst ihr das Buch lesen! Ihr hättet es genaugenommen schon zur Hälfte –« Ludwig brach ab. Sie würde die Hausaufgaben sowieso nicht machen.

Sarah schaute ihn traurig an. »Gute Reise«, sagte sie.

Ludwig nickte. »Geh jetzt.«

Und er? Nun würde er auch noch mit Vanessas Mutter reden müssen, bevor er aufbrechen konnte. Mit jeder Stunde, die er vertrödelte, entfernte sich Nathanael weiter vom Dorf.

Sarah wandte sich grußlos ab und ging davon. Der Regen fiel auf ihre Haare, sie hatte ihre Kapuze nicht hochgezogen. Die Hühner pickten noch immer auf dem Boden herum, obwohl sie bereits alle Körner gefressen hatten.

Auf dem Weg zu Vanessas Mutter blieb Ludwig vor Urs' Haus stehen. Er zögerte. Doch Urs konnte ihn nicht aufhalten, das lag nicht in seiner Macht. Ludwig klopfte an die Tür.

Urs öffnete und blieb im Türrahmen stehen. Ludwig sah ihm sofort an, dass Urs wusste, warum er hier war. Petra hatte ihn also informiert.

»Ich bin überhaupt nicht erfreut über diese Pläne«, begann Urs ohne Umschweife. »Soll doch Hendrik gehen.« Er verschränkte die Arme vor der Brust. Urs war ohnehin schon höher gewachsen als Ludwig, dort oben auf der Türschwelle schien er ihn nun um zwei Köpfe zu überragen.

»Wegen dem ist Nathanael doch abgehauen«, sagte Ludwig. »Der würde ihn nicht überreden können, zurückzukommen.«

»Petra hat dir ein schlechtes Gewissen gemacht, stimmt's?«, fragte Urs. Er ging die Vortreppe hinunter, trat näher an Ludwig heran und musterte ihn. Er schien in Ludwigs Gesicht genau die Antwort abzulesen, die er erwartet hatte. »Diese Frau. Sie hat gestern Abend auch Sina herumkommandiert, als wäre sie die Schuldirektorin.«

Ludwig konnte sich nicht vorstellen, dass Sina sich von Petra Befehle erteilen ließ. Und das schlechte Gewissen gegenüber Nathanael hätte er so oder so gehabt.

»Kann ich das Fahrrad ausleihen?«, fragte er.

»Auf keinen Fall«, antwortete Urs.

Ludwig biss sich vor Enttäuschung auf die Lippen. Eigentlich hätte er gern noch nach der Pistole gefragt, aber es schien zwecklos, Urs würde sie ihm nicht geben.

»Dir ist bewusst, dass ich das der Zentrale melden muss. Es dauert seine Zeit, einen Ersatzlehrer zu finden«, sagte Urs. »Sina kann heute ab und zu bei deiner Klasse vorbeigehen und nach den Schülern schauen, aber länger als für ein paar Tage geht das nicht. Sie hat mit den Jüngeren genug zu tun.«

»Ich weiß«, sagte Ludwig. »Warte bitte wenigstens zehn Tage, bevor du es meldest. Dann bin ich zurück. Versprochen.«

Urs schüttelte missbilligend den Kopf.

»Sieh mal: Es wäre eine Niederlage für Hendrik, wenn Nathanael zurückkäme und dann wieder in die Schule ginge. Petra hat es mir versprochen«, sagte Ludwig.

Urs schwieg.

»Zehn Tage«, sagte er dann. »Und bleib auf den Hauptstraßen.«

Baum

Nathanael betrachtete Vanessa aus den Augenwinkeln. Sie musste ein paar Zentimeter größer sein als er. In der Schule war ihm das nicht aufgefallen. Sie ging schnell, schneller als er, und war ihm immer wieder einige Schritte voraus, selbst wenn er zwischendurch einmal aufholte. Er würde sie nicht fragen, ob sie ein wenig langsamer gehen könnten. Sie hatte ja recht, sie mussten möglichst viel Abstand zum Dorf gewinnen. Und mit jedem Schritt ließ er Hendrik weiter hinter sich zurück.

Die Straße führte in einen Wald. Der Asphalt war von Wurzeln durchzogen und an vielen Stellen aufgerissen. Weiße Buschwindröschen leuchteten auf dem Waldboden. Zwischen den Bäumen stand ein Auto mit zersplitterter Frontscheibe. Der Baum, der seine Fahrt gestoppt hatte, war um das Auto und durch das Auto weitergewachsen, sodass es aussah, als wäre es mit dem Baum zu etwas Neuem verschmolzen. Auch Vanessa hatte das Wrack und den Baum bemerkt, sie blickte neugierig in ihre Richtung. Nathanael überlegte, ob er etwas dazu sagen sollte, ließ es dann aber bleiben.

In der Nacht vor dem Aufbruch hatte ihn die Angst davor gepackt, ganz allein in der weiten Landschaft unterwegs zu sein und einsam unter Bäumen zu schlafen, und er war zum Treffpunkt gegangen. Vanessa hatte nur genickt, nicht gelächelt. Sie schien erwartet zu haben, dass er kommen würde. Das Nicken hatte ihn geärgert.

Während Nathanael wochenlang über seine Flucht nachgedacht hatte, erst nur als Gedankenspiel, und dann immer konkreter, hatte er sich manchmal einen Reisegefährten gewünscht. Er hatte sich einen großen gefleckten Hund vorgestellt, der ihn in der Nacht beschützte. Einmal hatte er geträumt, er sei zusammen mit Walter unterwegs, der ihn zum Politecnico führte. Aber Walter hinkte in letzter Zeit immer stärker, der Weg wäre für ihn viel zu weit gewesen. Natürlich hatte er auch gehofft, Sarah käme mit, aber sie hatte ihn ausgelacht, als er sie gefragt hatte. Er schüttelte sich. Das Gespräch mit ihr wollte er lieber vergessen. An Vanessa hatte er nie gedacht.

Ob sie auf dem richtigen Weg waren? Wie weit war das Dorf schon entfernt? Nathanael tastete in seiner Jackentasche nach der Landkarte. Er hatte sie bei Hendrik im Pult gefunden. Gern hätte er die Route noch einmal überprüft, aber er wollte nicht, dass Vanessa seine Karte sah, sie würde auf den ersten Blick erkennen, dass sie schlechter war als ihre. Auf ihrer Karte hatte jemand die verschiedenen Herrschaftsgebiete eingezeichnet und einige Fehler korrigiert. Straßen, die nicht mehr passierbar waren, Flüsse, die im Laufe der Jahre einen anderen Weg genommen hatten. Der Umweg, den sie jetzt nahmen, hatte seine Orientierungslosigkeit verstärkt, er war nicht einmal mehr sicher, in welche Himmelsrichtung sie sich bewegten. Osten? Aber Vanessa schien genau zu wissen, wohin sie ging, bei jeder Abzweigung entschied sie sich ohne Zögern und ohne Blick auf die Karte.

Der Wald lichtete sich. Zwischen den Bäumen sah Nathanael einen hohen Drahtzaun und dahinter einige hellgraue Kuppeln. Vielleicht ein ehemaliges Fabrikgelände. Eine der Kuppeln war von Brandspuren geschwärzt und eingedrückt, als hätte sich ein Riese daraufgesetzt.

»Es ist nicht mehr weit zum verlassenen Dorf«, sagte Vanessa. Sie klang heiser.

Nathanael kam ein seltsamer Gedanke. Vielleicht war es auch eher ein Gefühl, ein kühles und formloses Ding. Mochte Vanessa ihn? Hatte sie deshalb gemeinsam weglaufen wollen? Nathanael wurde rot. Hoffentlich bemerkte sie es nicht.

Die Jungs hatten manchmal darüber geredet, welche Mädchen sie hübsch fanden, Vanessa war nie eines davon gewesen. Es war, als ob sie einer anderen Art angehörte. Nathanael hatte nicht an diesen Gesprächen teilgenommen, immer nur zugehört, und wenn ein anderer Sarah erwähnte, hatte er ihn gehasst.

Dass die Jungs nie von Vanessa sprachen, musste ja nicht heißen, dass Vanessa keinen hatte, der ihr gefiel. Und wenn er das war? Aber Vanessa war größer als er. Wollten Mädchen nicht Jungen, die größer waren als sie? Sarah war etwas kleiner als er. Außerdem war Vanessa genauso schnippisch zu ihm gewesen wie zu den anderen und hatte ihm im letzten Winter einen Schneeball an den Hinterkopf geworfen. Allerdings nicht besonders fest.

»Du schlurfst«, sagte Vanessa.

»Tut mir leid«, antwortete Nathanael reflexartig. Seine Mutter hatte ihn schon oft darauf hingewiesen. Er schlurfte meist, wenn er zu viel nachdachte. »Spiel nicht meine Mutter«, murmelte er abwehrend. Aber er bemühte sich, nicht mehr zu schlurfen. Es war besser, die Schuhe zu schonen, es waren seine einzigen.

Vanessa lachte nur. Sie lachte ihn aus.

Tetrapak

Ludwig zog seine Kapuze zurecht. Es regnete immer noch. Die breite Asphaltstraße, die Richtung Süden aus dem Dorf führte, lag verlassen vor ihm. Ludwig fühlte sich nackt ohne die Pistole, auch wenn sie nicht funktioniert hätte, und er vermisste das Fahrrad, mit dem es viel einfacher gewesen wäre, die beiden einzuholen.

Er nahm an, dass Nathanael und Vanessa gestern denselben Weg aus dem Dorf hinaus genommen hatten. Vielleicht waren sie wie er in der Mitte der Straße gegangen, den verblichenen Mittelstreifen unter den Füßen. Links und rechts der Straße leuchtete Löwenzahn im Gras.

Hinter einer Gruppe Bäume tauchte eine dunkle Scheune auf, deren Dach und Wände unversehrt waren. Ob Nathanael und Vanessa sich darin vor dem Regen schützten? Dann würde Ludwig an ihnen vorbeigehen und sie nie finden. Aber nein, sie waren natürlich schon weiter. Er konnte auch nicht in jedem Schuppen nach ihnen suchen.

Ein Schild am Straßenrand neben der Scheune markierte das Ende der Tempo-Fünfzig-Zone. Ludwig hatte den Führerschein erst gegen Ende seines Studiums gemacht, ein paar Monate vor dem

Tag Null. Er war in seinem Leben nur wenige Male eine längere Strecke allein gefahren. Wie schnell die Umgebung damals an einem vorbeigezogen war, als sei alles, was zwischen Start- und Zielort lag, unwichtig. Vom Auto aus hätte er die Scheune gar nicht bemerkt.

Vielleicht bereute Nathanael seine Entscheidung schon. Daheim bekam er jeden Tag etwas Warmes zu essen und schlief beschützt von dicken Hauswänden. Jetzt würde er das erste Mal draußen übernachtet und bemerkt haben, wie kalt es wurde. Ludwig wunderte es, dass gerade die beiden zusammen unterwegs waren. Vanessa hatte im Klassenzimmer in der hinteren Reihe gesessen, Nathanael in der ersten, und Ludwig hatte den Eindruck gehabt, die beiden redeten nie miteinander. Konnte er sich so getäuscht haben?

Anna, Vanessas Mutter, hatte inmitten von Geschirrstapeln, Kleidern und halb gefüllten Plastiktaschen im Halbdunkel auf einem Sofa gelegen, ohne sich zu rühren. Auch als Ludwig durch die angelehnte Tür ins Wohnzimmer getreten war, blickte sie nicht auf. Ludwig kniete sich vor Anna hin und nahm ihre Hände, die schlaff blieben. »Vanessa ist fort«, flüsterte sie, »ich werde sie nie wiedersehen.« »Ich hole sie zurück«, hatte Ludwig geantwortet. Da blickte sie auf, aber sie sah durch ihn hindurch, in eine andere Welt, in der alles besser war als in dieser.

Ein Baum lag quer über der Straße. Die Blätter leuchteten grün, die Wurzeln waren noch mit der Erde verbunden. Ein vor Nässe aufgeplustertes Rotkehlchen saß auf einem Ast und blickte Ludwig aus glänzenden schwarzen Augen an, als er über den Stamm kletterte. Seine Pelerine verfing sich. Er riss sich los, das Rotkehlchen flog auf. Vielleicht hatte Nathanael kehrtgemacht und würde ihm gleich entgegenkommen, durchnässt und erleichtert. Ohne Vanessa, sie wäre weitergegangen. Ludwig würde ihm eine Ohrfeige geben. Oder ihn umarmen. Dann würde er ihm sagen, dass er wieder in die Schule gehen durfte.

Nathanael war auf dieser Straße Richtung Süden unterwegs, da war sich Ludwig sicher. Richtung Tunnel und Richtung Politecnico. War Nathanael in Vanessa verliebt? Ludwig hatte gesehen, wie er Sarah anstarrte, als sie ein Referat über den Erdbeeranbau hielt. Das

Referat war gerade mal eine Vier wert gewesen, was Sarah sehr gekränkt hatte. Nathanael hatte Ludwig danach einen Tag lang nicht angeschaut, als ob er selbst die schlechte Note bekommen hätte. Aber in dem Alter änderten sich die Dinge schnell.

Ludwig drehte sich noch einmal zur Scheune um. Nichts rührte sich. Nein, dort waren sie nicht. Solange es noch hell war, sah die Welt harmlos aus. Zwar wuchsen neben der Straße Büsche und Bäume, hinter denen sich jemand verbergen konnte, aber es blieb still. Wer würde sich im Regen auch hier verstecken wollen? Die Straße Richtung Süden galt als vergleichsweise sicher, sie wurde von Soldaten patrouilliert, auch wenn Ludwig noch keinem begegnet war. Die Soldaten blieben bei dem Wetter vermutlich lieber in der Zentrale. Die größere Gefahr als ein Überfall war, dass Nathanaels und Vanessas Unterschlupf für die Nacht über ihnen einstürzen und sie begraben würde, sodass nie jemand erfahren würde, was aus ihnen geworden war. Auch ihm konnte das passieren, aber daran durfte er nicht denken. Es war gut, unterwegs zu sein, das Dorf hinter sich zu lassen, sein Haus, das ihn an Lisa erinnerte, und die Straßen, auf denen man immer jemandem begegnete, den man nicht sehen wollte. Michael. Hendrik. Urs. Wahrscheinlich hatte Nathanael recht. Das Dorf erstickte einen.

Der Regen wurde stärker. Ludwigs Füße schmerzten, der nasse Rucksack zog an seinen Schultern, aber er wollte nicht stehen bleiben. Jeden Moment konnten die beiden hinter der nächsten Kurve in der Ferne auftauchen.

In den letzten Jahren hatte Ludwig die Gegend um sein Dorf kaum verlassen, von den beiden Reisen zur Zentrale abgesehen, und er hatte es auch nicht verlassen wollen. Das Unterwegssein erinnerte ihn zu sehr an damals. Wie es gewesen war, im Halbdunkel und in der Kälte durch die hügelige Gegend zu ziehen, angetrieben von der trügerischen Hoffnung, dass irgendwo anders alles besser war.

Er hatte einen Schal um seinen Kopf gewickelt gehabt, eine dicke Mütze und zwei Mäntel getragen, aber es schien kaum einen Unterschied zu machen. Am Boden lagen Tote, die Pflanzen waren erfroren. Ludwig wusste nicht mehr, wo sein Körper aufhörte und wo die Kälte anfing, so tief war sie in seine Knochen vorgedrungen. Einmal war er an den Straßenrand gesunken. Seine Zunge klebte ihm am Gaumen und ihm war schwindlig vor Hunger. Er hatte längst aufgehört zu zittern. Wie Schatten zogen die Menschen an ihm vorbei. Die einen trugen schwere Bündel, andere zerrten kaputte Rollkoffer hinter sich her. Ludwig nickte ein. Ihm wurde warm, und er wähnte sich an einem tropischen Flughafen, wo er am Fließband auf seinen eigenen Rollkoffer wartete. »Kuala Lumpur« stand auf einem Schild. Bald würde er die Stadt erkunden, er freute sich schon. Etwas berührte ihn an der Schulter, einmal, zweimal. Jemand schüttelte ihn. Der Flughafen von Kuala Lumpur verschwand. Ludwig öffnete widerwillig die Augen. Die Kälte kam zurück und biss ihn ins Gesicht. Vor ihm stand ein kleines Mädchen. »Lass den Mann«, rief eine Frau. Das Mädchen schaute ihn an und reichte ihm ein Tetrapak mit Orangensaft, das es in der Hand hielt. Es hatte eine schwarze Topffrisur, sein Gesicht war weiß vor Kälte.

Ludwig schüttelte den Kopf, um die Erinnerung loszuwerden. Wie jeder Mensch verdankte er sein Leben unzähligen Zufällen. Aber die Gewissheit, dass er dank der Großzügigkeit einer Fünfjährigen überlebt hatte, verstörte ihn noch immer. Hoffentlich war auch sie am Leben geblieben. Er spürte die alte Angst durch seine Glieder kriechen. Die Nässe drang in seine Kleider, er fröstelte. Der Himmel wurde dunkler, der Regen fiel schneller und dichter, in großen Tropfen, die auf seine Pelerine prasselten.

Supermarkt

Vanessa berührte eine Hauswand. Sie war rau. »Hier ist niemand«, sagte sie.

Das Dorf hatte schon von weiter oben so ausgesehen, als wäre es tatsächlich verlassen. Nirgends war Rauch aufgestiegen. Trotzdem hatten sie sich langsam und vorsichtig genähert, um keine Aufmerksamkeit zu erregen. Aber auch hier unten war alles still.

Zwischen zwei Häusern am Rand der Siedlung stand eine Reihe von Briefkästen. Vanessa öffnete jeden einzelnen, sah hinein und ließ die Türen offen stehen. Im letzten lag ein Paket. Sie legte es auf den Boden und schnitt es mit ihrem Messer auf. Zwei bronzefarbene Becher schimmerten auf einem weichen, schaumigen Stoff. Zwischen ihnen steckte eine Geburtstagskarte, die rau war von aufgeklebtem Glitzer. Vanessa klappte sie auf. »Alles Gute zum Geburtstag, mein Schatz. Dein Papa«, stand darauf, in säuberlicher Schrift, deren Buchstaben seltsam weit auseinanderstanden.

Vanessa packte die Becher ein und legte die Karte zurück in den Briefkasten.

»Was willst du mit denen?«, fragte Nathanael.

»Nichts. Sie sind leicht«, antwortete Vanessa.

Sie folgten der Straße. An einer überdachten Bushaltestelle hingen ein vergilbter Fahrplan und ein Plakat, »Achtung Einbrecher«. Auf der Bank davor lag eine nackte Plastikpuppe. Im Zentrum des Dorfes trafen sie auf einen Parkplatz, der sanft bergauf führte und auf dem von Rostflecken übersäte Autos standen, ordentlich geparkt. Der Platz endete an der Glasfront eines lang gestreckten Gebäudes. Hinter dem Glas hingen gelbliche Poster, auf denen Früchte abgebildet waren, die Vanessa aus Büchern kannte. Orangen und Bananen, darunter die Preise in der alten Währung. Von Orangen hatte die Mutter oft geredet. Vanessa hätte jetzt gerne in einen Apfel gebissen, aber es war erst Ende April, die neuen Äpfel waren noch lange nicht reif. Nathanael überquerte den Parkplatz zielstrebig. Vanessa folgte ihm. Die Glastür des Supermarktes war zerbrochen. Vanessa und Nathanael blieben stehen und sahen hinein. Auf dem Boden des Supermarktes lag Müll, und Vanessa meinte, eine tote Ratte zu erkennen. Nathanael setzte sich wortlos in Bewegung, stapfte über das knirschende Glas und verschwand zwischen den Regalreihen. Fast hätte sie ihm nachgerufen, er solle anhalten, aber sie wollte nicht, dass er dachte, sie hätte Angst. Vanessa war noch nie in einem Supermarkt gewesen, der noch in einem Zustand war wie nach dem Tag Null.

»Komm!«, rief er aus dem Innern. »Das musst du sehen!«

Vanessa schritt über die Scherben und spürte, wie sie unter ihren Schuhsohlen weiter zerbrachen. Drinnen herrschte fahles Dämmerlicht, es stank nach Moder. Nathanael stand zwischen zwei leeren Auslagen und hielt etwas in die Höhe.

»Ein halbes Kilo Salz«, rief er. »Es war ganz weit hinten im Regal.«

Vanessa wurde warm vor Freude. Fünf Kronen würden sie dafür bestimmt bekommen.

»Pass auf, dass der Karton nicht reißt«, sagte sie. Das alte Material war oft brüchig, sie kannte das. Eine Verpackung mochte aussehen wie neu, aber wenn man sie anhob, zerriss sie.

Auf dem Boden lag eine Plastikfolie, Vanessa hob sie auf und gab sie Nathanael, damit er den Salzkarton darin einwickeln konnte. Vorsichtig legte er ihn in seinen Rucksack. Vanessa ging an ihm vorbei, tiefer in den Supermarkt hinein und blieb dann einen Moment stehen, damit sich ihre Augen ans Dunkel gewöhnten. Die Regale waren leer, der Boden klebrig und voller angerissener Packungen, aus einer hatte sich Reis über den Boden verteilt. An einer Wand standen riesige Truhen, sie sahen aus wie Särge. Vanessa schaute hinein. Sie waren gefüllt mit Kartonschachteln, die von pelzigem Schimmel bedeckt waren.

»Sieh mal«, rief Nathanael.

Vanessa wandte sich um. Sie lagen nebeneinander im Gang, in dicke Winterkleider gepackt. Ihre Hände steckten in Handschuhen, die knochigen Augenhöhlen starrten zwischen Schal und Mütze ins Nichts. Nathanael kniete sich zu ihnen nieder.

»Da ist ein Einschussloch im Mantel. Über dem Herz«, sagte er. »Der andere hat eins in der Bauchgegend.« Er griff in die Manteltaschen. »Eine Dose!«, rief er und hielt seine Beute in die Luft. »Und sie ist nicht mal ausgebeult.« Er zog eine Brieftasche und einen Schlüsselbund aus der anderen Tasche und ließ sie zu Boden fallen.

Vanessa folgte den Gängen noch tiefer in den Laden hinein, weg von den Skeletten und weiter ins Dunkel. Eine Ratte huschte vor ihr über den Gang und drückte sich unter ein Gestell. Hier waren die Regale voller, aber es war nichts Brauchbares drin, alle Nahrung war schon mitgenommen worden oder verdorben. In einem Fach reihten sich Plastikpackungen und Sprühflaschen aneinander. Vanessa zerrte eine schwere pinkfarbene Flasche heraus, schraubte sie auf und roch daran. Der Parfümgeruch war überwältigend. Waschmittel. Das ließ sich an die Zentrale verkaufen. Doch es war viel zu schwer, sie konnte es nicht mitschleppen. In einem nächsten Fach lagen Bürsten. Sie begann, die Regale nach Zündhölzern abzusuchen, fand aber keine. Etwas klirrte, Vanessa schreckte auf.

»Hier ist ein Zimmer«, rief Nathanael von weit her.

Sie fand Nathanael auf der anderen Seite des Supermarkts, hinter einer zersprungenen Glastür. Er saß an einem Tisch und bearbeitete die Dose mit einem Messer. Licht drang durch das Deckenfenster. Vanessa zuckte zusammen. Auch hier lag ein Skelett am Boden, mit ausgestreckten Armen und Beinen. Sie musterte seinen Mantel, kein Einschussloch, kein getrocknetes Blut. War er erfroren? Hatte er die anderen erschossen? Vanessa kniete sich zu ihm nieder. Sie untersuchte seine Taschen, aber es war keine Pistole darin. Sie stand auf. Hinter Nathanael befand sich eine Kochnische mit einer offenen Besteckschublade. An der Wand hing ein Kalender, darauf das Bild eines blühenden Rapsfeldes unter blauem Himmel. Mai 2030. Nathanael rammte noch einmal das Messer in den Deckel und bog ihn auf. Vanessa hätte die Dose lieber verkauft, aber sie sagte nichts. Mit einer Gabel holte Nathanael eine gelbe Frucht heraus und legte sie auf einen Teller.

»Pfirsiche«, sagte er. Er nahm einen Bissen und strahlte. »Süß«, sagte er mit vollem Mund. »Nimm.«

Die glitschigen Pfirsiche erinnerten Vanessa an innere Organe.

»Nein, danke«, sagte sie und wandte sich ab.

»Ich schwöre, sie war nicht ausgebeult«, sagte Nathanael. Das Gift, das in den Dosen entstand, war eines der tödlichsten überhaupt, das hatte Gruber ihnen eingeschärft. Vanessa atmete tief ein und aus, um die aufsteigende Übelkeit zu unterdrücken. Nathanael aß weiter. Als er fertig war, begann er, den Saft aus der Dose zu schlürfen. Vanessa hätte sich am liebsten die Ohren zugehalten, stattdessen öffnete sie die Schränke. Darin befanden sich ein paar Teller, alte Teebeutel und eine Pfanne. Um Lärm zu machen, räumte sie die Teller aus und stapelte sie auf der Anrichte. Schließlich drehte sie sich zu Nathanael um, der die bunt gemusterte Dose liebevoll betrachtete.

»Warum haben die wohl alle das Dorf verlassen?«, fragte sie.

»Vielleicht, weil kein Fluss in der Nähe ist?«, sagte Nathanael. »Wald habe ich in der Umgebung auch keinen gesehen. Es ist kein guter Ort.«

Stimmt, auch auf der Karte war kein Fluss verzeichnet. Nur ein dünner blauer Faden, möglicherweise ein Bach. Und die Hochspannungsleitung, aber die war zu nichts mehr nütze.

»Gehen wir«, sagte Vanessa.

»Warum jetzt schon?«, fragte Nathanael. »Vielleicht finden wir noch mehr Salz. Oder Pfirsiche.«

Vanessa drängte es auf die Straße zurück. Es hatte ihr nichts ausgemacht, im Hochhaus leere Wohnungen zu durchsuchen, aber der Supermarkt ekelte sie an.

»Willst du nicht weiter?«, fragte sie.

»Wir finden bestimmt noch etwas«, sagte Nathanael.

Sie verließen den Supermarkt mit zwei gefüllten Plastiktüten. Nathanael hatte recht gehabt. Alte Gewürze, eine Packung eingeschweißtes Brot, auf dem sie keinen Schimmel erkennen konnten, und eine weitere Dose, der das Etikett fehlte. In ihrer Jackentasche berührte Vanessa das kleine braune Plastikpferd, das sie auf dem Boden gefunden hatte. Sie hatte es Nathanael nicht gezeigt. Seit sie in der Bibliothek ein Buch mit Bildern von verschiedenen Pferderassen entdeckt hatte, wünschte sie sich, einmal ein Pferd zu sehen. Auch wenn sie hier ausgestorben waren, gab es vielleicht irgendwo auf der Welt noch welche.

Am Dorfplatz bogen sie nach links ab, Richtung Süden. Vanessa hätte sich am liebsten an den Straßenrand gesetzt, mit dem Rücken zu einer Hauswand, und eine Weile die Augen zugemacht.

»Vielleicht wird man irgendwann wieder Dinge von weit her kaufen können«, sagte Nathanael. Er klang wach.

»Das ist doch schon heute so«, sagte Vanessa. »Unser Salz kommt aus den Bergen.«

»Ich meine von viel weiter her«, sagte Nathanael. »Früher kam das Salz vom Meer. Da möchte ich mal hin.«

»Das Meer ist auch bloß ein großer See«, antwortete Vanessa. Im Sommer war sie manchmal mit ihrer Mutter an einem kleinen See in der Nähe des Dorfes fischen und Enten jagen gegangen. Einmal hatte ihre Mutter eine Ente, die Vanessa gefangen hatte, stundenlang über dem Feuer gekocht. Wie gut sie geschmeckt hatte. Sie wäre jetzt gerne mit der Mutter beim Abendessen gesessen. Ob ihre Mutter sie überhaupt vermisste?

»Über das Meer könnten Boote kommen. Aus Afrika. Aus Marokko«, sagte Nathanael.

Die Eltern eines Jungen in ihrer Klasse stammten aus Marokko. Ebenso gut hätten sie vom Mond kommen können. Vanessa stellte sich ein riesiges Schiff vor, voller Dinge, die ihre Mutter wollte, Orangen, Bananen, Schokolade, Kaffee. Wie gerne hätte sie ihr diese Dinge mitgebracht. Auch die Mutter hatte Heimweh, dachte Vanessa, Heimweh nach der untergegangenen Welt. Vielleicht hatte sie darum so wenig Kraft für den Alltag.

»Vermissen deine Eltern die alte Zeit?«, fragte Vanessa.

Nathanael schwieg für einen Moment. »Ich glaube, meine Mutter hasst die alte Welt. Sie sagt, dass es richtig war, dass die meisten Menschen starben.«

»Wie kann sie das nur sagen.«

Vanessa sah die gekrümmten knochigen Hände des Skeletts vor sich, das im kleinen Raum gelegen hatte. Jetzt machte es diesem Menschen nichts mehr aus, dass er tot war, aber damals hatte er doch weiterleben wollen, darum hatte er die Glastür aufgebrochen und nach Essen und Wärme gesucht.

Nathanael schwieg einige Schritte lang. »Ich weiß nicht«, sagte er.

Tankstelle

Tamoil, stand auf dem Schild, als würde dieses Wort noch irgendetwas bedeuten. *Tamtam. Oil.* Ludwig saß auf dem Boden neben der Zapfsäule. Die Frontscheibe des Tankstellenladens war zersplittert, sein Inneres völlig leer geräumt. Sogar die Regale hatte jemand umgeworfen, womöglich aus Zorn, dass er nichts Brauchbares darin gefunden hatte. Aber das metallene Werbeschild vor dem Laden war unversehrt. Ludwig sog die leuchtenden Farben in sich auf. Gelb und rot. Heute waren nur noch wenige Dinge so farbig. Das Plakat mit dem Kaffee und den Croissants, das hinter der Glastür des Ladens hing, war verblichen, die Schrift darauf kaum noch lesbar. Wie lange würde man sie noch entziffern können? In zehn oder zwanzig Jahren würde sich fast niemand mehr an Kaffee und Croissants erinnern. Ein heißer Tankstellenkaffee in einem Plastikbecher. Ludwig stellte sich vor, die Hitze des Bechers an den Händen zu spüren, sich am Kaffee die Lippen zu verbrennen, den aufsteigenden Dampf im Gesicht, der nach Erde und Plastik roch. Dazu ein Croissant, das Fettflecken auf einer Papiertüte hinterließ.

Ludwig stand auf und streckte sich. Sein Rücken schmerzte. Wie still es geworden war. Der Regen hatte aufgehört, aber die Wolken am Himmel waren dunkel geblieben. Würde es bald wieder regnen? Oder wurde es schon Abend? Ludwig hatte sein Zeitgefühl verloren, ohne das Dorf um ihn herum, das den immer gleichen Abläufen folgte. Hier wollte er jedenfalls nicht übernachten, er musste weiter. Vor ihm krümmte sich die Straße in einem weiten Bogen, rechts von ihr strömte ein Fluss. Links erhob sich ein steiler Hang, der mit dunklen Tannen bewachsen war. Auf der Straße stand kein einziges Auto, der Katastrophenschutz hatte sie wohl damals gesperrt, um zu verhindern, dass alle in Richtung Tunnel flohen.

Er blickte die Straße entlang in die Ferne. Hatte sich dort hinten etwas bewegt? Nathanael? Ludwig kniff die Augen zusammen. Leider war er etwas kurzsichtig. Vielleicht war es auch ein Soldat, ein Händler oder ein Räuber. Tatsächlich. Eine einzelne Gestalt ging am Straßenrand. Sie kam auf ihn zu. Soldaten reisten nie allein. Ludwig duckte sich und schlich hinter die Zapfsäule. Von hier aus konnte er die Gestalt weiter beobachten, aber er selbst würde für sie mit der Säule verschwimmen. Wie langsam sie sich bewegte. Sie blieb stehen und verschwand. Ludwig richtete sich auf und starrte auf die Stelle, wo sie eben noch gewesen war. War sie zum Fluss hinabgestiegen? Vielleicht ein Bauer, der in der Nähe lebte und hier fischen wollte.

Ludwig nahm sein Messer aus dem Rucksack und wog es in der Hand. Er konnte schlecht mit dem Messer in der Hand die Straße entlanggehen, sonst sähe es aus, als führe er Böses im Schilde, und er würde noch ohne Warnung erschossen. Er versuchte, es sich in den Gürtel zu stecken, aber so behinderte es ihn bei jedem Schritt. Schließlich verstaute er es im Ärmel.

Er kam sich beobachtet vor. Verbarg sich jemand zwischen den Bäumen hinter der Tankstelle und schaute ihm dabei zu, wie er sein Messer zu verstecken versuchte? Wo waren die Soldaten, wenn man sie brauchte? Er wünschte sich, eine Truppe würde auftauchen, der er sich anschließen konnte, an der Stelle vorbei, wo die Gestalt verschwunden war. Wenn er Pech hatte, hatte sie ihn gesehen und lauerte ihm im Gebüsch auf. Die Soldaten hätten ihn ausgelacht und ihn für die Begleitung bezahlen lassen. Trotzdem wäre er froh darum gewesen. Aber die Straße blieb leer. Er musste allein an der Stelle vorbei. Oder sollte er die Straße verlassen, durch den Fluss waten und sich auf der anderen Seite des Flusses durch das Gebüsch schlagen? Das Grün der Wiese neben dem Fluss trog bestimmt, Schilf ragte zwischen den Gräsern und Sträuchern hervor. Vermutlich würde er sofort knietief im Sumpf versinken, wenn er sich dem Fluss näherte.

Ludwig starrte auf die Straße und zuckte zusammen. Da war sie wieder. Die Gestalt kam aus dem Gebüsch am Straßenrand, auf der Waldseite der Straße, nicht auf der Flussseite. Sie trug etwas Schweres mit sich, Ludwig konnte nicht erkennen, was es war. Hatte sie etwas im Wald versteckt gehabt?

Ein Reh, dachte er plötzlich, er sah es an der Art, wie das Bündel der Gestalt über die Schulter hing. Natürlich, der Mann hatte im Wald eine Falle aufgestellt und hatte jetzt seine Beute geholt. Ludwig schaute zu, wie er langsam um die Kurve verschwand. Erst dann setzte er sich wieder in Bewegung.

Zwerge

Der Regen prasselte aufs Dach. Zum Glück drang kein Wasser hindurch. Nur eine feine Feuchtigkeit schwebte in der Luft, die Vanessa auf dem Gesicht spürte.

Es war stockdunkel, nicht einmal die Geräte, die in dem Schuppen herumstanden, waren zu sehen, doch Vanessa spürte ihre Gegenwart mit ihren rostigen Klingen, ihrem Geruch nach Metall und Benzin. Sie hatten einige Werkzeuge aus dem Schuppen geschleppt, um Platz zu schaffen, trotzdem war es eng. Vanessa konnte die Beine nicht ganz strecken, mit den Füßen berührte sie die Wand des Schuppens, und wenn sie sich drehte, stieß sie gegen Nathanael, der im Schlaf murmelte. Kurz zuvor war er aufgewacht und hatte sie müde gebeten, doch still zu liegen.

Jetzt wollte sie sich schon wieder drehen, ihre Schulter schmerzte auf dem harten Boden, auf den sie nur eine dünne Decke gelegt hatten. Sie dachte an die Villa, neben der der Schuppen stand. Von außen sahen die Wände und Fensterreihen unbeschädigt aus, fast so, als könnten hier reiche Leute wohnen, die den Untergang ihrer Welt in ihren Himmelbetten verschlafen hatten. Aber als sie die Tür schließlich aufgestemmt hatten, standen Nathanael und Vanessa vor einem Wall aus Schutt, zerbrochenem Holz und Betonstücken, aus dem eine Maus schoss und zwischen ihren Füßen davonrannte. Die Stockwerke mussten eingestürzt sein. Wahrscheinlich konnten die Außenwände der Villa jederzeit bersten, und der aufgestaute Schutt würde sich in den Garten ergießen.

Der Schuppen aber war unversehrt. Wenn die Leute gewusst hätten, dass die Wasserleitungen in den Wänden und Böden in der

Kälte aufplatzen und so ihre Häuser von innen sprengen würden, hätten sie wohl mehr Geräteschuppen gebaut.

Im Tank des Rasenmähers hatten sie Benzin entdeckt. Nathanael hatte gesagt, es sei sicher verdorben, aber Vanessa fand, dass es noch gut roch. Morgen würden sie versuchen, einen Teil davon anzuzünden, und wenn das klappte, würden sie etwas davon mitnehmen. Vanessas Magen knurrte. Die Vorräte wurden knapper. In einem umzäunten Fleck Erde vor der Villa hatten sie zwischen Unkraut junge Petersilie und Pfefferminze gefunden, die sie mitsamt den Wurzeln in ihre dünne Suppe aus altem Brot und etwas Wurst geworfen hatte. Sie war froh, eine alte Pfanne mitgenommen zu haben. Nathanael hatte nur an die Feuersteine und Zunder gedacht. Die Funde aus dem Supermarkt wollten sie noch aufsparen.

Sie durfte nicht ans Essen denken. Vanessa versuchte, sich die andere Seite des Tunnels vorzustellen, aber es entstand kein Bild vor ihren Augen. Vielleicht regnete es auch dort. Jedenfalls war gewiss auch Nacht, und man konnte nichts sehen, keine Bäume, keine Häuser. Sie drehte sich wieder und zog die Decke zurecht. Nathanaels Decke war im Regen nass geworden, sie hatten sie über einen Rechen gehängt, der in einer Ecke stand. Vanessas Decke war für sie beide zu klein.

»Samuel«, murmelte Nathanael. »Schlaf weiter.«

»Ich habe keinen Platz«, antwortete Vanessa. »Wir hätten mehr Werkzeuge wegräumen sollen.«

Nathanael drehte sich um und zog dabei an der Decke. Nun lag Vanessas Bein frei. Sie holte sich ein wenig Decke zurück, sie wollte ja nur ein bisschen Wärme für ihr Bein, und wartete darauf, dass er um das Stück Stoff kämpfen würde. Nathanael regte sich nicht und atmete ruhig weiter. Dann lachte er leise.

»Du wolltest doch den Rasenmäher nicht rausstellen«, sagte er.

»Ja, sonst regnet es in den Tank.«

»Samuel konnte auch oft nicht einschlafen, als er klein war.«

»Musste er ebenfalls zwischen dir, der Wand und einem Rasenmäher liegen?« Sie wünschte sich nichts sehnlicher, als endlich wieder die Beine auszustrecken.

»Nein. Samuel hatte Angst vor Zwergen.«

»Wie dumm von ihm.«

»Ich habe ihm Geschichten von netten kleinen Zwergen erzählt, bis er schlief. Soll ich dir auch eine erzählen?«

»Nein, danke.«

»Die Geschichten waren so langweilig, dass Samuel jedes Mal einschlief. Die Zwerge streiten nämlich nie. Sie wohnen hoch oben in den Bergen in Tunnels, wo sie Gold und Juwelen aus dem Berg schlagen, aus denen sie schöne Dinge basteln. Kronleuchter. Kerzenständer. Truhen, gefüllt mit Edelsteinen und Kristallen. Alles glitzert.«

»Wieso hatte Samuel Angst vor Zwergen? Und nicht vor Riesen? Oder Wölfen? Oder Untoten?«

»Das habe ich nie herausgefunden.«

Vanessa versuchte sich vorzustellen, wie es war, Angst vor Zwergen zu haben. Dachte Samuel, sie würden ihn ins Bein beißen?

»Als ich klein war, hat ein Mann mir erzählt, dass die Toten in der Nacht ihre alten Häuser suchen«, sagte sie. »Wenn sie sie finden, halten sie den neuen Bewohnern Mund und Nase zu, bis sie ersticken.« Vanessa erzählte nicht, dass sie als Kind fast jede Nacht zu ihrer Mutter ins Bett gekrochen war, weil sie solche Angst vor den Untoten hatte. Noch heute träumte sie manchmal von ihnen.

Sie stellte sich die früheren Bewohner der Villa vor. Der Mann, der damals vor dem Geräteschuppen den Rasenmäher anwarf, war groß, ein Gärtner in grüner Schürze und mit rotem Schnauz. Er würde nicht zurückkommen, die Toten standen in der Nacht nicht auf, das wusste sie inzwischen.

»Dann erzähl mir eben von den Zwergen«, sagte sie. »Sie wohnen also in den Bergen? Was essen sie?«

»Sie essen nicht«, sagte Nathanael sofort. »Damit Samuel in der Nacht keinen Hunger bekommt. Die Zwerge sind unsterblich. Niemand stört sie, und sie stören niemanden …«

See

Ludwig betrachtete den bleiernen See. Er sah aus wie ein offener Mund, gesäumt von grauen Zähnen, den Einfamilienhäusern, Mehrfamilienhäusern und Lagerhallen. Von hier oben wirkte die Gegend fast wie damals in Ludwigs Kindheit, wenn er mit den Eltern seinen Onkel besuchte, der ganz in der Nähe gewohnt hatte. Nur dass heute alles stillstand. Sogar die umgedrehte Jacht, die mit dem Kiel nach oben in der Nähe des Stegs im Wasser trieb, bewegte sich nicht. Die Gegend war wie ausgestorben. Warum wohl?

Am Morgen hatte er im See viele fette Fische gesehen, als er dort Wasser holte. Er hatte in einer der Lagerhallen direkt beim See geschlafen, neben Stapeln von Yogamatten und Möbeln. Die Yogamatten waren so bequem, dass er eine davon zusammengerollt und auf seinen Rucksack geschnallt hatte.

Ludwig schaute sich um. Laut Karte musste er jetzt dem See den Rücken zukehren und weiter Richtung Süden wandern. Aber er hatte Lust, dem Ufer noch ein wenig länger zu folgen. Er würde später abzweigen und die weniger dick eingezeichnete Straße Richtung Süden nehmen.

Als Jugendlicher hatte er gedacht, er würde einmal so viel verdienen, dass er sich ein Haus mit Blick auf diesen See würde leisten können. Vom Garten des Onkels aus sah man ihn zwischen zwei Häusern durchblitzen. Es fiel ihm damals schwer, sich ein Lebensziel auszumalen. Ein Haus mit Blick auf den See schien kein schlechtes zu sein. Die Leute, die sich wünschten, die Welt zu verändern oder berühmt zu werden, kamen ihm lächerlich vor. Du bist ein Zyniker, hatte sein Deutschlehrer im Gymnasium einmal zu ihm gesagt. Und wer hat recht behalten?, fragte ihn Ludwig in Gedanken zum hundertsten Mal.

Ludwig kam an einem gut erhaltenen, hellgrauen Mehrfamilienhaus mit gläsernen Balkonen vorbei. Wie viel hatte eine Wohnung in dem Haus wohl damals gekostet? Wie lange würde es noch dauern, bis einer der Balkone herabstürzte und zersplitterte? Vielleicht sollte er einbrechen und nach Essen suchen. Aber er wollte vorwärtskommen.

Als er um die nächste Kurve bog, zuckte er zusammen. Zwei Männer in dunklen Uniformen standen mitten auf der Straße. Beide hatten Sturmgewehre in der Hand. Die Uniformen erkannte Ludwig nicht, sie waren nicht diejenigen der Zentrale und auch nicht die von *Süd 1*.

»Stopp«, rief der eine und zielte gemächlich mit dem Sturmgewehr auf Ludwig. Ludwig hörte, wie er es entsicherte. Das war kein gewöhnliches Sturmgewehr, es war schiefergrau und kürzer als die Gewehre, die er aus dem Militärdienst kannte. War das etwa ein Granatwerfer unter dem Lauf?

»Wusst' ich's doch, dass der noch kommt«, sagte der andere halblaut und lachte. »Meinst du, wir hätten nicht gemerkt, dass du hier rumschleichst?«

Erst jetzt bemerkte Ludwig den Maschenzaun, auf dem eine Helix aus rostigem Stacheldraht befestigt war. Er führte links und rechts der Männer hinunter zum See und weiter den Hang hinauf, nur unterbrochen von der Straße.

»Hau ab«, sagte der erste Mann. »Und vergiss es. Hier kommst du nicht rein. Auch nicht über den See.«

»Was ist denn hinter dem Zaun?«, fragte Ludwig.

Der Soldat lachte wieder, ein dunkles, tiefes Lachen.

Ludwig meinte, ihre Blicke selbst dann noch im Rücken zu spüren, als er längst zu weit entfernt war. Er war den Weg zurückgegangen bis zu dem Ort, an dem er entschieden hatte, dem Ufer zu folgen. Auf einer Anhöhe drehte er sich um und betrachtete das Gebiet, das die Soldaten bewacht hatten. Er konnte nichts Besonderes entdecken, nur einander ähnelnde graue Häuserblöcke. Was war so wertvoll, dass es sich lohnte, es mit Sturmgewehren zu beschützen?

Ludwig wartete einen Moment und stellte sich vor, ein Helikopter würde aus dem Gebiet aufsteigen. In Gedanken hörte er den Rotor und sah den Helikopter abdrehen, an Bord ein Mensch, der auf rätselhafte Weise immer noch alles hatte – Medikamente, Nahrung, Benzin – und spöttisch auf ihn herabschaute. Aber nichts regte sich.

Ludwig rückte seinen Rucksack zurecht. Irgendwo in der Nähe musste die breite Straße Richtung Süden abbiegen. Vermutlich war sie sicherer, weil auf ihr mehr Menschen unterwegs waren. Welche Straße Nathanael und Vanessa gewählt hatten, wusste er ohnehin nicht.

Als er sich das nächste Mal umdrehte, war der See schon nicht mehr zu sehen. Erst jetzt begann sein Herz zu hämmern. Die beiden hätten mich erschießen können, dachte er. Dann wäre das letzte Mal, das er Lisa gesehen hatte, am Abend vor der Haustür gewesen. Sie hatte ihm alles Gute gewünscht und angesetzt, noch etwas zu sagen, aber Sarah hatte sie abgelenkt. Was hatte Lisa wohl sagen wollen? Komm zurück? Oder bleibt lieber gleich weg, du und Nathanael?

Jetzt war es schon zwei Tage her, seitdem er aufgebrochen war. In der ersten Nacht hatte er im Keller eines zerfallenen Hauses geschlafen, sehr unruhig, die letzte Nacht in der Lagerhalle war besser gewesen. Vielleicht würde er sich noch daran gewöhnen, unterwegs zu sein. Er stellte sich vor, wie es wäre, ohne Vanessa und Nathanael nach Hause zu kommen. Wie Petra und Anna ihn ansehen würden. Was Lisa sagen würde. Wie es wäre, zu wissen, dass er die beiden nicht hatte retten können. Und trotzdem weiter zu unterrichten, die anderen Schüler, die in ihrem Leben keine Ziele hatten, so wie er damals keine gehabt hatte. Von Walter hatte sich Ludwig gar nicht verabschiedet. Er hätte ihm wenigstens einen Brief schreiben sollen.

Um das abgeriegelte Gebiet würde er auf dem Heimweg einen weiten Umweg machen.

Kleider

»Woher hast du eigentlich gewusst, dass ich gehen will?«, fragte Nathanael. Seit sie aufgebrochen waren, hatte er immer wieder daran gedacht, aber erst jetzt traute er sich zu fragen. Seine Füße schmerzten. Links und rechts der Straße standen verlassene Häuser. Er sah eine Bewegung, doch es war nur eine dürre Katze, die auf einen Fenstersims gesprungen war. Sie legte die Ohren zurück.

Vanessa zog ihre Jacke zurecht.

»Spielt's eine Rolle?«

Sie musterte die Häuser aufmerksam.

»Es war Sarah, oder?« Nathanael versuchte, seine Stimme gleichgültig klingen zu lassen.

Vanessa schwieg.

Er hatte es gewusst. Plötzlich brannten seine Augen.

»Sarah nervt«, sagte Vanessa.

»Ja«, sagte Nathanael. Ob sie an ihn dachte? Machte sie sich mit ihren Freundinnen über ihn lustig? Am besten versuchte er sie zu vergessen, er würde sie sowieso nie wiedersehen.

»Denkst du, dass uns deine Eltern suchen?«, fragte Vanessa.

»Ich weiß nicht«, sagte Nathanael. Einerseits konnte er sich nicht vorstellen, dass die Eltern das Dorf verließen, andererseits glaubte er auch nicht, dass sie einfach aufgeben würden. »Jemand muss auf meine Brüder aufpassen. Und mein Vater hat ein kaputtes Knie.«

»Hier findet uns bestimmt niemand«, sagte Vanessa. »Schau mal.« Sie blieb stehen. Das alte Fachwerkhaus am Straßenrand sah fast unversehrt aus. Das Dach war ganz, die Wände hatten nur dünne Risse. Auf der Stufe zum Haus lag eine weitere Katze, wie hingegossen, mit orangem Fell. Sie blickte Nathanael an und zuckte mit dem Schwanz. Nathanael mochte Katzen nicht, die Art, wie sie schauten, und zweifellos verbreiteten sie Krankheiten, so wie sie überall ein und aus gingen.

Er wäre gern weiter der Straße gefolgt, aber Vanessa näherte sich schon der Tür. Die Katze sprang auf und schoss davon.

Vanessa stieß mit dem Fuß gegen die Tür, die geräuschlos aufging. Sie verschwand im Innern. Nathanael blieb an der Schwelle stehen. Die Luft, die ihm entgegenschlug, war so dick, als hätte sie sich die ganzen fünfzehn Jahre lang nicht bewegt. Es roch nach Staub und saurer Mäusepisse. Langsam folgte er Vanessa durch den dunklen Gang. Der dicke, gemusterte Teppich unter seinen Füßen sank bei jedem Schritt ein wenig ein. In der Stube war es etwas heller, fahles Licht fiel durch eine Reihe von kleinen Fenstern. Vanessa betrachtete versunken eines der Bilder, die an der Wand hingen. Es war düster, zeigte verblasene Wolken über wilden Wellen und war eingefasst in einen goldenen Rahmen. Sie fuhr mit dem Finger über die Leinwand. Die anderen Bilder sahen ähnlich düster aus, es waren Porträts von dunkel gekleideten Menschen, die die Eindringlinge skeptisch anschauten. Warum hängte jemand so etwas auf?

Nathanael riss sich aus seiner Starre und öffnete die Schubladen eines gemaserten Sekretärs. Sie waren bis zum Rand mit Papieren gefüllt, die kreuz und quer übereinanderlagen. Offensichtlich war das Haus bald nach dem Tag Null verlassen worden, sonst hätte sie jemand zum Feuermachen verwendet. Die meisten Blätter waren mit Druckschrift beschrieben. Er nahm eines in die Hand. Am oberen Rand prangte eine kleine Zeichnung eines Feuer speienden Löwen.

»Sehr geehrter Herr Iten«, las er laut vor. »Im Anhang finden Sie das Wertschriftenverzeichnis für Ihre Steuererklärung 2024.«

»Die Ölbilder sind hässlich«, sagte Vanessa. »Ich gehe nach oben.«

Sie stieg eine Wendeltreppe hinauf. Nathanael hatte erst ein Mal so eine Treppe gesehen, es erstaunte ihn, wie stark sie unter Vanessas Schritten wippte. Dann hörte er sie im oberen Stock herumgehen. Etwas rumpelte. Verschob sie dort oben Möbel?

Nathanael betrachtete das braune Ledersofa neben sich. Auf dem Couchtisch davor lagen vergilbte Zeitschriften. Er mochte die Ölbilder auch nicht. Wenn er hätte hierbleiben wollen, hätte er sie abgehängt und in den Keller geräumt. Doch die dunklen Möbel und

Teppiche gefielen ihm. Sie strahlten Würde und Ruhe aus. Ob Sarah diese Art von Einrichtung auch gefallen würde? Er sollte wirklich aufhören, an sie zu denken.

An der gegenüberliegenden Seite der Stube war eine Tür. Er stieß sie auf und betrat die Küche. Er öffnete einen Schrank nach dem andern. Teller, Tassen, Schalen, alle mit dem gleichen filigranen Blumenmuster. Keine Esswaren. Jemand musste sie geholt haben. Er seufzte und nahm einen Löffel in die Hand, der neben dem Waschbecken lag. Dann ging er zurück ins Wohnzimmer und betrachtete skeptisch die Wendeltreppe. Sie sah aus, als könnte sie jeden Moment einstürzen. Vorsichtig nahm er die ersten Stufen und hielt sich dabei am Geländer fest.

Oben war alles still. Wo war Vanessa? Leise ging er den Korridor entlang, der Spannteppich verschluckte das Geräusch seiner Schritte. Durch eine halb geöffnete Tür sah er einen Spiegel. Er blieb stehen und lauschte. Plötzlich bewegte sich eine rote Gestalt am Rand des Spiegels. Nathanael schrie vor Schreck auf und machte ein paar Schritte zurück, stieß gegen eine Kommode, etwas fiel scheppernd herunter. »Vanessa«, rief er, »da ist jemand!« Die Tür vor ihm schwang auf. Nathanael hielt schützend die Hände vor sein Gesicht. Als er ein leises Rascheln hörte, ließ er sie wieder sinken. Vanessa trug ein langes rotes Abendkleid und die Haare hochgesteckt. Sie hatte dunklen Lippenstift aufgetragen und eine seltsame Kette mit großen schwarzen Federn um den Hals drapiert.

»Was machst du denn«, sagte er verärgert. »Du hast mich zu Tode erschreckt.«

Das Kleid hatte einen langen Schlitz, der fast ihr ganzes, bleiches Bein zeigte. Und sie trug Schuhe mit Absätzen, sie war darin noch größer als sonst.

»Hier«, sagte Vanessa und deutete mit dem Kinn auf einen schwarzen Anzug, den sie auf dem Bett ausgebreitet hatte, mit einem weißen Hemd. »Der könnte dir passen.«

»Sicher nicht«, sagte Nathanael und rührte sich nicht vom Fleck.

»Komm schon«, sagte Vanessa. Ihre Augen leuchteten, sie fasste ihn am Arm. »Sei kein Langweiler.«

Sie roch anders als sonst. Nach staubigem Stoff und Mottenkugeln, aber auch nach einem alten Parfüm, das schwer in der Luft lag wie Alkohol.

»Nein«, sagte er und befreite seinen Arm.

Vanessa kletterte aufs große Doppelbett, ohne ihre Schuhe auszuziehen. Sie schwankte, lachte und hielt sich an der Wand fest. Dann schrieb sie in Riesenlettern ihren Namen und das Datum mit dem Lippenstift an die Wand, direkt über das Bett. Auf dem Boden lagen Vanessas Kleider in einem Haufen.

Es ärgerte ihn, dass sie ihn einen Langweiler genannt hatte. Was bildete sie sich ein? Er riss den Kleiderschrank auf und nahm einen anderen Anzug heraus, einen braunen. Er zögerte. Aber Vanessa achtete nicht auf ihn, sie wühlte in einer Nachttischschublade. Schnell streifte er die Hosen und den Pullover ab und schlüpfte in das weiße Hemd und den braunen Anzug. Der Anzug war zu weit, Nathanael krempelte die Ärmel zurück.

»Der andere hätte dir besser gestanden«, sagte Vanessa. »Aber von mir aus.«

Sie stellte sich neben ihn, und sie betrachteten sich im Spiegel, sie groß und dünn mit ihren nach oben gebundenen, wirren weißblonden Haaren, er in diesen zu weiten Kleidern. Nathanael verschränkte die Arme. Vanessa drückte ihm einen dunklen Hut auf den Kopf. Der Anblick erinnerte ihn an etwas. Vielleicht an das junge Verbrecherpaar, das er einmal in einer alten Zeitschrift gesehen hatte. Vanessa lachte.

»Wir sehen gut aus«, sagte sie. Hatte sie damit auch ihn gemeint? Er wirkte tatsächlich wie verwandelt, fast wie jemand, der eine Gruppe von Leuten anführen könnte. Zum ersten Mal wurde ihm klar, dass er seinem Vater nicht im Geringsten ähneln würde, wenn er erwachsen war.

»Wir müssen weiter«, sagte Vanessa. Sie löste die Kette und warf sie aufs Bett, dann hob sie ihre eigene Kleidung auf. »Ich ziehe mich im anderen Zimmer um.« Fast hätte er sie aufgehalten. Doch sie zog die Tür zu, und er war allein in dem düsteren Schlafzimmer, vor ihm im Spiegel nur noch ein Junge in einem zu weiten Anzug.

Teebaumöl

Der Mann riss ein Messer aus seinem Hosenbund und zeigte damit auf Nathanael, dann auf Vanessa, dann wieder auf Nathanael. Seine Hand zitterte, und seine Augen wirkten entzündet. Er stand in der Mitte der zerfurchten Landstraße und schien ebenso überrascht, sie zu sehen, wie sie es waren. Vielleicht hatte er eben noch unter dem Baum am Straßenrand geschlafen, und ihre Schritte hatten ihn geweckt, kurz bevor sie um das Gebüsch gebogen waren.

»Ich hab kein Geld«, rief er. »Ich schlitz euch auf, wenn ihr näher kommt.«

»Wir tun dir nichts«, sagte Nathanael. Er zeigte dem Mann seine leeren Hände.

»Und du?«, rief er Vanessa zu.

»Ich auch nicht«, sagte sie.

Der Mann ließ das Messer jetzt sinken, steckte es aber nicht weg. Er trug ein bunt gemustertes Hemd, darüber eine rote Windjacke. Vanessa wunderte sich über die grelle Kleidung, die schon von Weitem zu sehen sein musste.

»Ihr lebt nicht hier?«

»Nein«, antwortete Nathanael. »Und du?«

»Ich auch nicht, ich bin Händler. Wo wollt ihr hin?«

»In den Süden«, antwortete Nathanael.

Der Mann steckte sich das Messer in den Gürtel. Vanessa bemerkte erst jetzt, dass er vor einem kleinen Anhänger stand, den er gezogen haben musste.

»Da seid ihr auf dem richtigen Weg.«

»Was verkaufst du?«, fragte Vanessa.

»Impfungen«, sagte der Händler. »Gegen Kinderlähmung, Starrkrampf und Diphtherie.«

»Das glaub ich dir nicht«, sagte Nathanael.

Der Händler wandte sich Vanessa zu. »Du siehst klüger aus als der. Hast du mal gesehen, wie einer an Diphtherie stirbt? Kein schöner Tod.«

Der Mann zog den Wagen heran und warf die Plastikplane zurück. Wie ein Zauberkünstler, dachte Vanessa. Er bückte sich und holte eine Box aus Styropor hervor, öffnete sie und hielt sie Vanessa hin. Kleine Spritzen lagen darin, alle gefüllt mit einer klaren Flüssigkeit.

»Direkt aus dem Spital. Wisst ihr, was die wert sind? Ich geb euch zwei Kombinationsimpfungen und mach euch einen guten Preis. Ihr seid noch jung, eine Impfung lohnt sich. Wie viel Geld habt ihr dabei? Ich nehm auch Wertsachen.«

»Vergiss es«, sagte Vanessa. Der Mann roch seltsam säuerlich, so als sei er selbst krank.

»Ihr könnt sie auch teuer weiterverkaufen. Die meisten Leute würden sich darum reißen.«

»Wieso ziehst du durch dieses verlassene Gebiet, wenn deine Güter so viel wert sind?«, fragte Vanessa.

»Weil ich ein guter Mensch bin. Die Leute hier sind am ärmsten dran.«

Vanessa schaute zu Nathanael. Auch das Gebiet hier war also nicht so unbewohnt, wie die Karte glauben machte.

»Was hast du in den Spritzen, Kochsalzlösung?«, fragte Nathanael. »Ich hoffe, nichts Schlimmeres.«

»Ein Fachmann«, sagte der Mann und lächelte. »Schau dir das Etikett an. Vorsichtig!«

Nathanael nahm eine Spritze und hielt sie sich vor die Augen. »Pertussis, Tetanus und Diphtherie«, las er. »Die sind vor fünfzehn Jahren abgelaufen.«

»Wie sollte es anders sein? Aber der Impfstoff wirkt noch.«

»Oder sie wurden schon einmal benutzt.« Nathanael legte die Spritze sorgfältig wieder zurück und wandte sich zu Vanessa. »Vielleicht hat er sie im Abfall des Spitals gefunden«, sagte er halblaut.

»Du bist ein ganz bösartiger …«, sagte der Händler, und an Vanessa gerichtet: »Wie kannst du nur mit so einem herumreisen?« Er seufzte. »Ihr seht doch, dass die Spritzen sauber sind. Ich hab übrigens auch eine Salbe, die gegen Ausschlag hilft. Vielleicht interessiert euch das?« Er öffnete einen Karton.

»Teebaumölsalbe«, las Vanessa. »Was soll das sein?«

Nathanael griff nach einer Tube. »Davon hab ich nie gehört. Wie viel kostet die?«

»Drei Kronen pro Tube.«

»Brauchen wir nicht«, sagte Vanessa.

»Ich nehm eine«, sagte Nathanael und grub in seinen Taschen. Drei Kronen, das ist doch viel zu viel, dachte Vanessa. Nathanael legte dem Mann die Münzen einzeln in die Hand.

»Spinnst du?«, flüsterte Vanessa. Ihr war klar, dass Nathanael wenig Ahnung von Geld hatte, aber dass er es so unüberlegt ausgeben würde, hatte sie sich nicht vorgestellt. Sie sah all das Essen vor sich, das sie damit hätten kaufen können.

»Wenn du einen Ausschlag bekommst, der dich Tag und Nacht juckt, wird es dir nicht zu teuer gewesen sein«, sagte der Händler zufrieden und kratzte sich am Arm.

»Was hast du da am Arm?«, fragte Vanessa.

»Nichts«, sagte der Mann und zog den Ärmel seiner Windjacke über die Stelle.

Kümmel

Ludwig träumte, er liege auf einem Globus, dessen Kontinente sich knirschend verschoben. Er schreckte hoch, setzte sich auf und lauschte. Nichts war zu hören. Er schob die Wolldecke zurecht und legte sich wieder hin. Als er die Augen gerade geschlossen hatte, knirschte es noch einmal laut, wie im Traum.

Jemand war vor der Scheune unterwegs, die er als Nachtlager gewählt hatte. Ludwig warf die Wolldecke von sich und stand auf. Er hörte Schritte näher kommen und verstummen. Licht schien unter dem Türspalt durch. Eine Männerstimme fragte leise etwas, eine andere antwortete laut mit Nein.

Ludwig sah sich nach einem Versteck um, aber es war zu spät. Die Tür sprang auf. Ein Mann in einem dunklen Umhang leuchtete mit einer Laterne ins Innere. Er schaute Ludwig unter seinen dicken Augenbrauen feindselig an und betrat die Scheune mit schweren Schritten. Dicht hinter ihm folgten zwei junge Männer, ebenfalls mit Umhängen und Laternen. Kalte Nachtluft drang mit ihnen herein, sie musterten Ludwig aufmerksam. Der dritte Mann schloss die Scheunentür hinter sich. Ludwig klopfte das Herz im Hals. Die Männer standen schweigend vor ihm, der Anführer nahm sich die Zeit, Ludwig von oben bis unten anzuschauen. Sein Gesicht war von tiefen dunklen Falten durchfurcht. Er verzog den Mund zu einem freudlosen Lächeln.

Diebe, dachte Ludwig. Hier komme ich nicht lebend raus. Die Zeit verlangsamte sich. An so einem dunklen Ort zu sterben. Sein Geld steckte in seinem linken Schuh. Er krümmte die Zehen und spürte es unter der Sohle. Lisa schlief weit weg von hier in ihrem Bett und wusste von nichts.

»Das ist unsere Scheune«, sagte einer der jungen Männer. Also waren es doch keine Diebe? Das Bauernhaus neben der Scheune hatte unbewohnt ausgesehen, der Garten war völlig verwahrlost. Vor Erleichterung wurden Ludwigs Knie weich. Ihm fiel auf, dass die drei Männer alle die gleichen dichten dunklen Augenbrauen hatten. Vater und Söhne vielleicht.

»Ich dachte …«, sagte Ludwig atemlos.

»Was?«, sagte der ältere Mann. Er stand etwas gebeugt, seine Haare sahen verfilzt aus.

»Die Scheune stehe leer.«

»Einbrechen ist verboten«, sagte einer der Söhne. Er lispelte und hatte eine hohe Stimme.

»Wenn ein Gebäude leer steht, darf man darin übernachten. Regel der Zentrale«, sagte Ludwig. Er begann sich zu ärgern. Er hatte doch nur auf dem Boden geschlafen.

»Die Zentrale hat uns nichts zu sagen«, erwiderte der Alte wütend, und seine Brauen zogen sich zusammen. »Kommst du etwa von denen?«

»Nein. Aber wie gesagt, das Gebäude stand leer und –«

»Hast du keine Augen im Kopf?«, unterbrach ihn der Alte und zeigte mit der Hand hinter Ludwig.

Der jüngere Mann, der zuvor gesprochen hatte, kicherte, der andere stand regungslos da und betrachtete Ludwig unverwandt.

Ludwig blickte sich um. Einige rostige Geräte schimmerten im Licht der Laternen. Sie sahen aus, als wären sie seit Jahren nicht bewegt worden. »Was wollt ihr?«

Die drei starrten ihn schweigend an.

»Geld«, sagte der Sohn dann.

»Hier gibt's keine Gratisübernachtung«, sagte der Alte. »Und Bußgeld, weil du eingebrochen bist.«

»Die Tür stand offen.«

»Du lügst«, rief der Sohn und trat einen Schritt vor. »Ich habe sie abgesperrt.« Der andere Sohn bewegte sich immer noch nicht. Stimmte etwas nicht mit ihm?

Ludwig hasste es, wenn Leute sich nicht an Regeln hielten. »Die Zentrale –«, wiederholte er.

Der Alte spuckte auf den Boden. »Die Zentrale, die Zentrale. Die kann dir hier nicht helfen.«

Ludwig schwieg. »Was wollt ihr –« Sein Herz klopfte jetzt wieder.

»Fünfzig Kronen«, sagte der Mann. »Mindestens. Und dass du abhaust.«

Er musste nicht ganz klar im Kopf sein. Fünfzig Kronen waren viel zu viel. Fünfunddreißig Kronen trug Ludwig mit sich, das war alles. Dreißig im Schuh und fünf in der Hosentasche. »Ich habe kein Geld. Wollt ihr mich etwa ausrauben?«

Sie starrten ihn an. Der ältere Mann machte einen Schritt auf ihn zu. Ein Messer schimmerte in seiner Hand. Der eine Sohn folgte dicht hinter ihm, der andere stand noch immer still. Er zwang sich, den Blick vom Messer zu lösen und dem Mann in die Augen zu schauen.

»Ich seh dir an, dass du Geld hast«, sagte der Mann. Ein Gestank nach Schnaps und Schweiß ging von ihm aus. Er hat sich Mut antrinken müssen, bevor er die Scheune betreten hat, dachte Ludwig.

»Ihr seid doch anständige Leute«, sagte Ludwig und wich vorsichtig einen Schritt zurück. Seine Knie zitterten. Wenn der Mann doch nur das Messer wieder einstecken würde. Er konnte die Spitze der Klinge schon an seiner Brust fühlen. Bestimmt würde er das Herz nicht direkt treffen, und Ludwig würde hier auf dem Boden der Scheune langsam verbluten. »Ich zahle euch etwas für die Übernachtung. Aber fünfzig Kronen habe ich nicht.«

»Wie viel hast du?«, fragte jetzt der andere junge Mann, der bislang geschwiegen hatte. Er senkte den Blick, als Ludwig ihn ansah. Er schämt sich, dachte Ludwig. Warum sagt er den beiden anderen nicht, sie sollen aufhören und mich in Ruhe lassen.

»Hau ihm eins über den Kopf«, sagte der Alte. »Dann finden wir es heraus.«

»Fünf Kronen«, sagte Ludwig hastig.

»Gib sie her.« Der Mann nahm das Messer von der rechten in die linke Hand und streckte die rechte aus. Ludwig grub in seiner Hosentasche nach den fünf Münzen und überlegte. Würde es ihm gelingen, an ihnen vorbei nach draußen zu rennen, jetzt, wo der Alte das Messer nicht mehr so sicher hielt? Aber sein Rucksack lag auf dem Boden.

»Mach schon.«

»Das ist alles, was ich habe«, sagte Ludwig und zog die Hand aus der Hosentasche. Er fühlte die Münzen im Innern seiner Hand. »Lasst mir doch zumindest zwei Kronen.«

»Gib her!«

Ludwig erwachte vom lauten Singen einer Amsel. Er tastete nach seiner Brust, aber sie schmerzte nicht, der Alte hatte ihm kein Messer zwischen die Rippen gesteckt. Erleichtert atmete er aus. Er lag in einem Graben. Der Inhalt des Rucksacks lag um ihn verstreut. Er zitterte vor Kälte. Sein Kopf schmerzte, und seine Haut war nass vor Tau. Er rappelte sich auf und blickte sich um. Das offene Scheunentor lag etwa zwanzig Meter hinter ihm. Seine Kleidung war völlig verdreckt, sie mussten ihn hierhergeschleift haben. Verdammte Idioten. Hastig streifte er seinen Schuh ab. Die dreißig Kronen waren noch da, sie hatten sie nicht gefunden. Er öffnete den Rucksack. Sie hatten ihm die Vorräte gestohlen, das ganze Brot und den Käse. Und seine Jacke lag weder auf dem Boden noch im Rucksack. Er brauchte die Jacke, es war kalt.

Ludwig sah zum Bauernhaus hinüber. Der Garten war verwildert, so wie er es in Erinnerung hatte. Mühsam stand er auf. Nun bemerkte er, dass auch sein Knie wehtat. Er ging zum Haus und blickte durch ein Fenster hinein. Die Esswaren, die sie ihm gestohlen hatten, lagen auf dem Tisch, daneben seine Jacke, achtlos hingeworfen. Er sollte besser gehen, dachte er, aber als er vorsichtig gegen die Tür drückte, öffnete sie sich widerstandslos. Nichts rührte sich im Innern. Ludwig trat leise ein und schlich durch den dunklen Gang. Es stank nach Alkohol und nach etwas Fauligem. Weit weg hörte er leises Schnarchen. Die Tür zur Küche stand halb offen. Sie quietschte etwas, als er sie berührte. Ludwig erstarrte und lauschte, aber das Schnarchen hielt unverändert an. Langsam ging er zum Küchentisch und sammelte die Esswaren und seine Jacke ein. Das eine Brot hatten sie offenbar noch in der Nacht gegessen, es waren nur Krümel davon übrig. Alles andere war unberührt. Halb volle Schnapsflaschen standen auf der Anrichte. Ludwig hielt sich eine an die Nase, sie roch nach Kümmel. Er packte sie in seinen Rucksack.

Vorsichtig zog Ludwig die Tür hinter sich zu. Er ging Richtung Straße und drehte sich dabei so oft um, dass ihm schwindlig wurde. Vielleicht hatte er eine Gehirnerschütterung. Niemand folgte ihm. Erst nach etwa einem Kilometer merkte er, dass er seine Laterne nicht bei sich hatte. Jetzt konnte er nicht mehr umkehren.

Das Kopfweh wurde stärker, er setzte sich an den Straßenrand und trank einen Schluck Schnaps. Er biss ihn in den Magen, und für einen Moment wurde ihm übel. Schade, dass ich die Scheune nicht angezündet habe, dachte er. Und das Haus. Daran hätte ich denken können. Aber in die Küche hätte er nicht eindringen dürfen, das war viel zu riskant gewesen. Was hatte er sich nur gedacht?

Er wünschte sich, dass jemand mit einem Gewehr ins Haus einbrach und die Männer im Schlaf erschoss. Oder dass ihnen wenigstens jemand ihre schiefen Zähne einschlug. Wenn er irgendwann wieder bei der Zentrale vorbeikäme, würde er es melden, dachte er, auch wenn es keinen Unterschied machte. Wegen so etwas würde die Zentrale keine Soldaten vorbeischicken. Obwohl die Männer die Regeln gebrochen hatten.

Ludwig sah, dass sein Ärmel mit Blut befleckt war. Er tastete nach der schmerzenden Stelle an seinem Kopf und zuckte bei der Berührung zusammen. Vorsichtig füllte er den Deckel der Flasche mit Schnaps und goss ihn über die Wunde. Das Brennen trieb ihm Tränen in die Augen.

Schranke

Nathanael tastete nach der Salbe in seiner Tasche. Sie fühlte sich kühl an. Er lächelte. Sie hatte so neu und glänzend ausgesehen, mit einem Namen in geschwungenen Buchstaben, wohl dem des Herstellers. Daneben eine Inhaltsliste, ein längst vergangenes Ablaufdatum und die Zeichnung eines Zweiges mit grünen Blättern. Er mochte die Präzision, mit der das Wichtigste früher winzig klein auf eine Tube geschrieben werden konnte. Auch wenn er nicht sicher war, ob Teebaumöl tatsächlich gegen Insektenstiche half, musste die Salbe etwas wert sein, wenn sie in einer so schönen Tube aufbewahrt wurde. Zum Glück wusste Vanessa nicht, dass sie ihn ein Drittel seines ganzen Geldes gekostet hatte.

Vanessa schaute sich schon zum vierten Mal um.

»Was ist?«, fragte Nathanael.

»Hast du nichts gehört?«, fragte sie.

»Nein.« Nathanael blieb stehen. Er hörte nur den Wind in den Bäumen. Sie hatten eine Siedlung erreicht. Links und rechts der Straße stierten Mehrfamilienhäuser mit toten Augen vor sich hin. Vor einem befand sich ein Spielplatz mit einer Rutsche und einigen umgekippten Holzstreben, vielleicht hatte einmal eine Schaukel daran gehangen. Etwas klopfte in den Bäumen hinter den Häusern. Nathanael blickte Vanessa an.

»Nicht der Specht«, sagte Vanessa. »Ich dachte, ich hätte Schritte gehört.«

Nathanael lauschte, doch selbst der Specht war jetzt verstummt.

»Da vorn ist ein Bahnübergang«, sagte Nathanael und wies mit dem Finger die Straße hinunter. Etwa fünfzig Meter vor ihnen ragten zwei zersplitterte Balken in die Straße.

Vanessa schwieg.

»Jemand muss mit einem Auto die Schranke durchbrochen haben, damals, als die Autos noch fuhren«, sagte Nathanael.

»Er hatte es wohl eilig«, sagte Vanessa.

»Wahrscheinlich hat er gehofft, aus der Dunkelheit herausfahren zu können«, sagte Nathanael.

»So ein Idiot«, sagte Vanessa. »Ich wäre daheim geblieben.«

»Ich wünschte, meine Eltern wären dort geblieben, wo sie herkamen. Dann hätten sie Hendrik nie getroffen.« Stattdessen waren sie so weit gefahren, bis ihnen das Benzin ausging, und er hatte seine Großeltern nie kennengelernt. Die Großmutter mütterlicherseits war Krankenschwester gewesen, sie und ihr Mann waren nicht gläubig gewesen. Seine Mutter hatte gesagt, er würde ihr ähneln.

Knirschende Schritte, als ginge jemand über Kies. Nathanael fuhr herum.

»Dort«, sagte Vanessa und packte ihn am Arm. Zwischen zwei Häusern ging ein Mann mit krummem Rücken. In einer Hand hielt er eine Gießkanne. Er blickte auf, schien sie aber nicht zu sehen. Er verschwand in einem Hauseingang.

»Er muss schlechte Augen haben«, flüsterte Vanessa.

»Dass hier überhaupt jemand wohnt«, sagte Nathanael. Der Mann sah dünn und krank aus. Ob er auch von weit her gekommen und ihm hier das Benzin ausgegangen war? Auf einem Parkplatz standen einige verrostete Autos.

»Vielleicht ist er der letzte Überlebende hier«, sagte Vanessa, »und gießt immer noch sein Gemüse.«

Nathanael bekam Hunger. Bestimmt gab es hinter dem Haus

Beete. Oder sogar einen Hühnerstall. Von irgendetwas musste der Mann ja leben.

»Der wird ein Gewehr haben, wenn er so lange allein überlebt hat«, sagte Vanessa.

Nathanael suchte mit den Augen die Fenster ab. Möglicherweise schob sich in dem Moment ein Gewehrlauf über einen Sims und richtete sich auf sie.

Sie eilten auf den Bahnübergang zu und drehten sich dabei immer wieder um. Etwas knallte in der Ferne, Nathanael zuckte zusammen. Er schaute Vanessa an, aber sie schien seine Reaktion nicht bemerkt zu haben. Warum war er auch immer so nervös, schalt er sich. Wie ein Kind.

Das Bahngleis war zwar von Unkraut überwuchert, aber es folgte einer weiten, eleganten Kurve. Die Schienenstücke mussten damals alle perfekt aufeinander abgestimmt worden sein. Oder wurde die Kurve als Ganzes in einer gewaltigen Fabrik gegossen und dann hierher gebracht?

»Sicher führt das Gleis zum Tunnel«, sagte Nathanael.

»Ich will nicht auf dem Schotter gehen, du?«, antwortete Vanessa.

»Nein«, sagte Nathanael.

»Noch ein paar Kilometer, und wir kommen nach *Süd 1*«, sagte Vanessa. »Dann können wir vielleicht etwas zu essen kaufen. Wenn du bis dahin nicht schon alles für Salben ausgegeben hast. Was hast du dir bloß dabei gedacht? Drei Kronen? Weißt du überhaupt, wie viel das ist?«

Nathanael wurde rot. »Du hast ja noch den Goldring.«

Vanessa tastete nach ihrer geschlossenen Jackentasche. Dort versteckte sie ihn also, dachte Nathanael.

»Der ist für Notfälle«, antwortete sie.

»Es war mein Geld«, sagte Nathanael. Mit einem Mal nervte ihn Vanessa. Er hatte das Geld bei der Kartoffelernte letztes Jahr mühsam verdient. Was ging sie es an, wofür er es ausgab?

Vanessa blieb stehen. »Dein Geld«, sagte sie. »Aber es ist mein Ring. Und meine Karte. Ohne mich hättest du dich längst verirrt.«

»Ohne dich hätte ich die Hauptstraße genommen und wäre schon beim Tunnel angelangt«, antwortete Nathanael. »Kommst du?« Er hatte keine Lust, noch länger auf sie zu warten.

»Hau doch ab, wenn du lieber allein unterwegs sein willst«, sagte Vanessa. Sie klang verletzt und stand wie eingefroren auf der Straße.

»Gut«, sagte Nathanael. »Dann gehe ich eben allein weiter.« Er drehte sich nicht nach Vanessa um. Sollte sie doch eine Weile beleidigt rumstehen und ihm dann nachrennen. Aber sosehr er auch darauf lauschte, er hörte keine Schritte hinter sich.

Schwarzer Hund

Ludwig kannte diesen Ort. Er war vor vielen Jahren mehrmals mit seinen Eltern hier durchgefahren. Das letzte Mal ohne sie, auf einem Schulausflug nach Florenz. Wenn er gewusst hätte, was passieren würde, wäre er vermutlich auf der Südseite der Alpen geblieben. Die Gerüchte waren zwar widersprüchlich, aber es musste dort ein wenig wärmer sein und der Ackerbau somit weniger mühsam. Die Torbogen der beiden Tunnels waren mit dunklen Backsteinen gemauert. Überwucherte Gleise führten in die Finsternis der Tunnelröhren, weg von dem rissigen Bahnsteig, an dem eine rostende Lokomotive und zwei angehängte Passagierwaggons standen. Vor den beiden Eingängen in den Berg wachten vier mit Messern und Pistolen bewaffnete Soldaten. Sie trugen Tarnanzüge und weiß-blaue Armbinden, die Farben der Regierung von *Süd 1*. Neben den Gleisen standen einige weitere Soldaten und redeten.

Welcher der beiden Tunnels war wohl noch durchgängig? In einem der beiden Zugänge zum Haupttunnel, die sich nach kurzer Strecke vereinigten, war ein Zug verbrannt und der Fels daraufhin eingestürzt, hatte Walter gesagt. Vielleicht wollten die Soldaten nicht, dass man von außen erkannte, welcher der richtige war. Nathanael und Vanessa waren nirgends zu sehen.

Ludwig ging den Hang hinunter, direkt auf die Tunneleingänge zu. Es war ein warmer Tag, obwohl erst Mai war. Dort, wo die Sonne durch die Staubdecke hindurchschien, gleißte das Weiß des Himmels so hell, dass er den Blick abwenden musste.

»Hände hoch!«, schrie ein junger blonder Soldat. Er hatte Ludwig offenbar als Erster bemerkt. Er löste sich aus einer Gruppe von Soldaten, eilte auf Ludwig zu, zog hastig seine Pistole aus dem Gürtel und ließ sie dabei beinahe fallen. Die anderen wandten den Kopf nach ihm, rührten sich aber nicht und redeten weiter.

Ludwig streckte die Hände nach oben und hielt sie dann zwischen Nacken und Hinterkopf gefaltet. Er blieb stehen und wartete, bis der Soldat ihn erreicht hatte. Von Nahem sah er noch jünger aus, bestimmt war er nicht einmal achtzehn. Der Lauf seiner Pistole zitterte.

»Wo hast du deinen Ausweis?«, rief der Soldat. Seine hellen Augen glänzten. Er hat mehr Angst als ich, dachte Ludwig und versuchte, ruhig zu atmen.

»Im Rucksack, äußeres Fach.«

»Gib mir den Rucksack. Langsam!«

Vorsichtig streifte Ludwig ihn von den Schultern und legte ihn zu Boden. Der Soldat bückte sich, nestelte das Außenfach des Rucksacks auf und nahm dabei die Augen von Ludwig, der Lauf der Pistole zeigte an ihm vorbei. Ludwig presste die Lippen aufeinander. Wahrscheinlich war der Soldat noch nicht lange im Training.

»Ludwig Gruber«, las der Soldat. »*Nord 1*. Lehrer.« Er ließ die Pistole sinken. »Lehrer für was?«

»Alle Fächer«, sagte Ludwig. Seine Stimme klang heiser. Er räusperte sich. »Vierzehn- bis Sechzehnjährige.«

»Auch Mathematik?«, fragte der Soldat.

»Das unterrichte ich am liebsten«, sagte Ludwig. Eine Veränderung ging durch das Gesicht des Soldaten. Nun sah er traurig aus. Er fuhr sich durch die Haare.

»Mathematik war mein Lieblingsfach«, sagte er. »Ich durfte nicht mehr in die Schule. Zuerst, weil ich auf dem Hof helfen musste, jetzt wegen dem Dienst.«

»Das tut mir leid«, sagte Ludwig.

Der Soldat gab Ludwig den Ausweis zurück. »Ich hätte nicht auf Sie zielen sollen. Ich mache das normalerweise nicht.«

Das habe ich gemerkt, dachte Ludwig. Auf der Tarnjacke des Soldaten waren ein Name und eine Zahl aufgenäht, in ungeschickten Stichen. *Tim 6299.*

»Du heißt Tim?«, fragte Ludwig.

»Ja«, sagte der Soldat. »Es ist nur so, wir sollen niemanden hier reinlassen, den wir nicht kennen. Es sind Banden unterwegs. Vor ein paar Wochen hat eine Gruppe versucht, in den Tunnel einzudringen.«

»Was ist mit denen passiert?«

»Sie haben sie erschossen«, sagte Tim. »Ich war noch nicht hier.«

Hoffentlich hatten Nathanael und Vanessa nicht auch versucht, sich in den Tunnel einzuschleichen. Und hoffentlich waren sie den Banden nicht begegnet. Ludwig spürte, wie ihm der Schweiß ausbrach. Es gab so viel, was ihnen passieren konnte.

»Ich suche jemanden«, sagte er. »Zwei Schüler von mir.«

Tim schwieg.

»Was ist das für eine Zahl nach deinem Namen? 6299?«, fragte Ludwig.

»Eine Primzahl«, sagte Tim und lächelte. »Habe ich selbst gewählt. Zur Identifikation.«

»Eine schöne Primzahl«, sagte Ludwig.

»Danke«, sagte Tim.

Der dicke Mann am Pult fächelte sich Luft zu. Er betrachtete Ludwigs Papiere lange und studierte insbesondere das viereckige Stanzloch. Dann wandte er sich an Ludwig.

»Tunnelzoll ist fünfundfünfzig Pfund.«

»Pfund?«

»Wir haben eine neue Währung.«

Ludwig wischte sich mit dem Hemdsärmel den Schweiß von der Stirn. »Ich habe nur nördliche Währung dabei. Und ein paar Südkronen.«

»Südkronen nehmen wir nicht mehr. In eurer kostet es hundertzehn, wie heißt sie doch gleich? Dukaten?«

»Auch Kronen!«

»Nordkronen? Dann hundertfünfzig.«

Es erleichterte ihn zu wissen, dass es so teuer war. Das konnten die beiden sich nicht leisten. Ludwig schüttelte den Kopf. »So viel habe ich nicht. Aber ich will ohnehin nicht durch den Tunnel. Ich suche zwei Jugendliche.«

Ludwig holte ein Stück Papier aus seiner Tasche, auf das er die Gesichter der beiden mit Buntstiften skizziert hatte. Der dicke Mann streifte das Bild mit einem Blick.

»Wir lassen keine unbegleiteten Jugendlichen durch.«

»Dann möchte ich hier auf sie warten«, sagte Ludwig. »Könnte ich im Zug schlafen?«

»Der ist für die Soldaten.«

Draußen vor der Baracke stand immer noch Tim und blickte in die Berge, als hätte er vergessen, was er hier sollte.

»Weißt du, wo ich übernachten kann?«, fragte Ludwig.

Tim zuckte zusammen. »Wie? Ach, im Dorf«, sagte er. »Gleich hinter der Kurve.« Er deutete mit dem Kinn auf die breite Straße.

Vielleicht waren Nathanael und Vanessa ebenfalls dort und versuchten, das Geld für den Zoll zu beschaffen.

»Danke«, sagte Ludwig.

Tim nickte.

Auf der Straße kam Ludwig eine Gruppe von Menschen entgegen, Frauen und Männer, schwer bepackt mit Rucksäcken und Taschen. Als sie ihn passierten, sah er, dass ihre Öllampen brannten, obwohl es mitten am Tag war. Sie schwiegen und schauten an Ludwig vorbei, in Richtung des Tunnels. Ludwig wollte sie fragen, ob sie schon einmal auf der anderen Seite gewesen waren und wie es dort aussah. Aber er mochte sie nicht aufhalten, sie wirkten, als sei es ihnen schwergefallen, aufzubrechen.

Einige Straßenbiegungen weiter erreichte Ludwig eine Mühle, deren Rad sich in einem reißenden Bach drehte. Es folgten einzelne Holzhäuser, und schließlich zeigten Flaggen den Dorfeingang an. Auf den Balkonen der Häuser blühten Geranien, die Straßen waren sauber und die Luft frisch. Über den Straßen flatterte Wäsche im Maiwind, auf dem Kopfsteinpflaster spielten Kinder.

Am Dorfplatz sprudelte ein großer Steinbrunnen, umgeben von Blumenkästen. Gegenüber stand ein Gasthaus mit Tischen davor, an denen eine Handvoll Leute saß und trank. Ludwig fragte die Wirtin nach Nathanael und Vanessa. Sie hatte die beiden nirgends gesehen, und die Zimmer waren unbezahlbar. Er trat wieder in den hellen Tag hinaus. Wo sollte er hin?

Auf einer Bank sah er einen älteren Mann sitzen. Neben ihm lag ein schwarzer Hund, der zu Ludwig aufschaute und hechelte. Ludwig setzte sich neben den Mann und stellte seinen Rucksack auf den Boden.

»Weite Reise gehabt?«, fragte der Mann.

Ludwig fragte auch ihn nach Vanessa und Nathanael, aber er schüttelte nur den Kopf. Er habe niemanden gesehen, der aussah wie die beiden. Dann griff er in seine Jackentasche und reichte Ludwig seinen Ausweis. Ludwig gab ihm schweigend den eigenen. Man hatte damals die Namen der vermissten Freunde und Familienangehörigen auf die leeren Seiten geschrieben. Der Mann holte eine Lupe aus seiner Jackentasche und studierte die Namen, während der Hund an Ludwigs Füßen schnupperte. Er musste reich sein, dachte Ludwig, wenn er keine Angst hatte, dass Ludwig ihm die Lupe aus der Hand riss und damit davonrannte.

Ludwig schlug die zerfledderten Papiere des Mannes auf. Sie hatten jeweils einen Einschnitt an der Ober- und der Unterkante, was ihn wahrscheinlich als Bürger von *Süd 1* auswies. Auf der ersten Seite klebte ein Foto, das so verblichen war, dass man nur noch die Umrisse des Kopfes erkannte. Auf der nächsten Seite stand eine lange Liste von Namen in kleinen Buchstaben, viel länger als die in Ludwigs Ausweis. Eine Ehefrau, drei Töchter, zwei Brüder und deren Familien und einige Freunde. Nur ein Name war durchgestrichen, offenbar seine Schwägerin. Ludwig mochte nicht fragen, was das bedeutete.

»Die Mädchen haben in der Stadt studiert, alle drei«, sagte der Mann. »Wie du.«

Er schaute von Ludwigs Ausweis auf. Ludwig schüttelte den Kopf. Keiner der Namen war ihm vertraut.

»Deine kenne ich auch nicht. Aber wir haben eine Familie Gruber im Dorf«, sagte der Mann. Er gab Ludwig seinen Ausweis zurück. Der Mann zählte die Vornamen der Familie auf, keiner davon kam Ludwig bekannt vor.

»Vielleicht sind es entfernte Verwandte«, sagte der Mann.

»Kann sein«, antwortete Ludwig. Der Mann erklärte ihm den Weg zu der Familie. Ludwig hörte nur mit halbem Ohr zu.

Er dachte daran, wie er einige Monate nach dem Tag Null die Terrassentür seines Elternhauses mit einem Stein eingeschlagen hatte. Schon vom Garten aus hatte er sehen können, dass niemand mehr dort wohnte. Tagelang war er gegangen und hatte sich vorgestellt, was ihn wohl erwartete, und trotzdem war er nicht auf das vorbereitet gewesen, was er vorfand. Das Haus war unberührt gewesen, sorgsam aufgeräumt. Im Wandkalender neben der Tür war nur ein Termin eingetragen. *Cora 14.00*. Ludwig kannte keine Cora, vielleicht war es ein Coiffeurtermin im Nachbarort gewesen, vielleicht war die Mutter mit dem Auto quer durchs Land gefahren, um jemanden zu besuchen, sie hatte viele Freunde gehabt und ständig neue kennengelernt. Der Vater musste gearbeitet haben, als die Katastrophe geschah, ob im Hauptsitz in der Stadt oder im Außendienst wusste Ludwig nicht. Selbst die Vorräte und die Medikamente waren unberührt. Er steckte nur wenig davon ein, für den Fall, dass die Eltern eines Tages wieder nach Hause kämen. Aber als er sich daranmachte, ihnen eine Nachricht zu schreiben, hatte ihn die Gewissheit überwältigt, dass sie nie zurückkehren würden, und er hatte den Zettel zerknüllt und auf den Boden geworfen.

Nachdem Ludwig die Lehrerstelle und das Haus im Dorf bekommen hatte, besuchte er sein Elternhaus noch ein weiteres Mal, es lag nur zwei Tagesmärsche entfernt. Das junge Paar, das ihm misstrauisch die Tür öffnete, versprach, den Eltern seinen neuen Wohnort mitzuteilen, falls sie je wiederkehrten. Er sah ihnen an, dass sie hofften, dass dies nie der Fall sein würde. Hinter ihnen konnte er das Wohnzimmer sehen, sie hatten alles entfernt, was an seine Eltern erinnerte, und das hatte Ludwig so sehr geärgert, dass er sie am liebsten geschüttelt hätte, obwohl er in seinem Haus dasselbe getan hatte.

»Ja, die Vergangenheit«, sagte der alte Mann neben ihm leise. Er betrachtete die Namen in seinem eigenen Ausweis. »Manchmal höre ich meine älteste Tochter lachen und drehe mich nach ihr um. Das wird nur schlimmer, wenn man älter wird.«

Ludwig erhob sich und schwang sich den Rucksack auf den Rücken.

Der schwarze Hund schaute zu ihm auf. Hunde sahen immer noch genauso aus wie in der alten Welt, dachte Ludwig. Hunde und Kinder. Nur die Gesichter der Erwachsenen hatten sich verändert, waren bitterer geworden, schmaler, und alterten schneller.

Ludwig bedankte sich und wünschte dem Mann einen schönen Tag. Der Mann erwiderte den Gruß abwesend. Ludwig tat es leid, dass er ihn an früher erinnert hatte. Sein Gesicht hatte einen offenen Eindruck gemacht, als Ludwig sich zu ihm gesetzt hatte. Jetzt war es kleiner und faltiger geworden, so als müsste es in ein enges Behältnis hineinpassen.

Süd 1

Vanessa hielt die Hand an die weiß-blauen Wimpel, die neben der Straße im Wind flatterten, und ließ sie an ihre Finger schlagen. Hier endete das unbewohnte Gebiet, und das Hoheitsgebiet von *Süd 1* begann.

Auf einer Holztafel neben der Straße waren die Gesetze von

Süd 1 angeschlagen. Sie waren vom Regen verwaschen und nicht mehr vollständig lesbar.

»*Süd 1* ist einer Regierung unterstellt«, las Vanessa vor. Ihr war nicht klar, inwiefern sich eine Regierung von einer Zentrale unterschied.

»Ansonsten ist es ähnlich wie bei uns«, sagte sie. »Man darf auch hier Dinge aus leer stehenden Häusern mitnehmen. Aber man darf mehr Dinge behalten, ohne sie der Regierung abgeben zu müssen. Zum Beispiel Batterien.«

»Schau«, sagte Nathanael, »die Währung.«

Sie war froh, dass er hier war. Vor ein paar Stunden noch hatte sie geglaubt, ihre Wege würden sich trennen. Sie hatte zugesehen, wie er sich auf der Straße von ihr entfernte, atemlos vor Wut und Enttäuschung. Wie dumm von ihm, so kopflos davonzugehen. Als würde er nicht verstehen, dass sie aufeinander angewiesen waren. Er sah schutzlos aus in der riesigen Landschaft, genauso schutzlos, wie sie selbst es war. Zum Glück hatten sich seine Schritte dann doch verlangsamt, und nach einer Weile hatte er sich umgedreht und war zu ihr zurückgekommen. Sie wusste nicht, was sie gemacht hätte, wenn er einfach weitergegangen wäre. Wahrscheinlich hätte sie ihn ziehen lassen.

Eine Münze war in das Holzschild eingelassen. Vanessa holte eine Nordkrone aus der Tasche und hielt sie daneben. Es war die gleiche. Eine Münze der alten Welt. Nur dass in die Mitte von Vanessas Münze ein winziges Dreieck gestanzt worden war, während die Währung von *Süd 1* einen leuchtend orangen Farbfleck am Rand hatte. »Die Währung heißt hier Pfund«, sagte sie zu Nathanael.

Vanessa verglich die grobe Karte, die auf das Holz gezeichnet war, mit ihrer eigenen. Sie waren fast identisch, aber ihre Karte endete kurz vor dem Tunnel. Der Tunneleingang lag in *Süd 1* und war nur noch zwei oder drei Tagesmärsche entfernt.

Wie anders die Landschaft hier war als zu Hause. Zu beiden Seiten des Tals ragten steile Hänge nach oben, die einfach nicht aufhörten. Immer wieder wurde der Wald von schroffen Felswänden unterbrochen. Zwischen den Tannen, auch weit oben, waren einzelne

Häuser zu erkennen. Nichts rührte sich in ihrer Umgebung. Ob dort jemand wohnte? Vanessa hatte in der Schule Bilder von einer solchen Landschaft gesehen, sich jedoch nicht recht vorstellen können, wie winzig man sich darin fühlte. Und wie groß und unheimlich die dunklen Rücken der Berge waren, schlafende Riesen, bereit, die Menschen abzuwerfen. Hinter den Hügeln schauten höhere Berge hervor, strahlend weiß, fast Teil des Himmels. Konnte es sein, dass die Menschen früher diese Berge bestiegen hatten? Sie sahen gespenstisch aus, und die Wolken, die über sie hinwegzogen, zeugten von starken Winden, die einen in die Luft heben würden. Sie hoffte, dass sie nicht zu weit in die Höhe steigen mussten, um zum Tunnel zu gelangen.

Sie ließen die Tafel und die Wimpel hinter sich. Vanessa fühlte, wie ihr Atem freier wurde, trotz der drohenden dunklen Berghänge. Sie waren nicht mehr in gesetzlosem Gebiet. Töten und Stehlen verboten. Vanessa hatte nicht gedacht, dass sie die Gesetze und die Soldaten vermissen würde. Aber in den vergangenen Tagen hatte sie die Bedrohung deutlich gespürt. In unregiertem Gebiet konnte einem jederzeit etwas passieren und niemand würde einem helfen. Nathanael pfiff ein religiöses Lied. Herr unser Erlöser oder so etwas. Dabei musterte er wie Vanessa die Berghänge.

»Das Evangelium des Staubes. Gibt es das hier auch?«, fragte sie.

Nathanaels Pfeifen brach ab.

»Die Prophetin kam aus dem Nordosten«, sagte er. »Sie hat ihre Missionare bestimmt auch hergeschickt. Aber wer weiß, ob die Leute die neue Lehre angenommen haben. Sie waren früher katholisch, glaube ich.«

»Was bedeutet das?«

»Vielleicht, dass die Mission weniger willkommen war als bei uns.«

»Dann glauben die Leute an nichts?«

»Oder nur an die Bibel. Ohne das Evangelium des Staubes und ohne die Prophetin.«

Vanessa versuchte sich vorzustellen, wie ein Gebetsabend ohne das Evangelium aussehen würde. Keine Stapel handbeschriebener

Papiere. Keine Sprüche der Prophetin, keine Reden über den Staub der Engel und darüber, wie die Zivilisation ihr Ende verdient hatte. Nur uralte Bücher, deren Inhalt nichts mit der Gegenwart zu tun hatte, sondern sich mit einem weit entfernten Land vor unvorstellbar langer Zeit befasste.

»Ohne das Evangelium des Staubes ergibt der Glaube doch gar keinen Sinn«, sagte sie.

»Ach ja?«, fragte Nathanael spöttisch. »Für mich ist jeder Glaube sinnlos.«

Vanessa schwieg. Die Gebetsabende hatten sie gelangweilt und sie war lange bei keinem mehr gewesen, aber sie hatte Lust, Nathanael zu widersprechen.

»Er gibt den Leuten Hoffnung.«

»Das ist genau das Problem. Dann strengen sie sich nicht an, ihr Leben selbst zu verbessern.« Nathanael schwieg ein paar Schritte lang. »Rahel hätte überlebt, wenn sie sich mehr bemüht hätten«, sagte er, »wenn jemand dafür gesorgt hätte, dass die Medizin wiederaufgebaut würde, statt immer nur zu beten und zu singen.«

»Wahrscheinlich ist es komplizierter, als du denkst«, sagte Vanessa.

»Nicht alles ist kompliziert.« Nathanael schaute Vanessa an. »Du wüsstest, dass ich recht habe, wenn du Eltern hättest wie meine.«

»Und wenn du eine Mutter hättest wie meine, wüsstest du dafür anderes«, sagte Vanessa.

Sie schwiegen, und Vanessa dachte über ihre Antwort nach. Was wusste sie denn dank ihrer Mutter? Auf jeden Fall, dass es das Schlimmste war, die Hoffnung aufzugeben. Von ihr aus hätte ihre Mutter gerne so gläubig sein können wie Nathanaels Mutter, wenn sie dafür gearbeitet hätte, im Feld oder in einem Laden, wie die anderen Frauen, ohne sich zu beklagen. Und Vanessa sorglos in der Schule hätte sitzen können, ohne darüber nachzugrübeln, ob die Mutter wohl überhaupt aufgestanden war und wie sie etwas zum Abendessen auftreiben konnte.

Sie dachte an Giulia, ihre Nachbarin, die sie nie wiedersehen würde. Vanessa stellte sich Italien voller Frauen vor, die wie Giulia waren, mit einem lauten Lachen und Sicherheit in ihren Bewegungen, großzügig und streng. Giulia war überzeugt davon, dass im Süden alles besser war. Sie sagte, erstens sei es dort wärmer, und zweitens würden die Leute einander helfen, wenn es Probleme gäbe, nicht wie hier im Norden, wo sie zu verwöhnt gewesen waren und nun schon bei der kleinsten Schwierigkeit wie Wölfe aufeinander losgingen. Es schüttelte Giulia sichtlich, wenn sie vom Tag Null sprach. Sie sagte, Vanessa müsse Gott danken, dass sie diesen Tag nicht habe erleben müssen. Einmal erzählte sie von ihrem Heimatdorf in der Nähe von Padua. Sie hatte dort als Kind gelebt, bevor sie mit ihren Eltern auswanderte, und war früher jeden Sommer dahin zurückgekehrt. Dort gebe es eine berühmte Kirche, die im Sonnenlicht auf einer Anhöhe das Dorf überblickte, seit tausend Jahren und gewiss noch immer, solche Kirchen stürzten nicht ein. Aber Giulia brach nie in Richtung Italien auf. Sie hatte zu große Probleme mit ihrem Rücken. Vanessas Mutter glaubte, Giulia wollte nicht herausfinden, dass es dort unten auch nicht besser war als hier.

Skier

Das Haus der Grubers war klein und stand an einer schmalen Straße, davor ein Streifen Garten, der mit engen Reihen von Gemüse bepflanzt war, Kohlköpfen und grünen Tomaten. Ludwig klopfte an. Ein kleines Mädchen mit Zöpfen öffnete, schaute ihn schweigend an und schrie dann nach seiner Mutter. Eilige Schritte näherten sich. Frau Gruber war groß und schlank, hatte lange dunkle Haare, und war einige Jahre jünger als Ludwig. Auf dem Kinn hatte sie eine breite Narbe. Ludwig versuchte, die Narbe nicht zu beachten, bestimmt störte es sie, wenn man darauf starrte. Ludwig erklärte ihr, warum er hier war, und zeigte seinen Ausweis. Sie scheuchte das Mädchen zurück ins Haus, schloss die Haustür und setzte sich mit Ludwig auf die kleine Bank im Garten, obwohl es bereits kühl wurde. Nach einer Weile blickte sie vom Ausweis auf.

»Kann sein, dass wir entfernt verwandt sind«, sagte sie. »Unser Familienname kommt von meiner Seite. Und mein Großvater kommt aus demselben Dorf wie deiner. Hatte dein Großvater einen Bruder?«

»Ich weiß es nicht«, sagte Ludwig. Er meinte, der Großvater hätte nur eine Schwester gehabt, aber er konnte sich täuschen.

»Vielleicht waren sie Cousins«, sagte sie. »Stammbäume haben mich nie interessiert.«

»Mich bisher auch nicht«, sagte Ludwig.

Eine unerwartete Freude stieg in ihm auf. Womöglich hatte er eine lebende Verwandte gefunden. Er hätte die Frau gerne umarmt und ihre Kinder kennengelernt. Aber er wusste nicht, was er sagen sollte.

»Ich muss zurück ins Haus«, sagte die Frau.

Wie hieß sie bloß wieder? Carmen? Es fiel ihm nicht mehr ein.

»Komm später wieder, am Abend, wenn du willst. Dann ist mein Mann zurück«, fügte sie zögerlich hinzu.

Walter hätte gewusst, was er sagen sollte, dachte Ludwig. Die Frau hätte ihn sofort ins Haus eingeladen, ihm ein Bett für die Nacht angeboten. Man vertraute Walter spontan, seiner warmen vollen Stimme, der Art, wie er sich nach vorn neigte und einen anschaute, während er zuhörte. Ludwig wusste, dass das bei ihm nicht so war. Es war ihm nie leichtgefallen, Freunde zu finden. Etwas Kaltes lag in seinem Gesicht. Er konnte es sehen, wenn er in den Spiegel schaute, und er verstand, warum es die Leute dazu brachte, ihm zu misstrauen.

»Ich wollte nicht stören«, sagte er und gab der Frau die Hand. »Wie heißt du noch mal?«

»Cornelia«, sagte sie. Ihre Finger waren kühl, aber sie lächelte, und Ludwig meinte, in ihrem Lächeln eine schwache Ähnlichkeit mit seinem Vater zu sehen. Die Narbe in ihrem Gesicht fiel ihm schon fast nicht mehr auf.

Ludwig erwachte im Halbdunkel. Die Couch war weich, aber zu kurz, die Lehne klemmte das Blut in seinen Füßen ab. Und doch war sie um vieles besser als die Bank am Dorfrand, auf der er beinahe geschlafen hätte. Als es dunkel geworden war, hatte er sich überwunden und war zum Haus der Grubers zurückgekehrt.

Die Flamme der Öllampe, die Cornelia auf einen Stuhl gestellt hatte, brannte noch. Er hätte sie vor dem Einschlafen ausblasen sollen. Er fuhr sich vorsichtig über die Beule am Schädel. Sein Kopf schmerzte wieder. Gestern war ihm mehrmals schwindlig geworden. Cornelia hatte gesagt, er solle zum Dorfarzt gehen, aber was würde der schon tun können. Um Ludwig herum tanzten Schatten. Am Abend hatte er gesehen, dass der Kellerraum, wo sie ihm den Schlafplatz eingerichtet hatten, voll mit altem Krempel war. Skiausrüstungen, ein Surfbrett, Strandzeug, Strohhüte, eine Sammlung von aufblasbarem Plastik, alles nutzlos geworden. Hier musste eine Familie gewohnt haben, die ihre Ferien wichtig nahm. Vielleicht war es Cornelias Elternhaus, er musste sie morgen fragen. Lagerte hier die Ferienausrüstung ihrer Kindheit? Behielt sie sie im Glauben, die Zivilisation würde zurückkehren, und mit ihr die Wochen am Mittelmeer und die Sonnencreme?

Ludwig stand auf. Wieder wurde ihm schwindlig, er stützte sich auf ein Gestell und wartete, bis sich der Schwächeanfall legte. Der Boden war kalt unter seinen Füßen, es roch nach feuchter Erde. Er nahm die Öllampe und öffnete die Tür des Zimmers. Draußen im Gang war es ebenfalls dunkel, es musste immer noch Nacht sein. Vorsichtig öffnete er eine Tür und leuchtete hinein. Darin stand eine Werkbank, die mit Kabeln, Nägeln, Metallstücken und Werkzeugen übersät war. Cornelia und ihr Mann, Vincent, verdienten ihr Geld, indem sie Werkzeuge und mechanische Geräte flickten und neue bauten, obwohl sie keine entsprechende Ausbildung hatten. Sie hätten sich alles selbst beigebracht, aus Büchern, hatte Vincent erzählt.

Vincent hatte es sich in den Kopf gesetzt, einen Mikrowellenofen zum Laufen zu bringen. Den Strom für den Betrieb erzeugten sie mit Wasserkraft, indem sie Generatoren an Seilen in den reißenden

Fluss hängten. Ihre jüngere Tochter habe Asthma, hatte Vincent Ludwig erzählt, und er habe den beißenden Rauch satt, der durch das Haus zog, wenn sie kochten. Und überhaupt, immer ein Feuer machen zu müssen, nur um Wasser für eine Tasse Tee zu kochen, mache ihn wahnsinnig. Aber alles, was sie bis jetzt vorweisen konnten, war eine Reihe von geplatzten Glühbirnen und einige durch Stromspitzen zerstörte Mikrowellen, zum Ärger ihrer Besitzer.

»Dabei sind diese Geräte wertlos, solange wir keine Methode gefunden haben, sie zu betreiben, und eine Chance auf Fortschritt gibt es doch nur durch unsere Versuche«, hatte Cornelia gesagt und die Augen verdreht. »So sind sie eben in diesem Dorf.«

»Ich hasse Strom«, sagte Vincent.

»Ich auch«, sagte Cornelia. Und doch versuchten die beiden es immer wieder.

Vorsichtig schloss Ludwig die Tür und ging zurück in sein Zimmer. Morgen musste er die beiden über die Stromerzeugung ausfragen, dachte er und blies die Öllampe aus.

Rauch

Die Straße war bedeckt von getrocknetem Schlamm, der Asphalt schimmerte nur an wenigen Stellen durch. Rechts erhob sich eine Autobahnbrücke. Die Autobahn war kaum passierbar, es standen Kolonnen von verrosteten Lastwagen und Autos darauf, eines ragte hier sogar durch die Absperrung, die Räder in der Luft. Aber auch ihre Straße ruhte auf Säulen, es toste ein grauer Bergbach darunter hindurch.

Der Rucksack zog schwer an Nathanaels Schultern. Sie waren schon stundenlang in *Süd 1* unterwegs. Jetzt, wo sie endlich wieder in sicherem Gebiet waren, spürte er eine gewaltige Müdigkeit. Wieso konnten sie nicht endlich anhalten? Aber Vanessa zog es weiter, und er wollte sie nicht bremsen. Wieder musste er an den Streit vom Vormittag denken. Er hätte nicht allein davongehen sollen. Vanessas scharfe Stimme hatte ihn an seine Mutter erinnert, wenn sie wütend war. Oft reagierte die Mutter erst Stunden später auf etwas, das geschehen war, wenn man sich schon längst wieder in Sicherheit wiegte. Auch Vanessa hatte ihren Ärger über den Kauf dieser Salbe eine Weile mit sich herumgetragen, bevor sie ihn ausgesprochen hatte. Es kam ihm berechnend vor, wie sie auf den richtigen Moment gewartet hatte. Trotzdem wäre es besser gewesen, stehen zu bleiben und mit Vanessa zu streiten, als kopflos loszumarschieren.

Nathanael drehte sich um, die Straße war leer. Er stellte sich vor, wie seine Mutter und Hendrik sie mit dem Fahrrad einholten, keuchend abstiegen und die Mutter ihn vorwurfsvoll anschaute. Hätte er den Mut, wegzurennen? Hier, so kurz vor dem Tunnel, war es durchaus möglich, dass sie sie fänden. Oder hätten sie sie wegen ihres Umwegs schon lange überholt und würden weiter vorn auf sie warten?

Vanessa und er hatten seit einer Weile aufgehört zu reden. Nach dem Streit hatten sie sich, vielleicht um zu vergessen, dass sich ihre Wege beinahe getrennt hätten, über Verschiedenes unterhalten. Als Letztes über ihre Familien. Vanessa erzählte, dass sie ihren Vater nie kennengelernt hatte und die Mutter nur selten von ihm sprach. Dann fragte sie ihn aus, und er musste an Rahel denken, und danach war er in Schweigen verfallen. Rahel war ein Gewicht, das er immer mit sich trug.

Vor zwei Wintern hatte Rahel zu husten angefangen. Es wurde schnell stärker. Einmal hatte er sie deswegen angefahren. Er war so dumm gewesen zu glauben, sie mache es absichtlich, um die Aufmerksamkeit der Mutter auf sich zu ziehen. Wie es wohl gewesen war für Rahel, drei ältere Brüder zu haben? Wie hätte er sich mit drei älteren Schwestern gefühlt? Erdrückt vielleicht. Von Schwestern, die immer alles schon besser konnten als er, die sich über ihn lustig machten. War es für Rahel so gewesen?

Als Rahel zur Welt gekommen war, hatte die Mutter stark geblutet und jegliche Gesichtsfarbe verloren. Nathanael war damals überzeugt gewesen, dass sie sterben würde. Das hatte er Rahel übel genommen. Aber die Mutter erholte sich schnell wieder. Später verlangte die Mutter von ihm als Ältesten, dass er sich um Rahel kümmerte. Sie war damals erst zwei Jahre alt, er sieben. Die Eltern arbeiteten sehr viel, zuerst, damit sie alle genug zu essen hatten. Dann auch dafür, dass das Feuer des Glaubens im Dorf immer heller loderte, wie sie es ausdrückten. Man müsse stetig Holzscheite nachlegen, sagte die Mutter, sonst erlösche es. Wieder und wieder gingen die Eltern von Tür zu Tür, organisierten Bibeltreffen und lasen einander abends das Evangelium des Staubes in der Stube vor, bis sie und auch Nathanael es auswendig konnten. Nathanael passte in der Zeit oft auf seine kleineren Geschwister auf. Er beschützte Rahel, wenn Elias sie an den Haaren riss. Dann flüchtete sie zu Nathanael und schmiegte sich an ihn. Es gab eine Zeit, da konnte er es kaum erwarten, aus der Schule nach Hause zu kommen und für Rahel da zu sein, aber das verriet er nie jemandem. Sie lauschte aufmerksam, wenn er ihr vorlas, und sie hörte nicht auf, Fragen zu stellen. Es machte ihm Spaß, sie zu beantworten, und wenn er die Antwort nicht wusste, fragte er am nächsten Tag Sina oder später Gruber. Als Rahel endlich in die Schule kam, langweilte sie sich noch mehr als er, weil er ihr alles schon erklärt hatte. Am liebsten waren ihm die Momente, wenn er ihre Haare bürstete, dann saß sie ganz still und aufrecht. Sie sagte, bei ihm tue es nicht so weh wie bei der Mutter.

Dann begann Nathanael am Glauben zu zweifeln. Rahel weinte, weil sie überzeugt war, er käme in die Hölle. Als sie es der Mutter verriet, lachte die Mutter nur. Nathanael ist schon fast ein *Teenager*, sagte sie. Sie saßen zu dritt auf dem Sofa in der Stube, die Mutter und Rahel besserten Kleider aus. Draußen regnete es, es wurde Herbst. Nathanael starrte in ein Buch, das er schon kannte. Das Wort Teenager störte ihn, er schämte sich dafür, so ein dummes Wort, das hatte doch nichts mit ihm zu tun. Er gab vor, die Mutter nicht gehört zu haben, und blickte weiter auf die Buchseiten. Es ist normal, dass er zweifelt, sagte sie, das wird seinen Glauben nur stärken. Wird es nicht, dachte Nathanael. Rahel hatte dies nicht beruhigt, sie war abends zu ihm ins Bett gekrochen, und er hatte sie zurück in ihres geschickt. Verräterin, hatte er ihr ins Ohr geflüstert, obwohl die Mutter gar nicht wütend geworden war.

War es kurz darauf gewesen, dass sie anfing zu husten? Oder erst einige Wochen später, als sie sich wieder versöhnt hatten? Jedenfalls waren die beiden Ereignisse in seiner Erinnerung miteinander verknüpft, der Streit und ihr Husten. War sie krank geworden, weil er sich von ihr entfernt hatte? Solange ich lebe, dachte Nathanael, werde ich nicht wissen, ob ich schuld bin. Solange ich lebe, werde ich sie nicht vergessen. Ich werde dafür kämpfen, dass niemand mehr an einem Husten sterben muss. Ich werde Arzt werden. Er hatte es sich geschworen.

»Was ist los?«, fragte Vanessa.

»Warum?«, fragte Nathanael abwesend.

»Du machst so ein Gesicht.«

»Können wir endlich anhalten?«, fragte Nathanael.

»Hier?«

»Ja, hier.« Nathanael blieb stehen und streifte den Rucksack ab. Er hatte keine Lust mehr zu gehen und an Rahel zu denken. Er schaute sich um. Das Licht hatte bereits abgenommen, bald würde es Abend werden.

»Hier ist ja nichts«, antwortete Vanessa.

Es stimmte, der Ort sah nicht einladend aus. Am Straßenrand dichtes Gebüsch, dahinter einzelne blühende Obstbäume, noch weiter hinten ragten die steilen Berghänge empor. Aber dort war eine schmale Lücke im Gebüsch, säuberlich herausgeschnitten. Von da aus führte ein schmaler Pfad von der Straße weg. Nathanael folgte ihm mit den Augen.

»Doch«, sagte Nathanael. »Da, hinter den Bäumen. Häuser. Bestimmt ein Bauernhof.«

»Wollen wir nicht lieber ein leer stehendes Haus suchen?«

Feiner Rauch stieg zwischen den Bäumen empor, kaum erkennbar.

»Vielleicht gibt es eine Scheune«, antwortete Nathanael.

Eigentlich mussten sie den Menschen nicht mehr unbedingt ausweichen, sie befanden sich wieder in regiertem Gebiet. Früher oder später würde ihnen das Essen ausgehen, und dann müssten sie mit den Leuten reden.

»Komm«, sagte Nathanael.

Vanessa stand auf der Straße und studierte die Karte. Dann faltete sie sie zusammen und verstaute sie tief in ihrem Rucksack. Bisher hatte sie sie immer in der Windjacke getragen.

»Was machst du?«, fragte Nathanael.

»Wir haben den Rand der Karte überquert«, sagte sie lächelnd.

Geschirr

Ludwig blieb auf der Schiene stehen, die in Richtung der Tunneleingänge führte, und suchte mit den Augen die Baracken ab. Es war ein kalter Morgen, er hatte Frost auf dem Gras am Wegrand gesehen. Es roch nach Rauch und Eis, oben auf den Bergen lag eine Schicht Neuschnee. Sein Kopf schmerzte schon wieder. Die Nacht, die er bei Vincent und Cornelia verbracht hatte, war die sechste seit seinem Aufbruch. Eigentlich müsste er nun seine Heimreise antreten. Aber jetzt war der falsche Moment, um aufzugeben.

Er sah Tim hinter dem Eisenbahnwagen hervorkommen, einen Stapel Geschirr in den Händen. Tim schaute auf und nickte Ludwig zu. Ludwig war nicht sicher, ob er sich trauen sollte, das Lager zu betreten, auch wenn das Wachhäuschen neben den Schienen leer war. Der Soldat blickte sich um, stellte das Geschirr ab und kam auf ihn zu. Er hatte blonde Stoppeln auf den Wangen, die Ludwig am Tag zuvor nicht aufgefallen waren, und sah übernächtigt aus.

»Es ist spät geworden gestern«, sagte Tim. »Die meisten schlafen noch.«

»Du nicht.«

»Frühdienst. Hast du deine Schüler gefunden?«

Ludwig schüttelte den Kopf. »Am besten wäre es, ich dürfte hier auf sie warten.«

»Ich kann nach ihnen Ausschau halten.« Tim lächelte. »Aber du musst mir noch sagen, warum du sie suchst. Und wie sie aussehen.«

»Musst du nicht das Geschirr abwaschen?«

Tim schaute sich um. »Ich hab eigentlich nur Wache. Aber es war mir so langweilig, dass ich dachte, ich erledige das.«

Ludwig unterdrückte ein Lächeln. »Wäre ein guter Zeitpunkt für die Banden, um anzugreifen.«

»Stimmt«, sagte Tim. »Ich hoffe, sie schicken mich nach Hause.«

»Warum?«

Tims Gesicht verdüsterte sich. »Mein Vater ist fast allein auf dem Bauernhof. Er ist schon sechzig. Ich habe Angst, dass er sich übernimmt bei all der Arbeit. Die Mutter hat sich letzten Winter den Fuß gebrochen und kann bei den Tieren und auf dem Feld nicht mehr viel mithelfen.«

»Das tut mir leid.«

Tim schüttelte den Kopf. »Ich muss abwarten.« Er schaute Ludwig an. »Warum suchst du sie?«

»Sie waren meine Schüler. Ein Mädchen und ein Junge.«

»Ach so, darum«, sagte Tim. »Ihre Eltern waren dagegen.«

»Nein, das ist es nicht«, sagte Ludwig. »Nathanael möchte Arzt werden, aber seine Eltern sind sehr gläubig. Und Vanessa hatte wohl auch von allem genug.«

»Ich habe gehört, dass es bei euch im Norden anders ist als hier«, sagte Tim. »Nur wie genau, habe ich nie verstanden.«

»Bei uns gibt es keinen Arzt im Dorf. Dafür singen und beten sie umso mehr.«

»Wegen der Sekte?«, fragte Tim. »Bei uns kam einmal ein Missionar vorbei, aber die Nachbarn haben ihn leider verjagt. Dabei hätte ich gern gehört, was er zu erzählen hatte.«

»Da hast du nicht viel verpasst.«

»Aber dann ist es doch gut, wenn die zwei weggegangen sind. Wenn es im Norden so ist, wie du sagst.«

»Kannst du dir vorstellen, wie es für ihre Eltern ist? Und die Reise ist viel zu gefährlich für sie. Sie wissen nichts von der Welt.«

Tim schwieg eine Weile.

»Gut«, meinte er dann. »Falls sie auftauchen, geb ich dir Bescheid. Ich sag es auch den anderen Soldaten. Aber ich kann nicht versprechen, dass sie auf mich hören.«

Milch

Nathanaels Mund war leicht geöffnet, sein Haar zerzaust. Er lag auf seinem Mantel, den er auf dem Boden des Heuschobers ausgebreitet hatte. Wie jung er aussah, wenn er schlief. Früher hatte sich Vanessa einen kleinen Bruder gewünscht, auf den sie aufpassen konnte.

Sie stupste ihn an. »Wir müssen los.«

Den schwierigsten Teil der Reise hatten sie wahrscheinlich hinter sich. Zum Tunnel war es nicht mehr weit.

»Ich habe Hunger«, sagte Nathanael undeutlich, ohne die Augen zu öffnen. »Ich will eine Tasse Milch. Hafer. Eier.«

»Sonst noch etwas?«, fragte sie.

Nathanael setzte sich auf. »Wir sind auf einem Bauernhof.«

Nathanael raffte seinen Mantel und seinen Rucksack zusammen und kroch auf allen vieren zur Holzleiter, die zum Boden des Heuschobers führte. Er drehte sich umständlich und tastete mit den Füßen nach der obersten Sprosse. Vorsichtig stieg er Schritt um Schritt hinab, darauf bedacht, sich keine Splitter in den Fingern zuzuziehen. Vanessa warf ihren Rucksack nach unten und sprang.

»Erste!«, rief sie und klopfte das Heu von sich ab.

»Spinnst du«, sagte Nathanael. »Du hättest dir den Knöchel brechen können.«

Nathanael öffnete die Tür des Schobers. Draußen war es so hell, dass das Licht Vanessa blendete, die Sonne leuchtete durch die Staubschicht, als wäre diese plötzlich dünner geworden. Vor ihnen lag eine grüne Wiese voller Butterblumen, darin standen blühende Obstbäume, so weiß und rein wie Wolken, und bewegten ihre Äste im Wind. Kuhglocken bimmelten.

»Wo willst du hin?«, rief Vanessa. Nathanael ging zielstrebig in Richtung des Bauernhauses statt zur Straße hinunter.

Was hatte er vor? Wollte er etwas kaufen? Er wusste doch, dass sie hier eine andere Währung hatten. Oder wollte er stehlen? Vanessa zögerte, aber dann setzte sie sich auch in Bewegung und schloss zu ihm auf.

Sie bogen um die Ecke des Hauses. Eine hochgewachsene Frau in Gummistiefeln bearbeitete den Misthaufen mit einer Harke. Ihre Haare waren zu einem losen Knoten gebunden, aus dem graue und braune Strähnen hingen.

»Hallo«, rief Nathanael.

Die Frau drehte sich ohne Eile um und betrachtete sie misstrauisch. Sie trug eine lange Plastikschürze.

»Ich kenne euch nicht«, sagte sie in einem Dialekt, der Vanessa seltsam in den Ohren klang. Sie wandte sich wieder dem Misthaufen zu, um weiterzuarbeiten. Dann legte sie doch die Harke ab und näherte sich ihnen.

»Wer bist du?«, fragte sie Nathanael.

Vanessa hatte noch nie eine so große Frau gesehen. Der Geruch des Misthaufens stieg ihr in die Nase.

»Wir würden gerne Milch kaufen«, sagte Nathanael.

»Abgehauen, was?«, sagte die Frau.

Nathanael machte einen Schritt rückwärts.

»Max!«, rief sie in Richtung des Hauses. »Max!«

Nathanael zögerte. Die Frau trat auf ihn zu, als wollte sie ihn am Handgelenk packen, und Nathanael sprang zurück. Vanessa wartete nicht länger, sondern rannte los, ins hohe Gras hinein. Die Frau rief etwas Unverständliches. Der Rucksack schlug Vanessa gegen den Rücken. Sie hörte Nathanael hinter sich keuchen und merkte, dass er lachte. Er *lachte*. Was war nur los mit ihm heute?

Vanessa erreichte eine Gruppe Bäume, wurde langsamer, blieb stehen und schaute zurück. Die Frau war ihnen nicht gefolgt, sie stand zwischen Bauernhaus und Stall und sah ihnen nach, dann wandte sie sich ab und ging ins Haus. Nathanael hatte Vanessa überholt und war schon an den Bäumen vorbei, nun wurde auch er langsamer. Er drehte den Kopf nach ihr um und lachte immer noch.

»Warte«, rief Vanessa. Nathanael rannte noch ein paar Schritte, dann schrie er gellend auf und verschwand im hohen Gras.

Diaprojektor

»Birnbaumwetter«, sagte Tim und fuhr sich übers stoppelige Kinn. »Unsere Birnbäume blühen bestimmt schon. Bald muss mein Vater das erste Mal die Wiesen mähen. Und ich soll hier Unterwäsche aufhängen.« Er stellte einen Korb mit nasser Wäsche auf den Boden.

»Sind keine Jugendlichen vorbeigekommen?«, fragte Ludwig.

Tim schüttelte den Kopf.

Ludwig schwieg. Heute hatte er ein gutes Gefühl gehabt. Hoch oben am Himmel hingen verblasene Zirruswolken, wie dünne weiße Fasern, kaum sichtbar vor dem gelblichen Hintergrund der Staubdecke. Immer wenn Ludwig diese Eiswolken sah, fragte er sich, wie weit entfernt die Staubdecke wohl war. Sie musste deutlich jenseits des Wettergeschehens liegen.

Er hatte sich vorgestellt, Nathanael und Vanessa kämen bei dem Wetter gut voran und würden den Soldaten vor dem Tunnel in die Arme laufen.

»Ach, Moment«, sagte Tim. »In der Nacht sind zwei Jungs mit ihren Eltern in den Tunnel gegangen.«

Das mussten sie sein! Vanessa hatte sich die Haare kurz geschnitten und die Erwachsenen dazu überredet, sie beide mitzunehmen. Wieso hatte Tim das nicht gleich erzählt? Ludwig packte ihn am Arm. »Wie sahen sie aus?«

»Ich war nicht dabei. Ein Kollege hat gesagt, sie kämen aus dem Nachbardorf. Die ganze Familie.« Vorsichtig streifte Tim Ludwigs Hand ab.

»Aus dem Nachbardorf?«, fragte Ludwig. »Bist du sicher?«

»Ein anderer meinte, dass sie nach Apulien unterwegs seien, die Frau habe dort Verwandte. Sie wollten mitten in der Nacht in den Tunnel, das kam dem Kollegen seltsam vor. Aber sie konnten den

Zoll zahlen, und er ließ sie durch. Erst am Morgen hat er realisiert, dass sie auf der Liste mit Namen von Leuten standen, die wir nicht durchlassen sollten. Doch da war es zu spät. Der Mann hatte Schulden.« Tim verzog das Gesicht. »Jetzt sind sie natürlich längst drüben. Bin froh, dass mir das nicht passiert ist.«

Ludwig schüttelte den Kopf. »Bitte frag deinen Kollegen, wie die beiden Jungs ausgesehen haben.«

»Der wurde gleich strafversetzt.«

Ludwig seufzte und schaute in die Berge. Vielleicht waren Nathanael und Vanessa also schon auf der anderen Seite. Dann konnte er nichts mehr machen.

»Ich habe darüber nachgedacht«, sagte Tim. »Das mit den Nullen und Einsen. Mir leuchtet es ein. Man könnte alles so darstellen. Sogar Farben.«

Gestern hatten sie sich lange unterhalten, Tim hatte eine Frage nach der anderen gestellt.

»Stimmt«, sagte Ludwig. »Du bist der letzte Mensch auf Erden, der sich für Computer interessiert.«

Tim lachte. »Das lenkt mich ab.« Seine Miene verdüsterte sich. »Dann denke ich nicht an die Birnbäume und die Wiesen.«

»Tim! Du bist im Dienst!«, schrie der Kommandant aus dem Fenster seiner Baracke.

Tim seufzte und hob den Wäschekorb auf.

»Danke«, sagte Ludwig.

Tim nickte ihm zu. Ein anderer Soldat musterte Ludwig mit verschränkten Armen. Tim hatte erzählt, dass die anderen nicht einsahen, warum Tim Ludwig half. Es könne doch ebenso gut sein, dass die beiden Jugendlichen vor Ludwig auf der Flucht waren und gute Gründe dafür hatten. Ludwig hatte ihm einen Brief gezeigt, von Petra unterschrieben, aber Tim winkte ab.

»Das bedeutet hier nichts«, sagte er. »Ich glaube dir.«

Es ist seltsam, dachte Ludwig, als er sich auf den Weg machte und den Blick des Soldaten immer noch im Rücken spürte. Man geht durchs Leben, und nichts würde einem gelingen, wenn es nicht dann und wann Menschen gäbe, die einem glaubten und vertrauten.

Obwohl sie einen nicht kannten, und obwohl man diese Kälte im Gesicht hatte.

Am Dorfeingang hatte jemand ein Schild aufgehängt, »Morgen Mittag: Diashow über Thailand«. Schon wieder. Ludwig hatte die Dias gleich an seinem zweiten Tag im Dorf zu sehen bekommen. Ein Zimmer in der Schule war dafür permanent verdunkelt. Mithilfe einer abenteuerlichen Konstruktion aus Spiegeln, Linsen und Pappröhren war es Vincent gelungen, Tageslicht von draußen in einen umgebauten Diaprojektor zu leiten. An hellen Tagen konnten sie so die Dias schwach auf einer Leinwand abbilden.

Die Ferienreise nach Thailand aus den späten Neunzigerjahren war besonders beliebt. Die Bilder waren gelbstichig und verschwommen, und dennoch hatte Ludwig vor Aufregung Magenschmerzen bekommen. Es war, als müsste man nur einen kleinen Schritt tun, und man wäre wieder mitten in dieser untergegangenen Welt von Interkontinentalflügen und Bustouren durch tropische Länder. So nah und lebendig schien das leicht verstört blickende junge Paar mit den riesigen Sonnenbrillen und verrutschten Sonnenhüten, das schwitzend neben Tempeln und Elefanten stand, dass man die beiden beinahe atmen hörte. Bestimmt hatten sie sich nicht vorstellen können, dass fünfundvierzig Jahre später Schulklassen in Aufregung gerieten über die riesigen Palmen, neben denen sie standen und die so viel echter wirkten als die kleinen Fotografien in den Schulbüchern. Als könne man sie anfassen. Ludwig war nicht neidisch auf das Paar, es tat ihm leid. Die beiden ahnten nicht, was ihnen und ihren Kindern und Enkeln zustoßen würde. Noch vor Kurzem hatte er sich gewünscht, wieder einmal einen Film aus der alten Welt zu sehen. Doch der Wunsch war mit diesen Dias gestorben. Die alte Welt wiederauferstehen zu lassen, schien ihm nun sinnlos. Es gab nichts daran, was ihnen weiterhelfen konnte.

Mittlerweile waren acht Tage vergangen, seit Ludwig sein Dorf verlassen hatte. Übermorgen würde Urs die Zentrale informieren und um einen Ersatzlehrer bitten. Die Zentrale würde aufhören, seinen Lohn zu zahlen. Er wusste nicht, ob sie ihm den Job zurückgeben würden, wenn er später zurückkam. Wo blieben Nathanael und

Vanessa nur? Hatten sie ihre Pläne geändert? Oder waren sie irgendwo in der Nähe und versuchten, das Geld für den Zoll aufzutreiben? Wenn er jetzt nach Hause ginge, würde er sie sicher genau um einen Tag verpassen.

Als Ludwig in die Straße einbog, in der Cornelia und Vincent wohnten, dachte er an die Mikrowelle, an der er vormittags mit den beiden gearbeitet hatte. Sie waren noch weit davon entfernt, sie in Betrieb nehmen zu können. Aber auch wenn sie es nicht schafften, würden sie dabei andere nützliche Dinge herausfinden. Einen Tauchsieder hatten die beiden bereits gebaut, doch Vincent hatte sich den Unterarm verbrannt, als er ihn einmal versehentlich trocken unter Strom gesetzt hatte, und seitdem wollte Cornelia nichts mehr davon hören, einen weiteren herzustellen. Es war ihr zu gefährlich. Wahrscheinlich hatte sie recht.

Vielleicht, dachte Ludwig, würde er ein glücklicher Mensch, wenn er bliebe und Cornelia und Vincent bei ihren Versuchen half. Die Generatoren würden hoffentlich irgendwann zuverlässig Strom liefern. Nach und nach würden sie verschiedene elektrische Geräte, Glühbirnen, Wasserkocher, Öfen, Radios wieder zum Laufen bringen, und das Leben hier im Dorf würde sich auf eine Weise verändern und verbessern, wie es sich niemand hätte vorstellen können. Während sein eigenes Dorf immer noch in der Dunkelheit verharrte.

Am Abend passte Ludwig eine Stunde lang auf die beiden Töchter der Grubers auf, während Vincent und Cornelia ihre Nachbarn besuchten. Als sie heimkamen, ging er früh in den Keller. Er mochte es, allein im Dunkeln auf der weichen Couch zu liegen und einzuschlafen, während er oben die leisen Geräusche der Familie hörte. Zwischen den Skiern und Gummibooten schlief er so gut wie seit Jahren nicht mehr.

Schnaps

Nathanaels Gewicht lastete schwer auf Vanessas Schulter. Das T-Shirt, das sie um seinen Fuß gewickelt hatte, war dunkelrot vor Blut. Sie gingen in Richtung der Hausruine, die in der Nähe stand. Dort würde er eine Weile ausruhen können. Vanessa hatte die Ruine bereits erkundet und die Rucksäcke in den Keller gebracht. Nathanael allein verletzt im Gras zurückzulassen, hatte sie nervös gemacht, aber sein Zustand hatte sich in ihrer Abwesenheit nicht verschlechtert, er hatte sogar ein wenig gelächelt, als sie zurückgekehrt war.

Mit ihm kam sie viel langsamer vorwärts, er konnte den Fuß nicht aufsetzen. Er war mit voller Wucht auf einen rostigen Nagel in einem alten Holzbrett getreten, das versteckt mitten im Gras gelegen hatte. Der Nagel hatte seinen Fuß durchbohrt. Vanessa musste an einen Nachbarn denken, der letzten Sommer an Wundstarrkrampf gestorben war. Nathanael atmete heftig, sie spürte seine Körperwärme an ihrer Seite. Er durfte nicht sterben, nicht wegen eines Nagels, wegen eines einzigen falschen Tritts.

Sobald Nathanael im Keller untergebracht war, musste sie das nächste Dorf suchen. Oder zum Bauernhof zurückgehen und die Frau dort um Alkohol bitten, aber bestimmt würde die sie wegjagen. Vanessa hatte die kleine Flasche Branntwein, die sie dabeigehabt hatte, komplett über der Wunde ausgekippt, nachdem sie den Nagel herausgezogen hatte. Sie hätte einen Teil davon aufsparen sollen. Es hatte fürchterlich ausgesehen, wie das Blut aus der Wunde geschossen war. Immerhin hatte sie die Verletzung so verbinden können, dass der Blutfluss nachließ.

Nathanael stöhnte. Sein Kopf war heiß, vielleicht bekam er Fieber.

»Hier rein?«, fragte er mit schwacher Stimme. »Das Haus ist eingestürzt.«

»Der Keller ist nicht zerstört«, sagte Vanessa.

Vanessa führte Nathanael die steile Treppe hinunter. Einer der Kellerräume lag hinter einer dicken Tür. Vanessa hatte an einem großen Rad drehen müssen, um sie zu öffnen. Widerwärtig ölige Luft war ihr entgegengeschlagen. Sie hatte einen Augenblick warten müssen, ehe sie weitergehen konnte. Auf zwei Matratzen hatten unter Daunendecken zwei vertrocknete Leichen in Winterkleidern gelegen. Am liebsten wäre sie weggerannt, aber sie hatte keine Wahl. Sie hatte die Leichen in den oberen Stock geschafft, sie waren ganz leicht gewesen. Auch die Decken hatte sie nach oben getragen und die beiden vollständig damit bedeckt. Nur die Matratzen hatte sie liegen gelassen. Die beiden Menschen waren wohl erfroren. Oder erstickt. Nach dem Tag Null hatten viele Leute, die damals wenig von diesen Dingen verstanden, in Innenräumen Feuer gemacht und sich mit Kohlenmonoxid vergiftet. Heute wusste jedes Kind, wie gefährlich das war.

Vanessa ließ Nathanael los, der schwer auf eine Matratze fiel. Fauliger Geruch stieg auf. Gut, dass er nicht wusste, dass hier eben noch eine Leiche gelegen hatte.

Vanessa ging zu dem schweren Metallregal, das an der Wand stand, und schaute in die Kisten, die darin gelagert waren. In der ersten fand sie Schuhputzmittel und Bürsten, in der zweiten ein paar Aludosen mit Hundefutter, aber sie waren ausgebeult. In der dritten lagen Schnüre und Hundeleinen durcheinander. Sogar eine Hundemarke. Nichts, was sie brauchen konnten.

»Au«, jammerte Nathanael leise. »Ich habe Durst.«

Vanessas Schulter und Rücken schmerzten. Sie holte die Wasserflasche aus ihrem Rucksack, doch sie war leer. In Nathanaels Rucksack fand sie noch eine volle Flasche. Vanessa goss ihm etwas Wasser in einen der bronzenen Becher, die sie in dem Briefkasten gefunden hatte. Er trank gierig. Sie hielt die Hand auf seine Stirn.

Er sah sie mit glasigen Augen an. »Wohin gehst du?«

»Dinge suchen«, sagte Vanessa.

»Komm bitte wieder.«

»Was denkst du denn?«, fragte sie.

Nathanael schloss die Augen. Vanessa ging hinaus und berührte das große Metallrad an der Tür. Nein, sie würde es nicht drehen, sie konnte Nathanael hier nicht einsperren.

Es war wie daheim, wenn die Mutter am Morgen nicht aufstand.

Neben dem Keller hinter der dicken Tür gab es zwei weitere Kellerräume. Sie waren mit Unrat gefüllt. Vanessa ging die Treppe nach oben, hier hatte sich einmal das Wohnzimmer befunden. Das Haus war zum Himmel offen, der Boden voll Matsch. Moos und andere Pflanzen wuchsen auf den Trümmern. Hier würde sie nichts Brauchbares finden. Vorsichtig stieg sie über den Schutt nach draußen.

Im Garten vor dem Haus erkannte sie das Kraut von Rüben und Kartoffeln zwischen dem Unkraut und riss es aus. Das Gemüse war winzig und viel zu wenig. Aber vor allem brauchten sie Wasser.

Hinter der Hausruine verlief eine Straße, die von tiefen Rissen durchzogen war. Auf der anderen Seite der Straße erhob sich ein grasiger Hügel, Vanessa stieg hinauf. Von hier aus konnte sie mehrere Häuser sehen, die sich vor einem steil ansteigenden Berghang dicht aneinanderdrängten. Wenn sie zurückblickte in Richtung der Ruine, sah sie die Bäume, die Wiese und noch weiter hinten den Bauernhof und die Straße, die zum Tunnel führte.

Der riesigen Frau beim Bauernhof wollte sie lieber nicht noch einmal begegnen. Sie würde also zu den anderen Häusern gehen müssen.

Unterwegs stieß sie auf einen kleinen Bach. Sie wusch sich das Blut von den Händen und füllte ihre Petflaschen auf. Zum Glück war der Bach nicht weit von ihrem Unterschlupf entfernt. Bald kam sie zu den ersten Feldern, auf denen Rüben und Sellerie wuchsen, die schon etwas größer waren. Vanessa zerrte einige dünne Rüben aus dem Boden und legte sie in ihren Rucksack. Unweit der Häuser pickten Hühner in einem Gehege nach Gras. Sie waren mager, dennoch ließen sie Vanessa an dampfende Hühnersuppe denken. Ihr Magen knurrte. Sie sah eine Bewegung und duckte sich schnell hinter ein Gebüsch. Sie würde in der Nacht zurückkommen, einbrechen und Alkohol stehlen. Und ein Huhn.

»Was machst du bei meinen Hühnern?«, rief eine Kinderstimme.

Vanessa stand auf. Vor ihr stand ein etwa siebenjähriger Junge und schaute sie feindselig an.

»Nichts. Du hast schöne Hühner. Besonders der Hahn ist schön«, sagte Vanessa und richtete sich auf. Der Junge starrte auf ihren Arm, und Vanessa bemerkte, dass ihr Jackenärmel noch mit Blut beschmiert war. Sie legte die Hand darüber.

»Er heißt Fred«, sagte der Junge und sah ihr in die Augen.

»Wo wohnst du?«, fragte Vanessa.

Der Junge zeigte auf das große Haus neben dem Hühnerstall.

»Sind deine Eltern zu Hause?«

Der Junge schüttelte den Kopf. »Ich passe auf alles auf. Auch auf Fred. Wo kommst du her?«

Vanessa lächelte. »Aus dem Osten«, sagte sie.

»Bist du Missionarin?«

»Sehe ich so aus?«

Der Junge dachte nach. »Weiß nicht.«

»Hast du dich auch schon mal in den Finger geschnitten?«, fragte Vanessa.

»Nein. Aber in den Arm, hier, als ich mit der Axt gespielt habe.« Er zeigte ihr eine Narbe am Unterarm.

»Das ist eine große Narbe. Und was haben deine Eltern da gemacht?«

»Geschimpft.«

»Haben sie etwas darübergegossen?«

»Schnaps«, sagte der Junge. »Das hat ganz schön gebrannt.«

»Kann ich ein bisschen was davon haben? Ein Freund von mir hat sich schlimm geschnitten.« Sie nahm die Hand vom Jackenärmel und zeigte ihm die Blutschmieren.

Der Junge wich zurück. »Nein.« Er starrte sie trotzig an.

»Wenn ich dir etwas dafür gebe?«

»Was denn?«

Vanessa griff in ihre Jackentasche und holte das Plastikpferd aus dem Supermarkt hervor.

Der Junge betrachtete es neugierig. »Wie heißt es?«

»Du kannst ihm einen Namen geben.«

»Ich will es nicht.«

»Hol einen kleinen Becher Schnaps. Bitte.«

»Nein.«

Vanessa packte den Jungen am Arm, doch er riss sich los.

»Bitte«, sagte sie. »Ich habe schon mit meinem Freund geschimpft. Er stirbt sonst.«

»Das Pferd heißt Remo«, sagte der Junge. »In Italien gibt es Pferde.«

Vanessa schaute ihn an. Konnte das stimmen? Woher wüsste es der Junge? Sie hielt ihm das Pferd noch einmal hin. Er griff danach, aber sie hielt es fest.

»Ich warte hier.« Sie verstaute es wieder in ihrer Jackentasche, dann goss sie das Wasser aus einer ihrer Petflaschen auf den Boden und drückte sie ihm in die Hand. »Füll Schnaps hier rein. Nur ein wenig, damit deine Eltern es nicht merken.«

Werkstatt

Vincent blickte nicht auf, als Ludwig in die Werkstatt trat. Er hatte einen Gegenstand in seine Werkbank eingeklemmt und schliff ihn mit einem Schmirgelpapier. Es roch nach Metall, Ludwig mochte den Geruch, er erinnerte ihn an die Werkstatt seines Großvaters, der Motorräder repariert hatte. Er betrachtete Vincent, wie er sich über die Bank beugte und leise pfiff. Seine Halbglatze glänzte im Licht der Öllampen. Wie konzentriert Vincent arbeitete. Früher hatte Ludwig so programmieren können, stundenlang, ohne Hunger oder Durst zu bekommen. Wenn Programmieren doch nur noch zu etwas nütze wäre.

»Was hast du da?«, fragte Ludwig.

Vincent hob den Kopf und lächelte. »Einen Sechskantschlüssel. Ich habe ihn heute Morgen auf dem Schrottplatz gefunden. Er lag am Boden. Fast die richtige Größe, ich muss ihn nur noch ein wenig abschleifen.«

Ludwig nahm auf dem Stuhl neben Vincent Platz und setzte die Arbeit fort, die er gestern unterbrochen hatte. Er versuchte, einen Transformator zu bauen, und wickelte dafür Draht in engen Windungen um eine Spule. Wie lange es her war, seit er das alles gelernt hatte, Spannung und Strom und wie sie sich im Transformator wandelten. Trotzdem wusste er manche Dinge noch besser als Vincent, was ihn insgeheim freute, und es schien Vincent nichts auszumachen. Cornelia und er waren froh, mit jemandem über ihre Projekte reden zu können.

»Auf dem Weg hierher bin ich an einem abgeschotteten Gebiet vorbeigekommen. Oben am See«, sagte Ludwig. »Es war von Soldaten bewacht. Seitdem bilde ich mir ein, dass sie dort Strom haben. Kühlschränke gefüllt mit Bier. Ich habe letzte Nacht davon geträumt.«

Vincent versuchte, den Sechskantschlüssel in eine Öffnung an der Rückwand der Mikrowelle zu pressen, aber er passte noch nicht. Er klemmte ihn wieder in die Halterung und schliff weiter.

»Von dem Gebiet habe ich noch nie gehört«, sagte er. »Und wer braucht schon Kühlschränke, das Bier können wir auch im Fluss kühlen.«

Er lachte. Ludwig dachte an das säuerliche Bier, das sie ihm gestern aufgetischt hatten. Er hatte es nur mit Mühe heruntergebracht.

»Die Leute hier sagen, es gäbe ein Tal in den Bergen, wo immer noch ein Wasserkraftwerk läuft«, sagte Vincent. »Sie können den Strom nicht mehr verteilen, viele Leitungen sind ja gerissen. Aber es wird behauptet, sie hätten Hütten gebaut, die direkt beim Kraftwerk stehen. Und in den Hütten hätten sie Licht, Kühlschränke, Mikrowellen, Herde, elektrische Heizungen. Sie sollen sogar Filme auf alten Tablets anschauen, heißt es.« Vincent versuchte es noch einmal mit dem Sechskantschlüssel. »Gut«, sagte er, »jetzt passt er.« Er begann vorsichtig zu schrauben.

»Filme«, sagte Ludwig. »Das kann ich mir nicht vorstellen.«

»Das Tal soll unzugänglich sein und auf über 2000 Metern liegen. Ich kannte einen, der aufgebrochen ist, um die Siedlung zu suchen, aber von dem haben wir nie wieder etwas gehört.«

»Das ist doch schon fast an der Schneegrenze.«

»Genau das habe ich ihm auch gesagt«, sagte Vincent. »Daran merkst du, dass die Geschichte nicht stimmen kann. Auf 2000 Metern braucht man keine Kühlschränke. Und was soll dort noch wachsen?«

»Die Hütten könnten sie ja auch nicht richtig isolieren.« Ludwig blickte auf. »Ich brauche mehr Draht. Hat Cornelia nicht noch welchen gefunden?«

»Dort in der Ecke liegt er«, antwortete Vincent. »Die oben am See, haben die wirklich Strom?«

»Ich weiß es nicht«, sagte Ludwig und hob den verbogenen Kupferdraht auf. »Ich habe keinen Rauch gesehen, nichts gehört. Es sah menschenleer aus. Ich frage mich nur, was die Soldaten dort bewachen.«

»Vielleicht haben sie dort auch ein Kraftwerk, das lokal noch Strom produziert. Und ein riesiges Lebensmittellager«, sagte Vincent. »So wie die Soldaten im ersten Winter, die Supermärkte in Beschlag nahmen und sich an den Vorräten satt fraßen, während wir hungerten.«

»Davon wird nicht mehr viel brauchbar sein«, sagte Ludwig. »Aber möglicherweise haben sie Gewächshäuser. Eins steht jedenfalls fest, Besucher wollen sie keine.« Was die Zentrale und die Regierung von *Süd 1* wohl von dem Ort hielten? Wenn sie ihn in Ruhe ließen, musste er wirklich gut befestigt sein.

»Schau«, sagte Vincent. Er hatte die Rückwand der Mikrowelle abgenommen. »Das muss das Magnetron sein, das die Mikrowellen erzeugt. Sieht ähnlich aus wie bei der letzten.« Vincent blickte hinüber zu dem Gerät in der Ecke. »Wir haben sie mit einer zu hohen Spannung betrieben, die ganze Elektronik ist geschmolzen.«

»Und das ist wahrscheinlich der Transformator«, sagte Ludwig und deutete auf einen in Metall eingefassten Kasten unter dem Magnetron. »Wir könnten ihn ausbauen und schauen, wie er von innen aussieht.«

»Lieber nicht«, sagte Vincent. »Wenn wir den rausnehmen, bringen wir ihn nie wieder rein.«

»Bei mir im Haus gab es keine Elektrogeräte mehr, als ich eingezogen bin. Die Zentrale hatte alles ausgeräumt«, erzählte Ludwig. »Und trotzdem sind sie nachher noch ein paarmal gekommen, um nachzusehen, ob nicht irgendwo noch etwas versteckt war, Chemikalien oder Batterien.«

»Eure Zentrale, das sind Diebe. Ich verstehe nicht, warum ihr nichts gegen die macht.«

Ludwig schüttelte den Kopf. »Sie haben Waffen. Außerdem beschützen sie uns ja.«

»Unsere Soldaten beschützen uns auch«, sagte Vincent. »Aber sie sind der Regierung ebenso unterstellt wie wir. Wie früher. Und wir dürfen unsere Chemikalien behalten.«

»Ich verstehe nicht, wieso das bei euch funktioniert. Wer die Waffen hat, hat doch die Macht.«

»Es war immer so bei uns«, sagte Vincent. »Warum, weiß ich auch nicht genau. Verdammt, hier ist ein Kabel durchgeschmort. Ich glaube nicht, dass diese Mikrowelle noch funktionieren wird. Vielleicht hat irgendjemand schon was versucht mit der.«

»Zeig mal«, sagte Ludwig. »Ich glaube, wir können das reparieren. Dazu müssen wir aber den Trafo ausbauen. Gibst du mir den Sechskantschlüssel?«

Ludwig mochte das Gefühl, gebraucht zu werden. Er hätte den ganzen Tag in der Werkstatt bleiben können.

»Wo ist Cornelia?«, fragte Ludwig, während er den Transformator vorsichtig aufschraubte.

»Am Fluss«, sagte Vincent. »Sie testet die beiden 12-Volt-Generatoren, die wir letzte Woche bekommen haben. Wenn die funktionieren, sollten wir mehr als genug Strom haben.«

Vincent räusperte sich. »Wieso bleibst du nicht hier bei uns? Es gibt eine Wohnung über der Bäckerei, in die du einziehen könntest. Und gestern beim Treffen des Dorfrats hat Cornelia gehört, es werde bald eine Lehrerstelle frei.«

Ludwig dachte an sein Dorf, an Lisa.

»Wieso nicht«, antwortete er.

Keller

»Vanessa!« Nathanael saß auf der Matratze, er hatte die Wolldecke von sich geworfen. Vanessa war sofort hellwach, als hätte sie nicht geschlafen. Durch die offene Tür drang ein Luftzug herein, die Öllampe flackerte.

»Was ist?«, fragte sie und setzte sich auf.

»Alles voller Spinnen«, sagte Nathanael. Er sprach die Silben undeutlich aus. »An der Decke.«

Er sank zurück aufs Bett und atmete gleich wieder regelmäßig. Vorsichtig stand Vanessa auf und prüfte mit dem Handrücken seine Stirn. Sie war feucht und heiß. Nathanael bewegte im Schlaf seinen Kopf, um ihre Hand abzuschütteln, und sie zog sie zurück. Sie legte die Wolldecke wieder auf seine Beine. Vanessa streifte ihre Jacke über, schlüpfte durch die Kellertür und stieg die Treppe nach oben. Zwischen den Überresten der Hauswände hindurch sah sie ein helles Leuchten hinter der Staubschicht. Vielleicht war Vollmond.

Nathanael ging es schlechter als gestern. Er würde bald Hilfe brauchen. Aber sogar in ihrem eigenen Dorf hätte sie nicht gewusst, wen sie hätte fragen können. Gruber oder der Bibliothekar hätten mithilfe ihrer Bücher möglicherweise voraussagen können, ob man aufgeben sollte. Als ob je jemand deswegen aufgehört hätte, sich um seine Angehörigen zu kümmern. Oder sie hätten ein Heilkraut vorgeschlagen, das am Ende doch nichts bewirkte. Wenigstens hätte sie dann etwas zu tun gehabt.

Vanessa wusste nicht, ob sie genug tat. Sie träufelte Alkohol auf die Wunde und brachte Nathanael zu essen und zu trinken, auch wenn er die Mahlzeiten kaum anrührte. Es war ohnehin meist nur eine dünne Suppe mit spärlichem Gemüse, die sie in ihrem Topf über dem Feuer kochte. Ein einziges mageres Huhn hatte sie gestohlen, aber sie traute sich nicht, ein zweites zu holen.

Wären sie besser zu Hause geblieben? Vanessa drehte und wendete die Frage in ihrem Kopf wie einen Gegenstand. Sie würde sie nicht beantworten können, nicht jetzt und nicht später. Selbst nicht, wenn Nathanael starb.

Falls er starb, wusste sie nicht einmal, wo sie ihn begraben sollte. Konnte sie ihn im Keller liegen lassen und einfach die Tür verschließen? Der Keller war schon ein Grab gewesen, als sie ihn gefunden hatte. Der falsche Ort für Nathanael. In einem Grab konnte er nicht gesund werden. Sie dachte an die vertrockneten Leichen. Oben im Freien würden sie jetzt schnell verfallen.

In dieser Nacht würde sie nicht mehr schlafen können, das wusste sie. Sie wollte nicht zurück in den Keller. Was, wenn Nathanael aufgehört hatte zu atmen? Lieber wollte sie hier draußen herumstehen und so tun, als wäre sie irgendwo anders, als wären sie beide noch unterwegs und Nathanael wäre unverletzt.

Sie würde morgen zu einem der Höfe gehen und um Hilfe fragen müssen, so schwer ihr das auch fiel. Dabei hatte sie bei einem schon ein Huhn, Gemüse und Alkohol gestohlen, und im anderen lebte diese große Frau, wegen der Nathanael auf den Nagel getreten war.

Offenbar redeten die Bauern nicht miteinander, sonst hätten sie gemerkt, dass diese Vorfälle zusammenhingen, und ihr Versteck längst gefunden. Womöglich waren sie verfeindet. Vanessa machte immer erst Feuer, wenn es dunkel wurde, damit der Rauch nicht zu sehen war. Aber früher oder später würden sie an die Kellertür poltern und verlangen, dass sie verschwanden. Vanessa würde sagen, dass sie nichts dafür konnte, dass Nathanael krank war und sie hatte stehlen müssen.

Was interessiert mich das, würde die Frau vielleicht sagen. Meine Söhne sind gestorben, mir hat keiner geholfen, und ich habe von niemandem etwas gestohlen.

Vanessa schaute zum Himmel. Sie hoffte, dass sie nicht mehr mit der Frau würde reden müssen.

Bevor Nathanael losgerannt war, hatte die Frau gefragt, ob sie abgehauen waren. Ihre Stimme war voller Verachtung gewesen. Aber vielleicht hatte darin auch etwas Bewunderung gelegen.

Ein kühler Wind trug Rauchgeruch heran. In einem der Bauernhäuser musste ein Feuer im Kamin brennen. Wahrscheinlich war jemand wach und kochte etwas aus der großen Speisekammer. Vanessas Magen zog sich zusammen. Sie hatte noch Vorräte, sparte sie aber für den Zeitpunkt auf, wenn Nathanael wieder essen würde. Sie stellte sich vor, wie er sich bei ihr dafür bedankte.

Der Hunger erinnerte sie daran, wie sie sich während eines langen Winters ständig mit der Mutter gestritten hatte. Sie war sechs Jahre alt gewesen und hatte geglaubt, die wenigen Mahlzeiten und halb leeren Teller seien eine Strafe der Mutter dafür, dass sie nicht brav gewesen war. Erst viel später verstand sie, dass die Mutter damals mehr gehungert hatte als sie. Vanessa dachte an die Würste, die sie der Mutter zurückgelassen hatte. Hoffentlich aß sie sie heimlich und gab Erwin keine einzige Scheibe davon.

Vanessa wandte sich ab, sie wollte den Rauch nicht mehr riechen und stieg die Treppe hinunter, zu Nathanael.

Jahrestag

Ludwig hasste den 10. Mai, seine Stimmung sank alljährlich schon Tage im Voraus. Die Schule fiel dann immer aus. Die Religiösen, allen voran Hendrik, hatten den Tag zum Feiertag gemacht. Ludwigs Magen zog sich jedes Mal zusammen, wenn sie mit ihrer lächerlichen Prozession durch das Dorf gingen, Gänseblümchen in den Haaren. Gänseblümchen als Symbol des Neuanfangs. Petra hatte sich das so ausgedacht. Sogar die nicht religiösen Dorfbewohner hängten Kränze an ihre Türen, die sofort verwelkten. Als sie noch lebte, hatte Rahel einmal an dem Tag bei Ludwig angeklopft. Sie hatte ihm den Kranz wortlos in die Hand gedrückt und war gleich wieder weggerannt. Vielleicht stand ihm ins Gesicht geschrieben, dass er die Blumen nicht ausstehen konnte. Er wollte sich nicht vorstellen, wie Petra Rahel dazu gezwungen hatte, einen Kranz zu flechten und ihm zu bringen. Inzwischen brachten Petra und Niklas Gänseblümchen zu Rahels Grab.

Wie passend diese Blümchen sind, hatte Ludwig zu Walter gesagt, als Symbol für unseren mickrigen Neuanfang. Nicht Rosen, nicht einmal Geranien, sondern eine Blume, die wächst, ohne dass sich jemand darum kümmern muss. Ein Zeichen für die Unzivilisiertheit unserer Zeit. Lass sie doch, hatte Walter gesagt. Der Tag ist schlimm genug. Die Blumenpflückerei lenkt wenigstens die Kinder ab.

Er war froh, den Tag dieses Jahr nicht im Dorf erleben zu müssen. Meistens hatte er sich gezwungen, an dem gemeinsamen Mittagessen auf dem Dorfplatz teilzunehmen. Bestimmt schaute Petra dieses Jahr noch ernster. Die Zehntagesfrist seit Ludwigs Aufbruch war verstrichen. Sie würde ahnen, dass er so schnell nicht zurückkehren würde. Er dachte an seinen verwildernden Garten, in dem gewiss bald auch Gänseblümchen wuchsen. Er selbst hatte sich am Jahrestag immer erlaubt, ein Glas Schnaps zu trinken und sich an seine Eltern und seine Freunde zu erinnern, an die Universität und die Pläne, die er vor dem Tag Null gehabt hatte. Jedes Jahr hatte er geweint.

Hier würde der Tag unbemerkt vorbeigehen. Der Kalender von *Süd 1* war um zwei Tage verschoben, die Leute hier glaubten, der 10. Mai sei erst übermorgen. Ludwig würde heute also auch so tun, als wäre es noch nicht so weit, und versuchen, sich die Gedanken ans Dorf und an damals zu verbieten. Vincent sagte, dass er hier sowieso nicht wirklich begangen würde, nur am Abend betranken sich die Erwachsenen manchmal zusammen. Ob Nathanael und Vanessa wussten, welches Datum war? Hatten sie einen Kalender dabei? Und wo steckten sie nur?

Als Ludwig aus dem Keller nach oben kam, beugten sich Cornelia und Vincent über den Plan, den sie gestern gezeichnet hatten. Sie tüftelten am Aufbau ihres einfachen Wasserkraftwerks.

Cornelia drehte sich um. Ludwig nickte ihr zu.

»Schlecht geschlafen?«, fragte Cornelia.

»Für ihn ist heute der Jahrestag«, sagte Vincent, bevor Ludwig antworten konnte. »Schließ dich unserem Kalender an«, schlug er vor. »Dann können wir uns übermorgen betrinken. Und heute arbeiten.«

»Ich versuche, nicht daran zu denken«, sagte Ludwig. »Aber es gelingt mir nicht.«

»Ich wusste gar nicht, dass du so sentimental bist«, sagte Vincent.

Cornelia verdrehte die Augen.

»Heute vor fünfzehn Jahren sind meine Eltern gestorben. Und alle anderen, die ich kannte«, sagte Ludwig.

»Unsere Eltern und Geschwister sind auch gestorben«, sagte Vincent. »Und Cornelias Mann.«

Cornelia zuckte zusammen. »Musst du das erwähnen?«

»Dein Mann?«, fragte Ludwig.

Cornelia winkte ab. »Ich habe viel zu früh geheiratet. Mit einundzwanzig.«

»Mit einundzwanzig?«

»Frag nicht. Lasst uns Frühstück machen. Die Kinder haben schon gegessen.«

Nach dem Frühstück schob Vincent seinen Stuhl zurück und lächelte Ludwig an. »Und was glaubst du, warum wurde es damals dunkel?«

Ludwigs Blick sprang zwischen den beiden hin und her. Es musste schön sein, nicht allein zu sein. Mit jemandem über diese Dinge reden zu können. Mit Lisa hatte er nie darüber gesprochen. Das Thema war zu schwierig.

»Ich glaube, dass sie etwas an der Atmosphäre gemacht haben«, sagte Ludwig zögernd. »Irgendwelche Partikel freigesetzt.«

»Wer, sie?«, fragte Cornelia.

»Leute, die die Klimaerwärmung bremsen wollten. Vielleicht die Chinesen oder die Amerikaner. Und dann ist es schiefgegangen. Es wurde zu dunkel.«

»Wir glauben fast dasselbe«, sagte Cornelia. »Mit einem Unterschied.« Cornelia sah zu Vincent. »Es war alles genau so geplant. Sie wollten die Klimaerwärmung nicht nur bremsen, sie wollten sie stoppen. Überleg mal. Die Zeit der Dunkelheit sollte die Zivilisation brechen und damit den CO_2-Ausstoß fast auf null bringen. Aber die Menschheit sollte überleben. Das war eine Gratwanderung. Es kann kein Zufall sein, dass es letztlich genau so geschehen ist.«

»So viele sind gestorben«, sagte Ludwig. »Das kann niemand gewollt haben.«

»Doch«, sagte Cornelia.

»Für einen sanfteren Eingriff in die Atmosphäre war es zu spät«, sagte Vincent. »Der Kipppunkt war doch fast erreicht. Es gab nur diese eine Lösung, um die Apokalypse zu verhindern. Ein Neustart. Und das haben sie geschafft.«

»Eure Sekte hat gar nicht so unrecht«, sagte Cornelia. »Wir wurden gerettet.«

Ludwig stand auf. Das Frühstück lag unangenehm schwer in seinem Magen. »Was für ein Unsinn. Das wäre ein unfassbares Verbrechen, das …« Er konnte nicht weitersprechen.

»Wir sagen nicht, dass es die ideale Lösung war«, antwortete Cornelia. »Aber möglicherweise die einzige.«

»Wer würde so etwas tun?«, fragte Ludwig.

»Mächtige Leute. Die sich viel überlegt haben«, sagte Vincent.

»Sie hätten sich vorbereitet«, sagte Ludwig, »und würden alle noch leben.«

Vincent zuckte mit den Schultern.

Ludwig schwieg und dachte nach, dann sagte er: »Vermutlich ist es leichter für euch, das zu glauben. Dass es Absicht war, dass es einen Plan gab. So wie sich die Sektenanhänger einreden, dass es Gottes Wille war.«

»Aber was bringt es dir, zu glauben, dass es ein Unfall war?«, fragte Vincent.

»Jetzt streiten wir uns. Es ist besser, nicht darüber zu reden. Der Tag Null hat unser aller Leben zerstört.«

Cornelia und Vincent schauten sich an.

»Wir saßen am Tag Null in einem Zug, der auf einem Feld hier in der Nähe entgleiste«, sagte Vincent. »Wir kannten uns nicht. Jetzt leben wir hier und haben zwei Kinder. Für uns hätte es schlimmer kommen können.«

Cornelia lächelte. Sie berührte die Narbe an ihrem Kinn. Vielleicht hatte sie sie sich bei dem Zugunfall zugezogen.

»Für euch ist das alles eine gute Sache?«, sagte Ludwig. Es erstaunte ihn, wie bitter seine Stimme klang. Er stand auf. »Ich gehe nach draußen. Ich brauche Luft.«

»Komm bald zurück«, sagte Cornelia. »Es ist für niemanden gut, am Jahrestag allein zu sein. Und immerhin bist du mein Cousin.«

»Das bin ich doch gar nicht«, sagte Ludwig. Aber er blieb in der Küche stehen.

Öl

»Was ist eigentlich mit deiner Mutter?«, fragte Nathanael. Seine Stimme klang müde.

Vanessa tat kurz, als schliefe sie noch. Aber es war Morgen, sie hörte die Vögel draußen singen, schwaches Tageslicht drang durch die geöffnete Tür. Die Öllampe war umgekippt und erloschen. Nathanael oder sie musste in der Nacht gegen die Lampe gestoßen sein. Zum Glück hatte nichts Feuer gefangen.

Ihr Magen knurrte. »Was soll mit ihr sein?«, fragte sie unwirsch und richtete sich auf. Wieso fing Nathanael jetzt damit an? Sie hatte zu wenig geschlafen.

»Alle sagen, etwas stimmt nicht mit ihr.«

Vanessa schnaubte. Was sollte sie darauf antworten. Natürlich stimmte etwas nicht mit ihr. Niemand sonst im Dorf lag stundenlang mit heruntergelassenen Jalousien auf der Couch und starrte an die Decke. Sie wollte nicht daran denken.

»Wie geht es deinem Fuß?«, fragte sie. Aber eigentlich hatte sie keine Lust zu reden. Nathanael sollte die Klappe halten.

»Ich hab Walter mal gefragt, warum die Erwachsenen nicht über die Monate nach dem Tag Null reden. Willst du wissen, was er geantwortet hat?«, fragte Nathanael.

»Nein«, sagte Vanessa. Sie sah zu Nathanael hinüber. Hatte er sich wirklich getraut, Walter danach zu fragen? Er lag auf der Seite und starrte sie an. Seine Augen glänzten fiebrig im Halbdunkel.

»Er hat gesagt, sie alle hätten Dinge getan, über die sie lieber nicht mehr sprechen. Und dass alle, die etwas davon erzählen, sowieso lügen. Darum haben sie im Dorf abgemacht, überhaupt nicht mehr darüber zu sprechen.«

»Und was hat er getan?«

»Das hab ich nicht gefragt«, sagte Nathanael. Er dachte nach. »Und du, hast du deine Mutter gefragt?«

»Spinnst du?« In Wahrheit hatte Vanessa sie einmal darauf angesprochen. Die Mutter war wütend geworden wie noch nie.

»Vielleicht ist sie darum so. Wegen dem, was damals passiert ist«, sagte Nathanael.

»Und deine Mutter ist darum so verlogen«, sagte Vanessa. »Mischt sich in alles und jedes ein und meint, sie sei besser als die anderen.« Sie warf die Decke von sich weg und streckte sich. »Ich habe von dieser Gruft die Nase voll. Hast du noch Fieber?« Sie hatte keine Lust, ihm die Hand auf die Stirn zu legen. »Tut der Fuß weh?«

»Ja«, sagte Nathanael. »Aber wir müssen zum Tunnel.«

»Hast du Hunger?«

Nathanael drehte sich auf den Rücken, stellte die Beine auf und bewegte sie hin und her. »Aua«, sagte er. »Ich glaube nicht, dass ich heute schon weitergehen kann.«

Vanessa seufzte. Sie konnten nicht viel länger hierbleiben, auch wenn es Nathanael immer noch schlecht ging. Hier würde ihnen niemand helfen. »Du musst etwas essen.«

Sie stand auf, ihr Rücken schmerzte. Was sollte sie zum Frühstück machen? Sie hatten noch altes Brot, sie würde etwas Wasser holen und das Brot einweichen. Sie freute sich darauf, den dunklen Keller für eine Weile verlassen zu können.

»Morgen geht es mir besser«, sagte Nathanael, der auf der Matratze liegen geblieben war und zu ihr hochschaute. »Oder übermorgen. Bestimmt.« Er schwieg. »Es tut mir leid.«

Besser, oder schlechter, dachte Vanessa. Gleich bleiben wird es nicht. Und wenn es ihm schlechter ginge, würde es noch schwieriger werden, ihn an einen Ort zu bringen, wo es Hilfe gab. Sie durften nicht zu lange warten. Aber das würde sie ihm jetzt nicht sagen, erst sollte er etwas essen.

Vanessa richtete die Lampe wieder auf. Das meiste Öl war noch darin. Sie nahm einen Lappen aus der Kiste mit dem Schuhputzzeug und warf ihn auf den Ölfleck. Mit dem Fuß wischte sie ihn hin und her.

»Ich würde auch gern mal wissen, was dein Vater getan hat«, sagte sie und nahm den Lappen wieder auf. »Am Tag Null. Sich versteckt wahrscheinlich.«

Nathanael lachte. Es klang gezwungen. »Ich hab ihn nie gefragt.«

»Dein Vater ist auch nicht ganz normal, oder?«, fragte Vanessa. Er war ihr immer unheimlich gewesen, und sie glaubte nicht daran, dass seine Frau im Haus das Sagen hatte, wie viele behaupteten. Er sah aus wie jemand, der im Verborgenen seinen Willen durchsetzte.

»Ich finde ihn normal«, sagte Nathanael gleichmütig. »Aber er ist ja auch mein Vater. Ich habe keinen Hunger. Ich schlafe lieber noch ein bisschen.«

Mathematik

»Dort hat sie gestanden«, sagte Tim und deutete zu einem Hügel auf der anderen Seite der Gleise. »Mit einem schwarzen Regenschirm und einem schwarzen Rucksack.«

Ludwig kniff die Augen zusammen, in diese Distanz konnte er nicht scharf sehen, und der Nieselregen half auch nicht. Tim hatte gesagt, er sei sofort losgerannt, um Ludwig zu holen, als ein Kollege ihm das Mädchen auf dem Hügel gezeigt hatte. Seitdem war bestimmt eine Stunde vergangen. Konnte es Vanessa gewesen sein? Es war mehr als zwei Wochen her, seit die beiden aufgebrochen waren.

»Wo ist sie denn hin?«

»Das hat er nicht gesehen. Er hat kurz das Fernglas abgesetzt, und als er wieder hinschaute, war sie weg. Bei dem Regen erkennt man ja kaum etwas.«

Ludwig schwieg. Er konnte nichts tun als warten. Er zog seine Kapuze zurecht.

»Ich hoffe, es war Vanessa«, sagte Tim. »Ich würde sie gern kennenlernen.«

»Warum?«, fragte Ludwig.

»Du hast doch gesagt, sie sei wütend. Und hübsch.«

»Das Letzte habe ich mit Sicherheit nicht gesagt«, sagte Ludwig.

Tim sah zu Boden. »Ich stelle sie mir hübsch vor.«

Hübsch. Das Wort passte nicht zu Vanessa mit ihren verfilzten Haaren, dem Misstrauen in ihrem Gesicht. Ludwig hatte viel darüber nachgedacht, warum Nathanael ausgerechnet mit ihr aufgebrochen war, mittlerweile verstand er es. Sie würde nicht aufgeben. Und das war es, was Nathanael brauchte. Jemand, der mit ihm kämpfte.

»Ich frage mich, wo Nathanael ist. Wenn die Person auf dem Hügel wirklich Vanessa war«, sagte Ludwig.

Tim blickte auf und suchte mit den Augen noch mal die verregneten Hügel ab. Er schwieg.

Ludwig sah Nathanael schlaff in einem Straßengraben liegen, verschmiertes Blut an der Schläfe. Das Bild war so deutlich, dass es ihm für einen Moment vorkam, als müsste es stimmen. Aber er konnte sowieso nichts tun. »Erzähl mir etwas«, sagte er zu Tim.

Tim dachte nach. »Ich habe das Rätsel gelöst«, sagte er dann.

Ludwig lächelte. Er hatte es ihm erst vorgestern aufgegeben. Tim grub in seiner Hosentasche und holte einen Zettel hervor. Die Lösung stand darauf. 4, –1, 11. Auf die 4 fiel ein Regentropfen, sie verschwamm. Tatsächlich, er hatte es gelöst.

»Respekt«, sagte Ludwig.

»Ich hab ja gesagt, ich war gut in Mathematik.«

»Dann lös es noch so, dass die Lösungen positiv sind«, sagte Ludwig.

»Geht nicht«, sagte Tim, »ich habe es wirklich versucht. Ein paar Stunden lang. Die anderen meinten schon, ich spinne.«

»Du hast recht.« Ludwig gab Tim den Zettel zurück. »Jetzt fällt es mir wieder ein. Es gibt zwar eine positive Lösung, aber ohne Computer findet man sie nicht. Keine Chance. Sie hat um die achtzig Stellen.«

»Achtzig«, sagte Tim. »Verdammt.«

Dass wir solche Rätsel nicht mehr lösen können, ist unser kleinstes Problem, wollte Ludwig sagen, aber er schwieg. Vielleicht war es gar nicht das kleinste Problem.

»Wie hat man früher solche Aufgaben gelöst?«, fragte Tim.

»Eben, mit Computerprogrammen«, sagte Ludwig.

Er vermisste das Programmieren. Nicht ständig, aber wenn er daran dachte, wie jetzt. Wie schön es gewesen war, sich in dieser Welt aus Codezeilen zu verlieren, in der alles logisch und folgerichtig war. Ganz anders als im Leben. Es hatte ihn glücklich gemacht, den Computer dazu zu zwingen, auf der Suche nach einer Antwort Millionen von Rechenschritten durchzuführen. Als ob man ein überlegenes Wesen zähme.

»Ich kann es mir nicht vorstellen«, sagte Tim.

»Und ich kann mir nicht vorstellen, wie es für euch ist«, sagte Ludwig. »Ich werde eure Generation nie wirklich verstehen. Warum ihr alles so akzeptiert, wie es ist. Warum ihr trotzdem gerne lebt.«

Tim schwieg.

»Mein Vater redet manchmal auch so«, sagte er dann leise.

Ich hätte das nicht sagen sollen, dachte Ludwig. Er blickte wieder zum Hügel hinauf.

Zum Sternen

Noch ein Schritt. Noch einer. Nathanael schwankte wie ein Boot im Sturm und musste lachen, über seine Seitwärtsbewegung, über den Regen, der auf seine heiße Stirn fiel. Er hatte die Kapuze nach hinten geschoben, um den Kopf zu kühlen. Der Fuß pulsierte und kam ihm vor wie ein giftiges Tier, das er unterwegs eingefangen hatte und das ihn jetzt treu begleitete. Sein Lachen wurde lauter, er blieb stehen, hatte Seitenstechen.

»Was ist los?«, fragte Vanessa.

Ihre Augen waren weit aufgerissen, als hätte sie Angst, was Nathanael noch mehr zum Lachen brachte. Sie trug beide Rucksäcke, einen vorn, einen hinten am Rücken. Offenbar merkte sie nicht, wie dumm das aussah.

»Was ist?«, fragte sie noch mal und legte ihm eine Hand auf den Oberarm. Die Berührung drehte etwas in seinem Inneren um, oben war jetzt unten und unten oben, und er merkte, wie sein Hals eng wurde und ihm Tränen in die Augen schossen. Er versuchte noch, sie aufzuhalten, aber da rannen sie schon über sein Gesicht. Wenn seine Brüder davon erfuhren, dass er vor Vanessa geweint hatte!

»Sag Samuel nichts davon«, flüsterte er.

»Wovon?«, fragte Vanessa und schüttelte ihn.

Das Weinen verebbte von einem Moment zum anderen, und er fühlte sich wieder nüchtern. Eine Gruppe Menschen kam vorbei, sie starrten ihn aus leuchtenden Augen an. Ihm fiel auf, dass sie keine Beine hatten.

Vanessa legte ihm die Hand auf die Stirn. »Mist«, sagte sie.

Nathanael musste schmunzeln. Mist? Vanessa war zu komisch, wenn sie so besorgt tat. Früher war sie anders gewesen, hatte ihren Mitschülern Stifte an den Kopf geworfen, sich mit ihnen angelegt, das hatte ihm besser gefallen.

»Wir müssen eine Pause machen«, sagte Vanessa.

»Nein«, sagte Samuel in Nathanaels Ohr. Hatte Vanessa es gehört? »Nein«, sagte er laut, um sicherzugehen.

Vanessa blickte sich um. »Der Tunneleingang ist gleich da vorn. Nur noch den Hügel hinunter. Aber wenn du so langsam gehst …«

»Ich geh doch nicht langsam«, sagte Nathanael. »Nur seitwärts.«

Vanessa legte ihm wieder die Hand auf die Stirn. Sie schüttelte den Kopf.

»Wir müssen ins Haus«, sagte sie.

»Welches Haus?«

»Hinter dir.« Nathanael drehte sich um. Dort stand ein Haus mit Rissen in den Wänden. Er hatte es nicht bemerkt, war es eben noch unsichtbar gewesen? Es sah verlassen aus. »Gasthof Zum Sternen« stand in einer schnörkeligen Schrift über der Tür.

»Nein«, sagte Samuel wieder. Nathanael wusste, dass sie das Gasthaus nicht betreten durften. Sternen. Sterben. Es klang zu ähnlich.

Er machte ein paar Schritte. »Geht doch. Wir müssen weiter.« Der Schmerz im Fuß ließ nach, sein Kopf wurde klarer. Die Pause hatte geholfen.

»Komm«, sagte er, und dann schoss die Schwärze aus dem Boden wie eine Palisade.

Nathanael blinzelte ein paarmal, aber die Dunkelheit wollte nicht weichen. Er drehte den Kopf. Schwaches Licht drang durch mit Brettern zugenagelte Fenster. Er lag eingewickelt in zwei Wolldecken, seine und Vanessas, trotzdem war es kalt. Ein Schauer lief ihm die Wirbelsäule hinauf, bis unter die Schädeldecke, und verließ ihn dort. Wohin? Es roch nach Keller und Rauch. »Vanessa«, rief er. Seine eigene Stimme erinnerte ihn an den Ruf einer Krähe. Es blieb still.

Er wandte den Kopf. Sein Rucksack lag neben ihm, daneben stand eine Wasserflasche. Nathanael setzte sich auf. Das ging besser als erwartet, es wurde ihm nur ein klein wenig schwindlig. Er wartete, bis sich der Schwindel verzogen hatte. Es war anstrengend, die Wasserflasche aufzuschrauben. Nathanael nahm einen Schluck, das Wasser schmeckte bitter und metallisch, und stellte dann die Flasche offen neben sich. Diese Schrauberei war doch unnötig. Vielleicht war es besser, wieder zu schlafen. Er legte sich hin und blickte nach oben. Leitungen hingen aus der Decke wie dünne Arme. Sie haben die Lampen abmontiert und in den Tunnel getragen, dachte er, denn auf der anderen Seite gibt es noch Strom. So musste es sein. Er schloss die Augen.

Soldaten

Vanessa begann zu rennen, die steile Straße hinunter, auf das Lager der Soldaten zu. Wieso hatte sie ihren Rucksack nicht bei Nathanael im Gasthaus gelassen? Das Gewicht am Rücken machte sie langsamer. Sie hatte Nathanael in Seitenlage gebracht, ihm die Zunge aus dem Mund gezogen. Was, wenn sie zurückrutschte? Er würde aufwachen, sich auf den Rücken drehen und ersticken. Aber sie konnte jetzt nicht umkehren.

Ein Soldat am Rand des Lagers zeigte in ihre Richtung und schien mit einem anderen zu reden. Da waren auch schon die Gleise, sie überquerte sie. Der Regen wurde stärker. Aus einem Unterstand blickte sie ein Soldat in einer schwarzen Pelerine an.

»Anhalten«, rief er und trat hinaus in den Regen.

»Können Sie mir helfen?«, fragte sie atemlos.

Er musterte sie. »Kommt darauf an.« Er trug einen Dreitagebart. Ihr Gesicht fühlte sich heiß und nass an. Ihre Haare mussten wirr vom Kopf abstehen.

»Mein Freund stirbt sonst. Oben im Gasthaus. Bitte.«

»Immer mit der Ruhe«, sagte der Soldat. Er drehte sich um. »He«, rief er. »Kommt mal.«

Aber bevor sich seine Kollegen in Bewegung setzen konnten, legte sich eine Hand auf Vanessas Schulter, als wolle jemand sie verhaften. Sie fuhr herum. Erst erkannte sie ihn nicht. Er hatte eine Kapuze über dem Kopf, dunkle Augen und trug einen strubbeligen Bart. Dann war es plötzlich, als würden sich die Gesichtszüge verschieben. Ein Teil von früher und ein Teil von jetzt prallten zusammen, ihr wurde schwindlig.

»Herr Gruber«, sagte sie. »Warum …«

»Wo ist Nathanael?« Er packte ihren Oberarm so fest, dass es schmerzte. Seine Augen schienen zu sagen, dass etwas Schreckliches passiert sei. War etwas mit ihrer Mutter? Mit dem Dorf?

»Ist er tot?«, fragte er.

»Nein«, sagte Vanessa. Es war gut möglich, dass er unterdessen erstickt war. Als sie gegangen war, hatte er jedenfalls noch gelebt. Ihre Kehle zog sich zusammen, sie schluckte. »Er ist oben, in dem Gasthaus auf dem Hügel. Es geht ihm nicht gut.« Nicht gut. Was sagte sie da. »Ich meine, schlecht. Helfen Sie uns.« Sie hatte Mühe, die Worte zu formen, ihre Lippen taten mit einem Mal weh.

»Was hat er?«, fragte Gruber. Zitterte seine Hand?

»Fieber. Er hat sich am Fuß verletzt«, antwortete Vanessa. Gruber ließ sie los und schaute sie an, als wäre das alles ihre Schuld, als gäbe sie ein Verbrechen zu, dabei hatte sie Nathanael das Leben gerettet. Sie rieb sich den Arm.

»Tim«, rief Gruber. »Was ist das für ein Gasthaus?«

»Der Sternen?«, fragte ein junger blonder Soldat, der neben Gruber stand, und sah Vanessa an.

»Ja«, sagte Vanessa. Sternen. So etwas Ähnliches hatte über der Tür gestanden.

»Wir haben ja sonst nichts zu tun«, schimpfte einer der Soldaten auf dem Weg nach oben. Er atmete heftig. »Können die nicht langsamer gehen? Auf die paar Minuten kommt es jetzt auch nicht an.«

»Was ist mit dir?«, fragte ein anderer Vanessa. »Warum bist du hier?«

»Wegen dem Tunnel«, sagte Vanessa.

Der Soldat lachte auf. »Hast du Familie auf der anderen Seite? Die sind doch tot.«

»Nein«, sagte Vanessa. Sie ärgerte sich. Wenn sie Familie auf der anderen Seite hätte, wären die bestimmt nicht tot.

»Und dein Freund ist krank? Ist es ansteckend?«

Vanessa antwortete nicht.

»Kommst du auch aus dem Norden?«, fragte der andere. »Du klingst so.«

»Ja«, sagte Vanessa. »Der da vorn war mal mein Lehrer.«

Die Soldaten lachten. »Euer Lehrer steht seit Tagen hier herum und wartet auf euch«, sagte der Soldat. »Der ist doch nicht normal.

Redet stundenlang mit Tim und schaut die Berge an. War der immer schon so?«

Sie betrachtete Grubers Rücken. Er marschierte neben dem blonden Soldaten, der Tim hieß, den Hügel hinauf. Er hatte nicht auf sie beide gewartet, nur auf Nathanael. Wenn sie allein abgehauen wäre, wäre ihr niemand hinterhergegangen, niemand hätte versucht, sie zu finden. Vielleicht würde Nathanael mit Gruber zurückgehen. Dann würde sie allein weiterziehen, und niemand würde sie aufhalten, sie würde durch den Tunnel gehen, immer weiter, vielleicht sogar bis an die Küste. Genaugenommen konnte sie jetzt sofort abbiegen, sie hatte ihren Rucksack dabei. Gruber würde es kaum auffallen. Er konnte sich ja jetzt um Nathanael kümmern. Vanessa verlangsamte ihre Schritte. Beinahe zur gleichen Zeit wurde weiter vorn auch Tim langsamer und drehte sich um.

»Vanessa«, rief er. »Hier links, stimmt's?«

»Ja«, rief sie. Woher kannte er ihren Namen? Auch Gruber wandte sich nach ihr um. Hoffentlich war Nathanael noch da, womöglich war er aufgestanden und im Fieber rausgelaufen, hatte sich verirrt. »Er war eben noch hier, ich schwöre es«, flüsterte sie, wie um zu üben.

Trage

Da lag er, auf dem Boden des alten Wirtshauses, in Wolldecken gewickelt. Neben ihm war eine Flasche umgekippt, das Wasser ringsherum ausgelaufen, ein schwarzer Fleck auf dem verzogenen Holzboden. Nathanael rührte sich nicht.

Ludwig kniete sich neben ihn und legte ihm die Hand auf die Brust. Nathanael atmete. An seinem Handgelenk fühlte er das Zucken des Pulses. Er war bleich, seine Wangen eingefallen. Ludwig riss die Decken weg, zog Nathanael den Schuh aus und löste den Verband. Der Fuß war blau und grün angelaufen und heiß, und eine Stelle auf dem Rist war entzündet. Ludwig hob den Fuß an. Die Fußsohle sah noch schlimmer aus. Hier war die Einstichstelle.

Der Nagel war durch den Fuß gedrungen, mittendurch. Nathanael schlug die Augen auf und schaute Ludwig an.

»Herr Gruber«, sagte er. »Sie auch.« Seine Augen glänzten.

Plötzlich fühlte Ludwig eine Hitze in seinem Bauch, er hätte die beiden gerne angeschrien. Warum hatten sie nur abhauen müssen!

»Es ist wieder schlimmer geworden«, sagte Vanessa. Er hatte sie nicht bemerkt, sie kniete neben ihm. »Ich hab Alkohol darübergeschüttet, jeden Tag, bis ich keinen mehr hatte. Wir dachten, es würde besser werden. Er wollte unbedingt zum Tunnel.«

»Ihr wolltet so durch den Tunnel?«, fragte Ludwig.

»Er dachte, auf der anderen Seite kann ihm jemand helfen«, sagte Vanessa.

»Wie lange –« begann Ludwig, aber Nathanael unterbrach ihn.

»Herr Gruber, warum sind Sie hier? Sind wir im Kreis gelaufen?«, fragte Nathanael. »Wo sind meine Eltern?«

»Zu Hause«, antwortete Ludwig.

Nathanael schaute ihn an und schwieg. Dann drehte er den Kopf, wie um sich zu vergewissern, dass seine Eltern wirklich nicht in der Nähe standen. Er öffnete den Mund, um noch etwas zu fragen, aber Vanessa kam ihm zuvor.

»Sie wissen doch etwas über Medizin?«, fragte sie. Aus den Augenwinkeln sah Ludwig, wie sie sich die Hände rieb, als wollte sie sie wärmen.

Ludwig presste die Lippen zusammen. Nein, ich weiß nichts, dachte er, habt ihr das immer noch nicht kapiert?

»Der Fuß muss weg«, sagte einer der Soldaten.

Ludwig drehte sich um. Tim und drei seiner Kollegen waren näher gekommen und sahen auf sie herunter.

»Der muss abgenommen werden«, wiederholte der Soldat.

»Wo ist die Trage?«, fragte Ludwig.

Tim legte sie neben Nathanael auf den Boden. Die Trage war selbst gemacht, sie bestand aus zwei Holzstangen, dazwischen war ein Tuch gespannt, auf dem ein großer dunkler Fleck prangte, wo einmal die Körpermitte von einem anderen Patienten gelegen haben musste.

»Ich will nicht da drauf«, jammerte Nathanael.

»Reiß dich zusammen«, sagte Ludwig und legte eine der Wolldecken auf die Trage. »Wir bringen dich zu einem Arzt. Du musst nur liegen bleiben. Das ist doch nicht so schwer.«

»In Ordnung«, sagte Nathanael. Seine Stimme klang wieder nüchtern. Er schwieg, während Tim und ein anderer Soldat ihn mit einem schwarzen Autogurt festschnallten und ihn dann vorsichtig in die Höhe hoben.

»Herr Gruber?«, fragte Nathanael »Wenn ich einschlafe, falle ich dann runter?«

»Wir passen auf«, antwortete Ludwig.

»Gut«, sagte Nathanael und schloss die Augen.

Ludwig schaute auf ihn hinab. Er war tagelang durch das Land gegangen, um Nathanael zu finden, und hier war er nun und beanspruchte so wenig Platz auf der Trage. Es gab so viel Raum, der nicht Nathanael war. Und wie Nathanael da ganz schlaff lag, schien dieser Raum sogar noch größer zu werden.

»Gehen wir«, sagte jemand. Ludwig merkte, dass es seine eigene Stimme war und dass sie ruhig klang, als wüsste er, was nun zu tun war.

Wartezimmer

Vanessa hörte Dr. Lauer hinter der Tür sprechen, aber was er sagte, verstand sie nicht. Sie stand auf und ging näher zur Tür, doch der Arzt schien noch leiser zu werden. Sie drehte sich zu Gruber um, der zurückgelehnt auf einem Stuhl saß, die Schuhe schlammverschmiert. Der Arzt hatte sie gebeten, nicht mit in den Behandlungsraum zu kommen, er wolle den Patienten allein untersuchen. Vermutlich mochte er es nicht, wenn die Angehörigen ständig Fragen stellten. Gruber räusperte sich.

»Was ist?«, fragte sie.

»Bin ich froh, euch zu sehen«, sagte Gruber. Er rieb sich die Augen. Er sah erschöpft aus. »Habt ihr wirklich gedacht, ihr kommt durch den Tunnel?«

Vanessas Hals wurde eng, sie blinzelte. Auf keinen Fall wollte sie weinen.

»Es war Nathanael«, antwortete sie. »Er wollte unbedingt weiter.« Vielleicht hatte er geahnt, dass jemand auf ihn wartete, dachte sie. Aber das konnte sie nicht sagen, das wäre ein Eingeständnis gewesen, wie erleichtert sie darüber war, dass Gruber hier war und ihnen half. Es tat ihr gut, das vertraute Gesicht zu sehen, die Stimme zu hören, die sie an das Schulzimmer im Dorf erinnerte. Ihr schien, als seien Jahre vergangen, seit sie das letzte Mal dort gesessen hatte.

»Er hätte es nie auf die andere Seite geschafft. Wusstet ihr nicht, dass der Tunnel Zoll kostet?«

Vanessa zögerte.

»Doch«, antwortete sie dann. Meinte Gruber, sie hätten sich überhaupt nichts überlegt? Es war die richtige Entscheidung gewesen, weiterzugehen. Sonst läge Nathanael jetzt immer noch in dem Keller unter dem eingestürzten Haus, und niemand würde ihnen helfen.

Gruber seufzte. »Ist euch noch mehr passiert? Außer dem Unfall?«

Sie schüttelte den Kopf und blickte auf ihre Hände. Sie hatten Glück gehabt. Der Mann bei der Bahnschranke hätte auf sie schießen können.

»Seid ihr auch an dem See vorbeigekommen? An dem Gebiet hinter dem Stacheldraht?«, fragte er.

»Nein«, sagte sie und sah auf. »Was war dort?«

Bestimmt hatte Gruber den direkten Weg zum Tunnel genommen. Sie würde ihm nicht verraten, dass sie gesetzloses Gebiet durchquert hatten. Schließlich hatten sie in der Schule gelernt, es nie zu betreten.

»Ich weiß es nicht.« Gruber schaute an ihr vorbei, in Richtung Tür, hinter der Nathanael behandelt wurde.

Vanessa dachte an das ausgestorbene Dorf, die arbeitenden Menschen auf dem Feld, die ohne Gesetze und ohne Regierung lebten. Sie hatte das Gefühl gehabt, dort könnte alles geschehen, und doch war ihnen nichts passiert. Erst im sicheren Gebiet war Nathanael auf den Nagel getreten.

Dr. Lauer kam herein und zog die Tür zum Behandlungszimmer hinter sich zu. Er trug eine Brille, deren eines Glas einen Sprung hatte, und sah abwechselnd zu Vanessa und Gruber, ohne ein Wort zu sagen. Gruber presste seine Handflächen aufeinander, als würde er sich auf einen Kampf vorbereiten.

Der Arzt seufzte. »Das Fieber ist dank der Wickel schon gesunken«, sagte er schließlich. »Er ist momentan klar im Kopf. Aber gegen die Sepsis bräuchten wir eine hohe Dosis Breitbandantibiotika, und ich habe keine. Wir können nur abwarten.«

»Abwarten?«, fragte Gruber. »Habt ihr hier wirklich auch keine Antibiotika mehr?« Seine Stimme klang belegt.

Dr. Lauer schob seine Brille zurecht. »Im Dorf gibt es jemanden, der noch ein paar Packungen besitzt. Illegalerweise. Ich weiß nicht, wer es ist. Es heißt, er will sie für sich behalten. Er hat allerdings schon mal Tabletten abgegeben, wenn es um jemanden im Dorf ging. Ihr seid aber nicht von hier. Andererseits, Nathanael ist noch so jung.«

»Wer ist es?«, fragte Gruber

Der Arzt blickte ihn an. »Eben, ich weiß es nicht. Es gibt nur eine Kontaktperson, Sonja.«

Vanessa stand auf. »Gehen wir zu ihr«, sagte sie.

»Ich gehe allein«, sagte Gruber.

Vanessa wollte protestieren, aber Gruber hob die Hände.

»Ich finde eine Lösung«, sagte er.

»Warten Sie.« Vanessa griff in ihre Hosentasche und nahm den schweren Goldring heraus.

Gruber wog ihn in der flachen Hand und schaute Vanessa an. Dann schlossen sich seine Finger um den Ring, und er steckte ihn in die Jackentasche. »Danke.«

Vanessa nickte. Sie war mit einem Mal sehr müde.

»Vielleicht kannst du Nathanael Gesellschaft leisten«, sagte Gruber.

»Er braucht Ruhe«, sagte der Arzt, »aber du kannst hier warten, wenn du möchtest.«

Haare

»Sonja Tiller« und »Coiffeuse« stand in verblichener Schrift auf dem einen Schaufenster, das andere war durch Wellblech ersetzt worden. Cornelia hatte sofort gewusst, wen Dr. Lauer meinte. Durch das Fenster sah Ludwig einen Coiffeurstuhl und ein Porzellanbecken zum Haarewaschen. Er klopfte an die Tür des Salons. Niemand antwortete. Er ging um das Haus herum, entdeckte eine Glocke und läutete.

»Komme«, rief eine Frauenstimme. Dann hörte er Schritte, und die Haustür wurde geöffnet. Ludwig blickte ins Gesicht einer Frau, sie war Mitte fünfzig und trug eine getönte Brille. So eine Brille hatte er lange nicht mehr gesehen. Die graublonden Haare waren frisiert, ihre Kleider passten gut zusammen, eine aschfarbene Hose und ein Pulli, der aus Cashmere hätte sein können und weder Löcher noch Flecken hatte.

Ludwig streckte seine Hand aus. Er schüttelte ihre weiche Hand, die sich angenehm anfühlte. Sie schaute ihn neugierig an.

»Ich bin Ludwig Gruber, Cornelia Gruber ist meine Cousine. Mein Sohn hat sich verletzt. Sie kennen jemanden, der noch Antibiotika hat?«

Sie trat einen Schritt zurück. »Damit will ich nichts zu tun haben. Außerdem ist der Vorrat leer.«

»Komplett leer?«

»Das weiß ich nicht.«

»Was könnte man dem Besitzer anbieten? Gold?« Er griff in seiner Jackentasche nach Vanessas Ring.

»Nein. Er will die verbleibenden Tabletten für sich und seine Familie behalten.«

»Mein Sohn ist fünfzehn. Er möchte Arzt werden. Er ist unterwegs, um in Italien zu studieren. Er hat eine Blutvergiftung.«

Frau Tiller verlagerte ihr Gewicht. »Am Politecnico?«

»Ja.«

»Und danach bleibt er in Italien, weil es dort so schön ist, und vergisst uns?«

»Er kommt zurück. Er will seinem Dorf helfen.«

Frau Tiller sah Ludwig jetzt mit freundlicher, aber immer noch undurchdringlicher Miene an. »Ich kann nichts für Sie tun. Ich glaube nicht, dass er bereit ist, Ihnen etwas von seinem Medikament abzugeben.«

Sie schien die Tür schließen zu wollen. Ludwig machte einen Schritt auf sie zu und hielt die Tür fest.

»Werden Sie wenigstens mit ihm sprechen?«

»Es ist Zeitverschwendung.«

»Sie sind Coiffeuse?«

»Ja.«

»Könnten Sie mir die Haare schneiden?«

Sie musterte Ludwig mit kritischem Blick. »Ihre Haare schauen unter den Ohren hervor. So können Sie eigentlich nicht unter die Leute. Kostet fünfzig Centimes. Jetzt hab ich keine Zeit, kommen Sie später am Nachmittag wieder. Aber bitte bevor es dämmert.«

Sie wandte sich ab und ging die Treppe nach oben. Die Tür fiel zu. Ludwig fuhr sich über die Haare. Er würde Vincent fragen müssen, bei wem er seine Nordkronen wechseln konnte.

Ludwigs Kopfhaut fühlte sich eiskalt an. Ein Tropfen Wasser lief ihm über die Schläfe. Er hörte das Schnippeln der Schere nah an seinem Ohr. Sein Gesicht schaute ihn aus einem gesprungenen Spiegel an, der seine Brust in zwei Hälften teilte. Hinter sich sah er die konzentrierte Miene von Frau Tiller, die noch immer ihre getönte Brille trug. Auf dem weißen Überwurf, den sie ihm gegeben hatte, stand ein verschwommener Markenname. Sein Spiegelbild sah bleich aus, die frisch gekämmten nassen Haare klebten ihm am Kopf.

Es roch nach parfümierter Seife. Er überlegte, Frau Tiller zu fragen, ob sie große Vorräte davon habe.

»Lange wird es nicht mehr dauern«, sagte sie.

»Was denn?«

»Bis die Amis kommen.«

»Meinen Sie?«, sagte Ludwig. Das Stillsitzen machte ihn nervös. Er hatte Lust, aufzustehen und den Umhang hinzuwerfen. Aber Frau Tiller bewegte die Schere nah an seinem Kopf und sie war die Mittelsfrau für das Antibiotikum. Etwas kitzelte ihn im Nacken.

»Im Nachbartal haben sie Scheinwerfer gesehen in der Nacht. Die Amis beobachten uns. Sie warten.«

»Worauf?«

»Auf den richtigen Zeitpunkt«, sagte sie entschieden.

»Um was zu tun?«

»Wer weiß schon, was sie vorhaben! Diese Verbrecher!« Sie legte die Schere klirrend zur Seite und blickte Ludwig über den Spiegel in die Augen. Dann legte sie ihre Hände an die Seiten seines Kopfs, neigte ihn leicht und betrachtete prüfend seinen Hinterkopf. Sie nahm die Schere wieder zur Hand.

»Wenn die Amis kämen«, sagte Ludwig, »würden sie uns vielleicht neue Antibiotika bringen.«

»Zerbomben werden sie uns.«

»Zerbomben? Wozu?«

»Wozu? Was ist denn das für eine Frage! Wieso haben sie uns die Sonne weggenommen?«

»Wer weiß, ob das die Amis waren. Niemand weiß –«

»Gehören Sie etwa zu denen?« Frau Tiller schaute Ludwig durchdringend an.

»Nein. Ich glaube nur nicht, dass die Amis kommen, um uns zu zerbomben.«

»Hoffen wir es«, sagte Frau Tiller. Sie legte die Schere ab.

»Das Antibiotikum ist doch längst abgelaufen«, sagte Ludwig. »In einem Jahr ist es noch wertloser als heute.«

»Meinen Sie«, antwortete sie und strich ihm vom Hinterkopf her mit der Hand durch die Haare, sodass sie sich aufstellten. In den letzten Jahren hatte ihm Walter die Haare geschnitten.

»Warum haben die Amerikaner dann nicht schon lange –«, begann Ludwig.

»Es steht doch völlig außer Zweifel, dass die Amis uns überwachen.« Frau Tiller nahm ihm den Umhang ab. »So, jetzt haben Sie wieder einen anständigen Haarschnitt.«

»Hören Sie –«

»Sie können das Medikament haben. Aber nur damit Sie es wissen: Der letzte Patient, der es bekam, ist trotzdem gestorben.«

Schmerztabletten

Im Traum sah er alles von weit oben. Sie näherten sich dem Bahnübergang, hinter ihnen das mehrstöckige, verlassene Haus. Ein Rollladen öffnete sich einen Spaltbreit, und ein Gewehrlauf schob sich über den Sims. Er sah auch den Mann im Innern des Hauses im Halbdunkel stehen, seine dünnen Hände, das eingefallene Gesicht. Der Mann zielte so, dass die Kugel erst ihn und dann Vanessa durchschlagen würde. Sein Finger krümmte sich langsam, Nathanael sah, wie er den Kopf zu Vanessa drehte, sodass sich alles perfekt ausrichtete, die Schusslinie ging mitten durch ihre beiden Schädel. Wenigstens sind wir sofort tot, dachte er. Wenigstens nicht dieses Warten, ob man überlebt oder nicht.

Nathanael schlug die Augen auf. Er lag in einem dunklen Zimmer, sein Mund war trocken. Es war nichts passiert, er war zu Hause, neben ihm schlief Samuel. Aber wieso pochte sein Fuß so schmerzhaft, hatte ihm der Mann aus dem Traum doch in den Fuß geschossen? Oder waren sie noch in dem engen Schuppen? Wo war Vanessa? Der Raum fühlte sich zu weit an. Er wandte den Kopf.

Er lag im Patientenzimmer. Dr. Lauers Patientenzimmer. Der Arzt hatte gesagt, es sei früher das Zimmer von seinem Sohn gewesen. Eine Sammlung Fußballwimpel hing noch an der Wand.

Nathanael hatte Durst. Er tastete neben dem Bett herum, fand aber keine Wasserflasche. Stattdessen hörte er, wie etwas herunterfiel, es klang wie Karton. »Sagen Sie es mir bitte«, hatte er gestern den Doktor gebeten, »werde ich leben oder nicht, ich möchte es wissen.« »Leben«, hatte Dr. Lauer entgegnet, »nimm das Antibiotikum.« Und dann sehr streng: »Hör auf, solche Fragen zu stellen.« Aber natürlich log der Doktor, manchmal half das Antibiotikum, manchmal nicht. Die Tablette war weich und bröckelig gewesen. Man musste sie ganz schlucken, jeden einzelnen Krümel, und dann abwarten. Er hatte gehört, wie Dr. Lauer hinter der Tür mit Gruber redete, der besorgte Fragen stellte. Als wäre er sein Vater. Alles hatte sich verschoben, die Karten waren neu gemischt. Statt seiner Eltern war der Lehrer hier, statt Samuel Vanessa.

Vielleicht war er an dem Bahnübergang erschossen worden, und all das hier war ein Trugbild. Bevor man in die Hölle kommt, meint man manchmal jahrelang, dass man noch lebt, hatte Hendrik gesagt. Nur wenn man genau aufpasst, kann man an kleinen Verschiebungen merken, dass man in Wahrheit schon tot ist. Das sei aber fortgeschrittene Theologie, hatte Hendrik mit einem Schmunzeln angefügt, das Nathanael nicht deuten konnte. Nathanael sah ihn vor sich, wie er die immer gleichen Predigten hielt und seine Blicke zufrieden durch die Reihen wandern ließ, froh, dass Nathanael nicht mehr im Dorf war, und gleichzeitig stets bereit, mit der Mutter für seine Rückkehr zu beten.

Als Nathanael die Tablettenkrümel auf der Zunge gespürt hatte, hatte er Rahel vor sich gesehen, die keine Tablette bekommen hatte, als sie sie brauchte. Für einen Moment konnte er nicht schlucken, der Hals zog sich zusammen, die Krümel wurden bitter in seinem Mund, eine ölige, abgründige Bitterkeit, dann spülte er sie schnell mit dem Wasser herunter, das ihm Dr. Lauer hingehalten hatte. Aber die Bitterkeit verging nicht. Noch jetzt schmeckte er sie am Gaumen. Die Tabletten würden ihm das Leben retten, es musste so sein. Sonst hätten sie sie an ihm verschwendet.

Möglicherweise war es normal, dass der Fuß stärker schmerzte, nachdem er die erste genommen hatte. Morgen früh würde er die zweite bekommen.

»Kann ich nicht alle auf einmal nehmen?«, hatte er Dr. Lauer gefragt.

»Ich merke, dass du Arzt werden willst, Ärzte wollen oft für sich die stärkste Behandlung«, hatte Dr. Lauer geantwortet, »ich bin genauso.«

Für die Heilung wäre es bestimmt besser, zu schlafen als wach zu liegen, aber wie schlafen, wenn man nicht wusste, ob man weiterleben würde, wie machten all die kranken Leute das nur? Vielleicht, indem sie Gründe aufzählten, warum sie wieder gesund werden sollten. Wenn ich sterbe, dachte Nathanael, ist der ganze Aufwand umsonst gewesen. Ich werde nicht sterben, weil schon Rahel gestorben ist, zwei tote Geschwister sind zu viel. Aber die beiden älteren Söhne von Urs und Sina waren auch gestorben, fiel ihm ein, kurz hintereinander. Er drängte den Gedanken an sie zurück. Ich sterbe nicht, weil ich immer schon gewusst habe, dass ich durch den Tunnel gehen werde. Ich sterbe nicht, weil Vanessa auf mich wartet. Und Gruber. Er sah seine Mutter vor sich, wie sie jeden Tag aus dem Fenster schaute und hoffte, dass er eines Tages zurückkehrte, wie sie schweigend das Geschirr vom Tisch räumte und nicht reagierte, wenn Elias sie ansprach, weil sie in Gedanken mit Nathanael redete. Die Mutter würde nie aufgeben. Auch wenn er schon lange tot war. Er wusste, wenn die Mutter neunzig Jahre alt war und alle anderen ihn vergessen hatten, würde sie noch auf ihn warten und jeden Abend für ihn beten. Tränen liefen ihm die Wangen hinunter, in seine Ohren. Die Flüssigkeit knackte in den Ohren, wenn er sich bewegte.

Er musste an etwas anderes denken. Irgendwann einmal, in vielen Jahren, würde er wieder mit Samuel vor einem Feuer sitzen und reden, wie sie es im Winter oft getan hatten, und mit ihm über die alten Geschichten von den Zwergen lachen.

Nathanael rieb sich die Tränen vom Gesicht. Die Decke war schwer, er hatte so großen Durst. Aber er wusste nicht, wie man hier Licht machte. Sollte er nach jemandem rufen? Vielleicht würde niemand kommen. Und überhaupt, durfte er jemanden wecken? Es arbeiteten doch alle schon genug, um ihn am Leben zu halten. Gruber hatte das Medikament aufgetrieben, und Lauer schaute tagsüber immer wieder nach ihm. Aber er brauchte einen Schluck Wasser.

Er drehte sich im Bett, setzte sich auf im Dunkeln, befühlte die Wand, hier waren die Wimpel, der Stoff war so glatt, dass er sich nass anfühlte.

Da hörte er ein Rascheln, ganz nah. Nathanael saß still und lauschte. Jemand atmete im Zimmer. Jemand war hier

»Nathanael«, sagte eine verschlafene Stimme. Gruber. Nathanael hörte tastende Geräusche, dann leuchtete eine Flamme auf. Gruber zündete eine Kerze an.

»Wie geht es dir?«, fragte Gruber. Eine Falte zog sich quer durch sein Gesicht, als sei er über einer Kante eingeschlafen. Nathanael schämte sich. Gruber schlief bei ihm im Zimmer.

»Ich habe Durst«, sagte Nathanael.

»Hast du Schmerzen?«, fragte Gruber.

»Ja«, sagte Nathanael.

Gruber holte einen Beutel aus seiner Tasche und klaubte eine einzelne Tablette heraus. »Ein Schmerzmittel«, sagte er. »Nimm es.«

»So schlimm ist es nicht«, sagte Nathanael.

»Nimm es«, wiederholte Gruber, »dann schläfst du wieder ein.«

Er sah müde und besorgt aus. »Nein«, sagte Nathanael. »Das Schmerzmittel ist für jemanden, der es nicht mehr aushält. Es geht schon.«

»Nimm es«, sagte Gruber. »Bitte.« Er sah so unglücklich aus, dass Nathanael die Tablette in die Hand nahm. Gruber hielt ihm ein Glas Wasser hin, das auf dem Nachttisch gestanden hatte, und Nathanael spülte die Tablette herunter, ohne weiter nachzudenken. Jetzt war sie weg, verbraucht, niemand anderes würde sie nutzen können. Er spürte die Erleichterung darüber, dass der Schmerz nachlassen würde.

»Ist es bald Morgen?«, fragte er.

»Nein«, sagte Gruber, »ich glaube nicht. Schlaf weiter.«

»Sie müssen nicht hierbleiben«, sagte Nathanael. »Ich weiß jetzt, wo das Wasser steht.«

»Ich bleibe«, sagte Gruber. »Sag mir, wenn du etwas brauchst.«

Als Gruber die Kerze gelöscht hatte, lag Nathanael im Bett und starrte mit offenen Augen in die Finsternis. Er hatte noch nie ein Schmerzmittel genommen, auch sein Vater hatte keines bekommen, nachdem man ihm den Zahn herausgerissen hatte, Rahel nicht, als ihre Brust schmerzte, und die Mutter nicht bei Rahels Geburt. Er fühlte, wie das Medikament zu wirken anfing, eine Art Taubheit, die sich aus der Mitte des Körpers ausbreitete, dem Schmerz seine Spitze nahm und ihm die Hand gab. Komm mit, sagte das Schmerzmittel, wir gehen in einen anderen Raum, dorthin, wo alles leichter ist, und Nathanael folgte ihm nach, ohne zurückzuschauen.

Frühkartoffeln

»Wie geht es ihm?«, fragte Cornelia und fuhr mit der Hand durch ein Plastikbecken, in dem kleine Kartoffeln schwammen.

»Ich weiß es nicht«, antwortete Vanessa. Sie stand im Türrahmen zur Küche.

Das Antibiotikum hatte sie enttäuscht. Nathanael hatte bislang zwei Tabletten genommen, eine am Abend, eine am Morgen. Doch das Fieber war nicht weiter gesunken, dazu hatte er Kopfweh bekommen. Seine Stimme klang schwach, aber er hatte ohnehin kaum reden wollen. Dann war er eingeschlafen, noch während sie bei ihm im Zimmer saß. Auch Gruber hatte dunkle Schatten unter den Augen gehabt. Und kurz geschnittene Haare. Er hatte ihr den Goldring zurückgegeben, den sie schwer in ihrer Hosentasche fühlte. Sie hätte gerne auf ihn verzichtet, wenn sie dafür ein Antibiotikum bekämen, das auch tatsächlich wirkte.

»Und wie geht es dir?«, fragte Cornelia.

»Gut«, sagte Vanessa. Seltsam, dass Cornelia sie das fragte. Sie trat in die Küche.

»Hilfst du mir?«, fragte Cornelia. »Ich halbiere die Kartoffeln, um weniger Brennholz zu verbrauchen.«

Vanessa setzte sich an den Tisch und fischte ein paar Kartoffeln aus dem Becken. »Die sind ja winzig«, sagte sie.

»Habt ihr zu Hause keine Frühkartoffeln?«, fragte Cornelia.

»Wir hatten keinen Garten.«

Cornelia gab Vanessa ein Messer, auf dem Rostflecken waren, und ein zerkratztes Holzbrett. »Wo kommt denn euer Essen her?«

»Ich habe auf den Feldern geholfen. Und manchmal etwas getauscht. Gegen Dinge, die ich gefunden habe.«

»Und deine Mutter?«, fragte Cornelia.

»Die ist oft krank.« Vanessa zerteilte langsam eine Kartoffel. Sie war innen bläulich.

»Vor dem Tag Null, was hat sie da gearbeitet?«

Vanessa sah auf. »Sie war Verkäuferin in einem großen Haus, wo teure Sachen verkauft wurden«, sagte sie.

»Ein Kaufhaus.«

Die Mutter war stolz auf ihren früheren Beruf gewesen. »Danach versuchte sie, vom Schneidern zu leben. Aber es gab schon zu viele Kleider. Die Leute wollten keine neuen. Sie hat nicht verstanden, dass die Leute lieber die Kleider von Toten tragen wollten.«

»Das hat mich am Anfang auch gestört«, antwortete Cornelia. Sie wischte mit einem feuchten Tuch Erde von ein paar Rüben. »Meine Kinder haben nie etwas anderes getragen als Kleider von Fremden.«

Vanessa schwieg. Sie kratzte sorgfältig ein Auge aus einer Kartoffel, bis fast nichts mehr von ihr übrig war. »Ich will nie Kinder haben«, sagte sie. Sie schaute Cornelia an. Ob sie sich davon angegriffen fühlte? Aber Cornelia lächelte.

»Verstehe ich«, sagte sie. »Es gibt auch andere Dinge, die man mit seinem Leben anfangen kann. Und Geburten sind gefährlich.«

»Was warst du früher von Beruf?«, fragte Vanessa.

»Chemikerin«, sagte Cornelia. »Ich habe wirklich gerne im Labor gearbeitet. Ich habe immer gedacht, dass ich das mein Leben lang tun würde.«

Cornelia schwieg und schnitt eine Rübe schnell in dünne Scheiben. Das Messer berührte kaum den Tisch.

»Ich möchte Kurierin werden«, sagte Vanessa. Es war schön, es laut auszusprechen. Sie hatte sich das in den letzten Tagen überlegt und es eigentlich für sich behalten wollen. »Dann kann ich die Welt sehen. Man verdient viel, Briefe sind doch teuer. Und in Italien ...« War es nicht peinlich, davon zu erzählen?

»Was ist in Italien?«, fragte Cornelia.

»Ich habe gehört, dass es dort Pferde gibt. Tim sagte, das stimmt. Reisende haben ihm davon erzählt. Dass Händler die Pferde in Schiffen übers Meer gebracht haben, aus den Ländern, wo sie überlebt haben. Ich möchte mir in Italien ein Pferd kaufen. Dann bin ich schneller als die anderen, höher oben und kann weit schauen. Ich brauche nur etwas Geld. Aber das kann ich mir in Italien verdienen, glaube ich.«

Cornelia lächelte. »Du hast recht«, sagte sie. »Man muss manchmal Risiken eingehen.«

»Genau«, sagte Vanessa. Sie musste an Marion denken, die weiter bei ihren Eltern leben und all diese Dinge, die vor Vanessa lagen, nie sehen würde, und sie tat ihr leid. Cornelia war bestimmt in ihrem Leben auch Risiken eingegangen. Das sah man ja schon daran, dass sie diese Narbe am Kinn hatte.

»Eine Waffe hast du, nicht wahr?«, fragte Cornelia.

»Ein Messer.«

»Ich kann dir ein zweites geben, ein kleines, das du leicht in der Hand verstecken kannst. Und ich habe einen weiten Mantel mit Kapuze im Keller, der dir passen könnte. Dann sieht man nicht gleich, dass du eine Frau bist.«

Ticket

Ludwig klopfte an die Tür der Grubers. Als niemand öffnete, stieß er sie vorsichtig auf und ging an der Garderobe vorbei ins Wohnzimmer. Vanessa stand vor dem Spiegel. Sie trug einen langen dunklen Mantel mit Kapuze, die ihr über die Stirn fiel. Eine Zeit lang war diese Art von Mantel Mode gewesen, die Frauen hatten darin ausgesehen wie Mönche. Auch Ludwigs Mutter hatte so einen getragen.

»Es ist ein guter Stoff«, sagte Cornelia. »Wasserabweisend. Hält ewig.«

Ludwig kam es so vor, als hätte er das alles schon einmal erlebt. Hatte eine Verkäuferin nicht vor vielen Jahren genau dasselbe zu jemandem gesagt, der neben ihm einen ähnlichen Mantel anprobierte? Vanessa schob sich die Kapuze vom Kopf.

»Brauchst du ihn denn nicht selber?«, fragte sie.

»Nein«, sagte Cornelia. »Frau Weissmüller hat noch mehr Mäntel.«

Weissmüller war der Name, der immer noch unter der Klingel stand. Cornelia sprach von ihr wie von einer alten Bekannten, die kurz verreist war und jeden Moment zurückkehren würde. Vincent hatte gesagt, er wünschte, sie würde damit aufhören, das sei unheimlich.

»Die Kartoffeln müssen gleich fertig sein.« Cornelia ging in die Küche.

Ludwigs Glieder waren bleiern vor Müdigkeit. Nachdem Nathanael ihn geweckt hatte, hatte er nicht mehr einschlafen können, weil er auf einmal überzeugt gewesen war, dass Nathanael jeden Moment zu atmen aufhören würde. Er hatte an seine eigenen Eltern denken müssen, die vielleicht allein gestorben waren, getrennt voneinander, ohne dass er etwas davon gewusst hatte. Das hatte ihn erst recht wach gehalten.

Vanessa zog den Mantel aus. Sorgfältig hängte sie ihn über eine Stuhllehne.

»Leicht ist er ja«, sagte sie.

»Nimm ihn doch«, sagte Ludwig. »Du hast Glück, dass du nicht krank geworden bist bei all dem Regen.«

»Ich werde nicht so schnell krank«, sagte Vanessa. Sie strich über den Stoff des Mantels. »Tim lässt Sie grüßen«, fügte sie an. Sie sah zu Boden. »Er hat gesagt, dass Sie jeden Tag zum Tunnel gekommen sind, um auf uns zu warten.«

Ludwig schwieg.

»Wo hast du Tim getroffen?«, fragte er dann.

»Draußen.« Vanessa lächelte. »Er war froh, dass Nathanael noch lebt. Die anderen Soldaten hatten mit ihm gewettet, er sei tot.«

»Ach«, sagte Ludwig.

Vanessa nahm den Mantel wieder von der Lehne.

»In der Tasche habe ich das hier gefunden. Ein Ticket für Paris. Wollen Sie es?« Sie hielt ihm einen Streifen Papier hin.

Ludwig nahm ihn ihr aus der Hand. Er war übersät mit kleinen Symbolen, ein umkreistes »M«, »Bus«, »RER«, »SNCF«.

»Ein Métro-Ticket«, sagte er. Es sah aus, als wäre es erst gestern benutzt worden. Er gab es Vanessa zurück. »Nein, behalt es. Als Glücksbringer.«

Vanessa steckte das Ticket zurück in die Manteltasche.

»Waren Sie mal in Paris?«

»Ja«, sagte Ludwig. »Ich will nicht wissen, was aus der Stadt geworden ist.«

Genaugenommen war es unsinnig, ein Ticket als Glücksbringer zu verwenden, das Zutritt zu einem sicherlich überfluteten Tunnelsystem unter einer zerstörten Stadt versprach. Aber Vanessa glaubte wohl ohnehin nicht an Glücksbringer. Ludwig gähnte.

»Ich gehe schlafen.«

»Es gibt gleich Mittagessen«, sagte Vanessa.

Sein Magen knurrte. Ständig diese Kartoffeln. »Ihr seid durch das gesetzlose Gebiet gegangen, nicht wahr?«, fragte er.

»Hat Nathanael das erzählt?«

»Es ist nicht mehr wichtig«, sagte Ludwig. »Hauptsache, ihr seid hier.«

Vanessa schwieg.

»Einen Teil des Wegs, ja«, gab sie zu. »Wir haben einen Supermarkt gefunden. Dort ist das halbe Kilo Salz her, das ich Cornelia geschenkt habe. Und Nathanael hat von jemandem Teebaumölsalbe gekauft.«

»Was will er denn damit?«

»Keine Ahnung.« Sie lachte. Es war das erste Mal, dass er Vanessa lachen hörte, seit er die beiden wiedergetroffen hatte. »Ich glaube, ihm hat die Tube gefallen.«

»Typisch«, sagte Ludwig und musste grinsen. »Die Packung des Antibiotikums wollte er auch unbedingt sehen. Er war sehr enttäuscht, als ich nur die Blister gebracht habe.«

»Nathanael hat mehr Freude an der Packung als am Medikament.« Vanessa lachte noch lauter, und Ludwig ließ sich davon anstecken.

»Was ist denn mit euch los?«, fragte Cornelia und legte Ludwig die Hand auf die Schulter.

»Nathanael«, sagte Vanessa kichernd, dann wurden beide wieder ernst.

»Geht es ihm denn besser?«, fragte Cornelia.

»Nein«, sagte Ludwig. »Ich glaube, wir sind bloß müde.«

»Ich behalte den Mantel«, sagte Vanessa mit belegter Stimme. »Danke, Cornelia.«

»Sag ich doch. Das Essen ist fertig«, antwortete Cornelia.

Geschenk

»Vanessa!«, rief Cornelia.

Vanessa sprang auf und ließ die beiden Mädchen vor dem offenen Kinderbuch sitzen, das sie ihnen bereits zum dritten Mal vorlas. Die Mädchen maulten, aber Vanessa eilte schon die Treppe hinunter.

»Was ist?«, fragte sie atemlos. Vielleicht gab es eine Nachricht von Nathanael.

»Tim«, sagte Cornelia. »Er will nicht hereinkommen.«

Vanessa öffnete die Tür. Tim stand auf dem Vorplatz, die Arme verschränkt, als fröre er.

»Weißt du etwas Neues?«, fragte er.

»Nein«, antwortete Vanessa. »Soll ich Gruber holen? Er schläft.«

»Lass nur«, antwortete Tim und verlagerte sein Gewicht von einem Bein aufs andere. »Ich gehe fort. Heute noch.«

»Wohin denn?«

»Meinem Vater helfen. Auf dem Hof. Ausgerechnet jetzt habe ich den Urlaub bekommen.« Er schüttelte den Kopf und nahm ein Stück Papier aus der Tasche. »Ich habe die Karte abgezeichnet. Hier«, er deutete auf ein rotes X, »steht unser Hof. Wir haben viele Birnbäume.« Die Karte zitterte ein wenig. Er drückte sie Vanessa in die Hand.

Sie drehte die Karte und studierte sie für einen Moment. »Das ist östlich vom Tunnel«, sagte sie.

Tim schwieg.

»Gehst du wirklich durch den Tunnel?«, fragte er dann.

»Ja«, sagte Vanessa. »Ich will die Pferde sehen.«

»Das mit den Pferden stimmt ja vielleicht gar nicht«, sagte Tim. »Das haben mir andere erzählt. Nicht, dass du später denkst, ich hätte dich angelogen.«

»Werd ich nicht«, sagte Vanessa. Plötzlich fiel es ihr schwer zu sprechen.

»Nach dem Urlaub werde ich an die Grenze weiter im Westen geschickt«, sagte Tim. »Dort wollen sie eine Brücke bauen.«

»Ach so, eine Brücke«, sagte Vanessa. Was für eine Brücke?

»Für dich«, sagte Tim. Er hielt ein kleines geschnitztes Holzpferd in die Luft, das an einem Lederband hing, und sie nahm es entgegen.

»Danke«, sagte sie.

Er blickte ihr kurz in die Augen und dann zu Boden. Vanessa betrachtete das Pferd. Es war schön, mit kräftigen Beinen. Das Holz war glatt poliert, wahrscheinlich hatte es jemand oft in den Händen gehalten.

»Vanessa«, rief eines der Mädchen. Es lehnte sich weit aus dem Fenster. »Wie geht die Geschichte weiter?«

»Pass auf«, rief Vanessa. »Sonst fällst du raus. Ich komm gleich hoch.«

Sie umschloss den Anhänger mit den Fingern, er passte genau in ihre Handfläche.

»Grüß Nathanael und Ludwig«, sagte Tim.

»Vielleicht sehen wir uns ja wieder«, sagte Vanessa.

»Vielleicht«, sagte Tim.

Er schwieg. Sie hätte gerne noch etwas gesagt, aber es fiel ihr nichts ein.

»Vanessa«, schrie das Mädchen und lehnte sich noch weiter aus dem Fenster. »Sie hat mich gehauen!«

»Ich komme ja«, rief Vanessa zurück.

»Mach's gut«, sagte Tim.

»Du auch«, sagte Vanessa. Sie sah ihm nach, wie er davonging, er drehte sich nicht um.

Böschung

»Einen Moment«, sagte Frau Lauer und wies Ludwig ins Wartezimmer. Sie lächelte ein wenig, vielleicht war das ein gutes Zeichen. Ludwig wollte sie fragen, wie es Nathanael ging, aber sie war schon wieder weg. Wahrscheinlich wollte sie es ihrem Mann überlassen, die Nachrichten zu überbringen. Im Wartezimmer saß ein Mann in Arbeitskleidung und verdreckten Hosen und schimpfte vor sich hin. Er schaute auf. Seine Augen waren blutunterlaufen.

»Guten Tag«, sagte Ludwig.

»Der wird nicht mehr gut«, sagte der Mann. »Ich habe mir den Knöchel gebrochen.« Er krempelte ein Hosenbein hoch und zeigte Ludwig den geschwollenen Knöchel. Er sah verschoben aus. »Warum verdammt noch mal muss ich eigentlich alles selber machen? Seit zwei Tagen tu ich nichts anderes als Zäune ausbessern. Während ihr euren Spaß mit den Mikrowellen habt. Hab euch doch gestern erst dabei gesehen.«

»Der Dorfrat –« sagte Ludwig.

»Jaja, ich weiß. Man hat Vincent erlaubt, sich vor der Feldarbeit zu drücken. Ich war mit den Händen auch schon immer ungeschickt, aber hier hab ich so einiges …« Er tippte sich an die Stirn. »Alles für die Katz. Aber natürlich hat es der Herr Vincent, der angeblich so oberschlau ist, noch nicht geschafft, das Dorf mit Strom zu versorgen. Und ich falle beim Zaunflicken die Böschung runter.«

»Gute Besserung«, sagte Ludwig und setzte sich auf einen Stuhl.

Der Mann schnaubte und schaute Ludwig wütend an. »Ich weiß schon, wie es laufen wird. Wenn sich das entzündet, wird mir der Doktor sagen, ich sei zu alt, um ein Antibiotikum zu bekommen. Aus und vorbei. Und ein Dahergelaufener wie Sie schwatzt der Tiller die Vorräte ab.«

Ludwig nahm eine Zeitschrift von einem Beistelltisch. Sie war vergilbt und brüchig. Bestimmt lag sie seit vor dem Tag Null hier. Auf dem Titelbild standen zwei Schauspieler nebeneinander, ein Mann und eine Frau, die man damals gekannt hatte. Er legte das Magazin zurück. Wieso kam der Doktor nicht? Ludwig stand auf.

»Sie tun so nervös«, sagte der Mann.

»Ich möchte wissen, wie es Nathanael geht.«

»Dem geht es gut«, sagte der Mann. »Ich hab ihn vorhin durch die Tür reden gehört. Jetzt setzen Sie sich doch. Tut mir leid, dass ich so geschimpft habe.«

»Was hat er gesagt?«

Der Mann schwieg.

»Muss ein übler Sturz gewesen sein«, sagte Ludwig.

Der Mann verlagerte sein Gewicht auf dem Stuhl, und sein Gesicht verzerrte sich.

»Sie haben nicht zufällig ein Schmerzmittel?«, fragte er.

»Nein«, sagte Ludwig. Er hatte nur noch eine einzige Tablette übrig, und die würde er für den Moment aufsparen, wenn er selbst im Sterben lag.

Frau Lauer öffnete die Tür und sah zu dem Mann. »Du bist dran. Helfen Sie mir mal«, sagte sie, und gemeinsam zogen Ludwig und sie den Mann hoch. Er roch nach Erde, war schwer und schwankte. Dann heulte er auf.

»Den Fuß nicht belasten«, sagte Frau Lauer. »Habe ich doch gesagt.«

»Ich kann nicht auftreten«, jammerte er.

»Eben.«

Sie lotsten ihn durch die Tür und ins Behandlungszimmer. Es sah nicht viel anders aus als in einer Arztpraxis früher. Dicke Bücher, Metallinstrumente. Nur dass die weißen Medikamentenschränke leer sein mussten, die Gummihandschuhe und Tupfer alle aufgebraucht.

»Danke«, sagte Frau Lauer zu Ludwig. »Mein Mann ist gleich da.«

Licht

»Er kommt durch«, sagte Gruber. »Das Antibiotikum hat gewirkt.«

Vanessa schaute ihn an, wie er da am Türrahmen stand, und dachte, dass sie diesen Moment nie vergessen würde. Sie atmete tief ein und aus.

»Sitz still«, sagte das jüngere Mädchen und zerrte an Vanessas Haaren. Die beiden flochten ihr Zöpfe.

»Ich will zu ihm«, sagte Vanessa. Sie versuchte, aus dem Schneidersitz auf die Knie zu kommen.

»Halt still«, rief das Mädchen und zog sie wieder an den Haaren. Es tat weh. Vanessa legte ihre Hand auf die kleinen Finger.

»Lass mich los«, sagte sie. Das Mädchen löste seinen Griff widerwillig.

»Der Doktor hat gesagt, besser erst morgen«, sagte Gruber. »Er soll sich ausruhen. Ein Nerv im Fuß ist beschädigt, und er hat immer noch Schmerzen. Kinder, ihr müsst Vanessa jetzt in Ruhe lassen.«

»Nein«, riefen die Mädchen.

»Ist schon gut«, sagte Vanessa.

Gruber nickte ihr zu, ging und schloss die Tür hinter sich. Was für ein seltsamer Mensch er war, dachte Vanessa. Er blieb fast immer ruhig, egal was passierte. Gleichzeitig schien es, als sei er nie ganz da. Aber Nathanael würde leben, das war das Wichtigste.

»Wer kommt durch?«, fragte das eine Mädchen und fuhr durch Vanessas Haare. »Tim?«

»Nein«, sagte Vanessa. »Nathanael. Den kennt ihr nicht.«

»Ist er dein Freund?«

»Nein«, sagte Vanessa. »Hör auf, das tut weh.«

Sie wollte die klebrigen Hände nicht mehr an ihrem Kopf spüren, löste die Finger des Mädchens von den Haaren und stand auf.

»Wir sind aber noch nicht fertig!«, rief das Mädchen. Das jüngere begann zu weinen.

»Nicht weggehen«, schluchzte es.

»Spielt ohne mich weiter«, sagte Vanessa. »Ich komme ja wieder.«

Sie stieg die Treppe hinunter und befühlte ihre Haare. Auf der linken Seite waren sie in ein wildes Geflecht gebunden, das unterhalb des Ohrs noch offen war, auf der rechten fühlte sie zwei kleine Zöpfchen. Sie löste den halb fertigen Zopf und hatte dabei ein schlechtes Gewissen, die Mädchen würden enttäuscht sein, wenn sie sie wiedersahen. Vincent und Cornelia unterhielten sich leise in der Küche. Vanessa öffnete die Haustür. Draußen war es warm, der Sommer kam. Sie ging in Richtung des Lagers, doch dann fiel ihr ein, dass dort niemand mehr war, den sie kannte. Sie bog ab, an einem sprudelnden Brunnen vorbei, und begann auf einem schmalen steilen Weg nach oben zu steigen.

Bald ließ sie die letzten verfallenen Häuser hinter sich. Sie stieß auf einen dieser alten Wanderwegweiser mit ihren unwirklich genauen Zeitangaben. 55 Minuten bis Moorsee. Daneben ein gekreuztes Besteck. Sie konnte es leicht bis zum Moorsee und zurück schaffen, ehe es dunkel wurde. Sie blickte auf das Dorf hinunter. Wäscheleinen hingen über den Straßen, auf einem Platz spielten Kinder Fußball. Über allem spannte sich der gelblichweiße, weite Himmel. An Tagen wie diesen konnte sie die Strahlung der Sonne durch die Staubdecke spüren. Mittags hatten die Dinge sogar einen schwachen Schatten geworfen. Dort unten im Dorf lag Nathanael in seinem Bett und erholte sich. Was für ein Glück er gehabt hatte.

Sie dachte an ihre Mutter, die jetzt jeden Morgen vom Geschnatter von Erwins Gänsen geweckt wurde. Zweifellos stritt sie sich den ganzen Tag mit ihm, nun, da sie zusammenwohnten. Das hast du davon, sagte Vanessa in Gedanken zu ihr. Sie stieg weiter den Hang hinauf Richtung Moorsee und überlegte, ob sie der Mutter einen Brief schreiben sollte, bevor sie durch den Tunnel ging. Um ihr zu erklären, dass sie sie nie wiedersehen würde. Aber wozu sollte das gut sein.

Gruber würde Nathanael überreden, zurückzugehen. In ein paar Wochen würden die beiden nach Hause kommen. Alle würden sich auf dem Dorfplatz versammeln, als begrüßten sie Helden. Petra wäre unendlich dankbar, ihren Sohn in die Arme schließen zu können.

»Ist nicht noch eine aus der Klasse verschwunden?«, würde jemand fragen. Ihre Mutter würde Gruber um Neuigkeiten bitten. Sie musste ihm und Nathanael einschärfen, dass sie nichts über sie verrieten, sie wollte nicht, dass die Mutter und Erwin wussten, wo sie war.

»Moorsee, 40 Minuten«, stand auf dem nächsten Wegweiser. Der Weg war mehr und mehr von Gras und Wurzeln überwachsen, und es war nicht gut zu erkennen, wo er entlangführte. Vanessa blickte zurück. Das Dorf war weiter nach unten gerückt. Sie konnte jetzt auch das Soldatenlager vor dem Tunnel sehen. Vielleicht war Tim schon zu Hause angekommen. Er würde jetzt jeden Tag auf dem Hof arbeiten, Mist schaufeln und Kohlköpfe pflanzen. Abends würde er zerschlagen ins Bett fallen.

»Tim«, sagte sie laut.

Das Tageslicht war schwächer geworden, als Vanessa den Moorsee erreichte. Der Weg war stellenweise vollkommen überwuchert gewesen, und einmal war sie falsch abgebogen. Die Wanderung hatte bestimmt länger als 55 Minuten gedauert.

Vanessa hatte noch nie einen so dunklen See gesehen. Er war fast schwarz und lag vollkommen unbewegt da. Mücken tanzten in der Luft. Sie ging am Ufer in die Knie und hielt die Hand ins Wasser. Es war kalt. Sie trank aus der Hand, es schmeckte nach Lehm und Dunkelheit. Wie still es hier war. Ein zerfallener Holzsteg führte auf den See hinaus, die Bretter waren morsch und wurden zur Seemitte hin immer weniger, und schließlich bestand der Steg nur noch aus den schiefen Pfählen. Am Ufer wuchsen Nadelbäume und ließen ihre Zweige nachlässig ins Wasser hängen. Vanessa hatte Lust, schwimmen zu gehen, aber sie musste bald aufbrechen, um vor der

Dunkelheit zurück ins Dorf zu gelangen. Sie wusch das Gesicht und die Unterarme. Die Kälte rieselte durch ihren Körper. Wenn Tim vor ihrer Weiterreise zurückkäme, würde sie ihm diesen See zeigen. Sie ging ein paar Schritte den Uferweg entlang. Die Bäume rochen nach Harz, und der Boden war so dicht mit Nadeln bedeckt, dass er weich federte. Wieso konnte man nicht an einem solchen Ort wohnen, dachte Vanessa. Ganz allein.

Da sah sie das Restaurant. Es war ein kleines Holzhaus mit einer Veranda, auf der verrostete Tische und Stühle standen. Sie näherte sich vorsichtig und schaute durch das zerbrochene Fenster. Zwischen Spinnweben und Tischen lag ein Skelett in Kleiderresten am Boden, mit angezogenen Beinen und dem Arm unter dem Schädel. Es sah fast friedlich aus.

Sie musste wirklich wieder ins Tal hinunter. Schnell ging sie den Weg am Seeufer zurück. Sie hatte kein Licht dabei, und es begann schon zu dämmern. Wenn sie ausrutschte, würde niemand sie hier suchen, dachte sie. Sie fühlte sich eigenartig frei.

Draht

Der metallene Gartenstuhl war kühl, trotz der Decke. Ludwig blies den Staub aus der Elektronik der Mikrowelle. Hier war die Leitung durchgebrannt. Er knipste ein kleines Stück Draht von einer Rolle ab. Klebstreifen waren wertvoll, er musste sie so sparsam wie möglich verwenden. Konnte er den Draht ohne Klebstreifen hineinklemmen? Ständig hatte er das Gefühl, eine offensichtliche Lösung zu übersehen. Er schaute auf. Die beiden Mädchen spielten im Garten, es waren immer noch zwei. Eins, zwei. Eines in einem rosa Kleid, eines in einem gelben. Cornelia hatte ihn gebeten, auf sie achtzugeben.

Als er Vanessa mitgeteilt hatte, dass Nathanael wieder gesund werden würde, war sie ganz still geworden. Er hatte gedacht, sie würde aufspringen, die Hände jubelnd in die Luft reißen. Aber sie hatte sich kaum gerührt.

Er legte den Draht ab und sah den beiden Mädchen zu. Sie beugten sich konzentriert über eine Stelle im Gras, vielleicht betrachteten sie einen Käfer. Was Walter wohl dazu sagen würde, dass Ludwig versuchte, eine Mikrowelle zu reparieren? Hielte er es für Zeitverschwendung? Er hätte sich von ihm verabschieden sollen. Seit Ludwigs Aufbruch waren zwanzig Tage vergangen. Jeden Abend schrieb er das Datum in sein Notizbuch und jedes Mal rückte das Dorf in weitere Ferne. Petra und Niklas mussten krank sein vor Angst um Nathanael. Und Lisa und Walter machten sich bestimmt Sorgen um ihn. Manche im Dorf würden die Meinung vertreten, sie seien mit Sicherheit tot, alle drei, das sei ja zu erwarten gewesen. Andere würden vermuten, sie hätten einen Ort gefunden, an dem man besser lebte, und würden nie wieder zurückkehren. Walter hingegen glaubte gewiss weiterhin daran, dass Ludwig seine Schüler nach Hause bringen würde.

»Geduld«, würde er sagen. Noch hätte er sie nicht einmal als vermisst in die Dorfchronik eingetragen.

Falls er Nathanael überzeugen konnte, mit ihm zurück ins Dorf zu gehen, würde er Walter bald wiedersehen. Es würde ihm schwerfallen, sich von Vincent und Cornelia zu verabschieden. Hier konnte er leichter atmen als zu Hause. Doch wenn Nathanael damit einverstanden war, war es seine Pflicht, ihn nach Hause zu bringen, zurück in die Sicherheit seiner Familie. Niklas würde Ludwigs Hühner fett gefüttert und Petra den Gemüsegarten jeden Tag gegossen haben. Nächstes Jahr würde er sich wieder selbst um den Kohl kümmern. Und das Jahr darauf. Nathanael würde wieder in die Schule gehen. Ludwig lehnte den Kopf gegen die raue Hauswand.

Die Stimmen der Mädchen wurden lauter, das jüngere riss das ältere an den Haaren. Ludwig erhob sich. »Hört auf«, rief er. Sie schauten ihn beide mit dem gleichen trotzigen Blick an, aber dann löste das jüngere die Hand von den Haaren der Schwester, und bald tuschelten sie wieder miteinander.

Cornelia öffnete die Terrassentür. »Kommst du zurecht?«, fragte sie.

»Der Draht hält nicht«, sagte Ludwig und setzte sich wieder. Er schämte sich, dass er sich nicht mehr bemüht hatte. Seitdem Vanessa und Nathanael aufgetaucht waren, fiel es ihm schwer, sich auf die Arbeit an den Geräten zu konzentrieren.

»Vanessa ist noch nicht zurück«, sagte Cornelia.

»Sie war schon immer viel allein unterwegs«, antwortete Ludwig.

»Die Wege rund ums Dorf sind steil«, sagte Cornelia.

Ludwig schaute Cornelia an, sie sah unglücklich aus. »Mach dir keine Sorgen«, sagte er.

»Denkst du …« Cornelia zögerte. »Denkst du, sie könnte hierbleiben? Bei uns.«

Ludwig dachte an den Gesichtsausdruck, den Vanessa manchmal hatte, wenn sie die Kinder hütete oder wenn sie Kartoffeln schälte. Als ob sie sich so weit weg wünschte, wie es nur ging. Obwohl sie es hier viel besser hatte als zu Hause.

»Ich glaube nicht«, sagte er vorsichtig, »dass sie das will.« Er zögerte. »Auch wenn es das Beste wäre.«

»Ich weiß«, sagte Cornelia und seufzte. »Sie will in den Süden.«

»Mit zurück wird sie nicht kommen«, sagte Ludwig. »Ihre Mutter ist schwierig.«

»Nathanaels Eltern doch auch«, sagte Cornelia.

»Das ist etwas anderes.«

Cornelia schwieg.

»Wenn du ihn nach Hause gebracht hast, kommst du dann wieder?«, fragte sie. »Früher oder später werden wir Strom haben.«

Ja, sie würden bald Strom haben, dachte Ludwig. Erstaunt stellte er fest, dass das für ihn keinen Unterschied machte. »Vielleicht besuche ich euch mal«, sagte er.

Cornelia schüttelte ganz leicht den Kopf.

Berge

»Psst«, flüsterte Vanessa. Die kleine Öllampe in ihrer Hand beleuchtete ihr Gesicht von unten. Schatten tanzten auf ihrer bleichen Haut.

Nathanael hatte den ganzen Tag über auf sie gewartet und nicht mehr geglaubt, dass sie ihn noch besuchen würde. Er richtete sich auf.

»Wie bist du reingekommen?«

»Durchs Fenster im Erdgeschoss. Leg dich wieder hin.«

Vanessa stellte die Lampe auf den Nachttisch und setzte sich an sein Bett. Sie musterte ihn so, wie seine Mutter es früher getan hatte, wenn er tat, als wäre er krank, weil er nicht in die Predigt gehen wollte.

»Du siehst nicht wirklich besser aus«, sagte sie.

»Was ist mit deinen Haaren?«, fragte er.

»Die Kinder«, sagte sie.

Auf der einen Seite waren die Haare so wirr wie immer, doch auf der anderen waren sie gekämmt, und Vanessa trug darin zwei dünne, geflochtene Zöpfe.

»Gefällt es dir bei den Grubers?«, fragte er.

»Cornelia ist nett. Aber es ist langweilig«, sagte sie. »Ich muss bald weiter.«

»Es dauert nicht mehr lange, bis ich wieder gehen kann«, sagte er.

Vanessa schwieg für einen Moment und schien nachzudenken.

»Hast du von deinen Eltern gehört?«, fragte sie.

»Nein, wieso?«, fragte Nathanael. Wie kam sie darauf?

»Nur so.«

Sie schwieg wieder und sah an Nathanael vorbei.

»Hat Gruber ihnen geschrieben?«, fragte Nathanael. Er merkte, wie ihm der Schweiß ausbrach, er hatte immer noch leichtes Fieber. Er war erschöpft und wollte nicht nachdenken. Insbesondere nicht über seine Eltern.

»Weiß nicht«, sagte Vanessa.

»Du weißt es nicht? Es ist aber wichtig.«

»Er kann uns nicht aufhalten«, sagte Vanessa.

Nathanael schaute sie an. »Ich will weitergehen, zum Politecnico«, sagte er schnell. Meinte sie, er würde jetzt aufgeben?

»So?«, fragte Vanessa. Sie klang nicht überzeugt. »Gruber hat gesagt«, sie stand auf und ging im Dunkeln zum Fenster, »dass du wieder zur Schule darfst. Wenn du mit ihm zurückgehst.«

»Wie kommt er darauf?«

»Hat er gesagt.«

»Das kann nicht er entscheiden.«

»Deine Mutter hat es ihm versprochen«, sagte Vanessa. Sie stand mit dem Rücken zu ihm und sah aus dem Fenster, obwohl es draußen stockdunkel war.

Nathanael versuchte zu verstehen, was er gehört hatte. Sein Gehirn schien langsamer zu arbeiten als sonst. Konnte das stimmen? Sie würden ihn die Schule abschließen lassen? Er dachte an seine Eltern, an Elias, Samuel und an Sarah. Er vermisste sie alle, Sarah allerdings weniger, als er erwartet hätte.

»Was ist mit Hendrik? Und später, darf ich dann zur Zentrale?«, fragte er.

Vanessa schwieg. Dann drehte sie sich zu ihm um.

»Eins kann ich dir sagen«, sagte sie. »Ich geh nicht zurück. Und ich warte nicht wochenlang auf dich.«

»Lauer hat gesagt, der Weg durch den Tunnel ist teuer«, sagte Nathanael.

»Weiß ich. Ich kann stattdessen über die Berge«, sagte Vanessa. »Ich bin heute weit oben gewesen. Das schaffe ich schon.«

»Das ist aber gefährlich.« Er wollte nicht, dass Vanessa jetzt ging.

»Na und?« Vanessa verschränkte die Arme. »Du musst ja nicht mitkommen.«

»Ich hätte sterben können«, sagte Nathanael. Seine Stimme war schwach, und sein Kopf fühlte sich schwammig an.

»Wenn ich dir nicht das Leben gerettet hätte«, sagte Vanessa.

Nathanael schwieg. Sie hatte recht.

»Geh noch nicht«, bat er. »Bleib ein bisschen länger hier im Dorf.«

Vanessa gab keine Antwort. Sie nahm die Öllampe wieder in die Hand und schaute ihn mit einem Gesichtsausdruck an, den er nicht deuten konnte. Dann verließ sie das Zimmer grußlos. Er hätte ihr noch sagen sollen, dass die Teebaumölsalbe wirklich zu nichts nütze war. Dr. Lauer hatte nur gelacht, als er sie ihm gezeigt hatte. Vielleicht würde Vanessa allein durch das Gebirge gehen, und er würde sie nie mehr sehen. Jetzt werde ich wieder nicht schlafen können, dachte Nathanael, schloss die Augen und vergaß, wo er war.

Defibrillator

Nathanael saß im Bett und las in einem dicken grünen Buch. »Kardiologie« entzifferte Ludwig auf dem Umschlag. Das Krankenzimmer von Dr. Lauer war weiß gestrichen und hatte große Fenster. Es hätte ein Spitalzimmer aus einer lange vergangenen Zeit sein können. Nur die vergilbten Fußballwimpel über dem Bett passten nicht dazu.

»Wie geht es dir?«, fragte Ludwig. Nathanael ließ das Buch sinken. Er sah nicht mehr so bleich aus.

»Einen Defibrillator könnten wir doch bauen, oder?«, fragte Nathanael. »Wir müssen Vincent fragen.«

»Ich glaube nicht, dass das am dringendsten ist«, sagte Ludwig und musste lächeln. »Später vielleicht.«

»Dr. Lauer war Kardiologe«, sagte Nathanael, klappte das Buch behutsam zu und legte es auf die Decke. »Er sagt, das war das interessanteste Gebiet. Aber heute haben die Leute weniger Probleme mit dem Herz.«

»Weil sie vorher sterben«, sagte Ludwig. Sein Großvater war an einem Herzinfarkt gestorben, und seinem Vater war dasselbe vorausgesagt worden.

»Ist Vanessa noch da?«, fragte Nathanael.

»Natürlich.«

Nathanael fuhr mit der Hand über die Bettdecke.

»Hat meine Mutter wirklich versprochen, dass ich zurück in die Schule darf?«

Vanessa musste es ihm verraten haben. Ludwig hätte es ihm lieber selbst erzählt. Er nickte.

»Und was ist mit Hendrik?«, fragte Nathanael.

»Der hat überhaupt nichts zu sagen«, sagte Ludwig. Wut stieg ihm in den Hals. Hendrik. Wenn er dessen Visage bloß nie mehr sehen müsste.

»Es wäre seltsam, zurückzugehen«, sagte Nathanael und blickte aus dem Fenster. »Wir sind so weit gekommen.«

Ludwig folgte seinem Blick. Hinter der Scheibe erhoben sich wolkenverhangene Berge. Die Landschaft musste Nathanael fremdartig erscheinen. Wie wäre es erst für ihn, das Meer zu sehen?

»Womöglich ist es dort am Politecnico ganz anders, als du es dir vorstellst«, sagte Ludwig. »Alles, was wir davon gehört haben, sind doch nur Gerüchte.«

Nathanael schwieg. Seine Wangen waren immer noch eingefallen. Es würde eine Weile dauern, bis er sich erholt hatte.

»Wir wissen nicht, was dort los ist«, sagte Ludwig. »Wir können die Sprache nicht. Und du hättest ja schon den Weg hierher beinahe nicht überlebt.«

Nathanael wandte den Blick vom Fenster ab. »Vielleicht haben wir unser Pech aufgebraucht«, sagte er.

Schön wär's, dachte Ludwig. Aber das Pech war maßlos und zog nur weiteres Unglück nach sich. Nathanael hatte noch nicht lange genug gelebt, um das zu wissen.

»Vanessa kann ein bisschen Italienisch«, fügte Nathanael an. »Ihr ist auch noch nie etwas passiert.«

Ludwig schüttelte den Kopf.

»Ihr könnt den Zoll nicht bezahlen.«

»Wollen Sie nicht wissen, was auf der anderen Seite des Tunnels ist?«

»Ich war schon da, Nathanael. Vor dem Tag Null.«

»Ich nicht.«

»Die Menschen dort sind wie wir.«

»Das glaube ich nicht«, sagte Nathanael.

»Wieso nicht?«

»Unsere Zivilisation kam aus dem Süden. Das haben Sie uns beigebracht. Die waren uns jahrtausendelang überlegen und sie sind es bestimmt auch jetzt.«

»Ich verstehe, warum du das glauben möchtest«, sagte Ludwig. »Ich würde es auch gerne glauben.«

Nathanael warf die Decke zurück. Er stand vorsichtig auf und hinkte zum Fenster. Er trug eine graue Trainingshose, die er wahrscheinlich von Dr. Lauer bekommen hatte, und ein Fußball-Trikot. Lazio Rom. Ludwig blickte an ihm vorbei durchs Fenster auf die gewaltigen bewaldeten Hänge.

»Sind Sie denn nicht auch ein bisschen froh, hier zu sein?«, fragte Nathanael leise.

Ludwig schwieg. Wenn er Nathanael und Vanessa nicht gefolgt wäre, wäre er immer noch vergeblich damit beschäftigt, Sarah das Umformen von einfachen Gleichungen beizubringen. Er würde jeden Tag auf dem Weg zur Schule hoffen, dass er zufällig Lisa traf. Er würde manchmal bei Walter sitzen und mit ihm Brot und Käse essen, aber es wäre nicht mehr dasselbe, seit er die Stelle bei der Zentrale abgelehnt hatte. Ja, er war froh, Vincent und Cornelia kennengelernt zu haben. Aber die Reise hätte ihn auch beinahe das Leben gekostet. Er fuhr sich mit den Fingern über die Stelle am Kopf, wo er niedergeschlagen worden war.

»Du brauchst mich nicht mehr zu siezen«, sagte er.

Nathanael schwieg und sah weiter nach draußen.

»Deine Eltern vermissen dich«, sagte Ludwig. »Ich habe ihnen versprochen, dich zurückzubringen.«

Nathanael wandte sich um und schaute Ludwig an. »Und ich habe Rahel etwas versprochen«, sagte Nathanael. »Und mir selbst auch.«

»Ich verstehe«, sagte Ludwig. »Aber bitte, überleg es dir.«

Nathanael hinkte zurück zum Bett. »Ich überleg es mir«, sagte er und setzte sich. »Wenn Sie …« Er schüttelte den Kopf. »Wenn du es dir auch noch mal überlegst.«

Ludwig nickte. Es gab nichts zu überlegen. Er hatte nicht vor, durch den Tunnel zu gehen. Aber wenn Nathanael sich weigerte, mit ihm zurückzukehren, was sollte er dann tun? Er stellte sich vor, ohne Nathanael ins Dorf zu kommen und erzählen zu müssen, dass er ihn gefunden, aber nicht hatte aufhalten können. Petra und Niklas würden es ihm nie verzeihen.

Nase

»Was schauen Sie denn so«, fragte Vanessa. Sie rückte ihren Stuhl zurecht. Cornelia und Vincent waren nach dem Frühstück aus dem Haus gegangen, um ein Bett für Nathanael zu organisieren. Sie mochte es immer noch nicht besonders, mit Gruber allein zu sein.

Gruber blinzelte. »Ich musste nur daran denken, wie du Jakob die Nase gebrochen hast«, sagte er.

»Er hat es verdient«, sagte Vanessa. Und es hatte gewirkt. Jakob hatte danach einen weiten Bogen um sie gemacht.

»Vielleicht.«

»Wieso haben Sie mich dann so lange nachsitzen lassen?«, fragte Vanessa.

Gruber antwortete nicht und stocherte in seinem Brei. Eigentlich war das Nachsitzen nicht schlimm gewesen, dachte Vanessa. Gruber hatte ihr einen frischen Lindenblütentee gekocht. Und sie hatten sich darüber unterhalten, was man dagegen tun könnte, dass die Schnecken den Kohl wegfraßen.

»Nathanael hat heute Morgen gefragt, ob du gegangen bist«, sagte Gruber.

Vanessa zuckte mit den Schultern. Sollte sich Nathanael ruhig ein bisschen Sorgen machen.

»Komm mit uns zurück«, sagte Gruber. »Später kannst du immer noch auswandern.«

Wut schoss durch Vanessa. Was stellte er sich vor?

»Nein«, sagte sie. Sie hatte nicht vor, ihr Leben in dem kleinen Dorf zu verbringen, mit immer denselben Leuten um sich herum. Jakob, Sarah, ihrer Mutter. Erwin.

Gruber seufzte und legte seinen Löffel ab.

»Nathanael sagt das Gleiche«, sagte er. »Aber ich glaube, er vermisst seine Brüder.«

Natürlich fehlten ihm seine Brüder. Es war nur eine Frage der Zeit, bis er einlenkte und mit Gruber mitging. Er war immer ein folgsamer Schüler gewesen.

»Wenn ich ohne Nathanael gegangen wäre«, sagte Vanessa, »hätten Sie mich nicht gesucht. Reden Sie mir nicht drein.« Sie stand auf.

Gruber schaute sie an.

»Nathanael war Ihr Lieblingsschüler«, sagte sie. »Darum sind Sie uns gefolgt.«

»Ich hatte ein schlechtes Gewissen«, sagte Gruber. »Ich hätte nicht zulassen sollen, dass seine Mutter ihn aus der Schule nahm.«

Vanessa fühlte, wie ihr Zorn stärker wurde. Sie verschränkte die Arme und presste sie aneinander.

»Es gibt Schlimmeres«, sagte sie. Auf Nathanaels Eltern war Verlass. Und auch wenn sie mit ihrem Glauben bestimmt nervten, hatten die drei Jungs wenigstens einander.

Gruber stand auch auf. Sie bemerkte, dass sie unterdessen fast so groß war wie er. War sie in den letzten Wochen gewachsen, oder war er geschrumpft?

»Ich hätte dir helfen sollen, Vanessa«, sagte er.

»Was meinen Sie?«

»Ich hätte auch mit deiner Mutter reden müssen. Sie –«

»Das hätte nichts gebracht.«

»Mir hätte es leidgetan, wenn du nicht mehr in die Schule gekommen wärst.«

»Blödsinn«, sagte Vanessa. Sie hatte das Gefühl, keine Luft zu bekommen.

»Es stimmt aber«, sagte er.

Sie fühlte, wie ihr das Blut ins Gesicht schoss, und das ärgerte sie. Es war egal, was Gruber von ihr dachte. Sie blickte zu Boden.

»Wir haben uns doch ständig gestritten«, sagte sie leise.

Gruber schwieg. Sie blickte wieder auf. Er sah aus, als suchte er nach einer Antwort, aber es schien ihm keine einzufallen.

»Schon gut«, sagte Vanessa.

»Ich hatte nie etwas gegen dich«, sagte er. »Ich musste meine Rolle spielen. Was hätte ich sonst tun sollen? Ich wusste auch nicht, ob es richtig war, Jakob auf die Nase zu hauen oder nicht. Ich habe schon gesehen, wie er dich dauernd provoziert hat.«

Vanessa schwieg. »Sie glauben also nicht an Ihre eigenen Regeln?«, fragte sie.

»Doch«, sagte Gruber. »Aber es gibt immer Ausnahmen. Jeder Schüler ist eine Ausnahme. Ich mag das nicht. Regeln, Ausnahmen, Regeln, Ausnahmen. Wie bei der Grammatik. Nur schlimmer. Darum habe ich Informatik studiert. Nicht Pädagogik.«

Es erstaunte sie, mit wie viel Wut er das Wort aussprach.

»Am Politecnico gibt es vielleicht auch wieder das andere da. Was Sie davor gesagt haben«, sagte sie schnell. Wenn er so ungern unterrichtete, konnte er genauso gut sie begleiten. Ihnen helfen, durch den Tunnel und weiter zu reisen, und dann mit Nathanael am Politecnico bleiben.

»Informatik?«, sagte Gruber. »Dieses Fach ist nun wirklich tot.«

»Vielleicht gibt es etwas Ähnliches«, hakte sie nach. Wollte sie ihn überhaupt dabeihaben? Es wäre sicherer. Aber er würde ihnen dreinreden.

»Nein«, sagte Gruber. »Ich bringe Nathanael zurück ins Dorf. Und du solltest mitkommen. Ich glaube, dass ihr bei euren Eltern bleiben solltet, bis ihr erwachsen seid. Obwohl diese Eltern nicht perfekt sind.« Er schwieg für einen Moment. Nicht perfekt, dachte Vanessa. So konnte man es auch ausdrücken. »Vor euch liegt ein ganzes Leben, in dem ihr euch allein durchschlagen müsst. Lasst euch Zeit. Du brichst doch auch nicht zu einer Reise auf, bevor du dein Gepäck zusammenhast.«

Aber ich habe mein Gepäck zusammen, dachte Vanessa.

»Ich hatte diese Zeit nicht«, sagte Gruber. »Ich konnte mich nicht vorbereiten. Von einem Tag auf den anderen war alles weg.« Er blickte zu Boden und schwieg.

Der Tag Null, dachte Vanessa. Die Erwachsenen kamen nicht über ihn hinweg. Darum wollten sie an dem festhalten, was sie hatten. Was Gruber nicht wusste, war, dass es auch für sie plötzlich gewesen war. An einem Tag hatte sie alles noch ertragen, die Mutter, den Ärger in der Schule, das Dorf, Erwin. Und dann, von einem Tag auf den anderen, hatte sie genug gehabt. Es war keine Wahl gewesen. Ihr Alter, und ob sie die Schule abgeschlossen hatte oder nicht, spielte gar keine Rolle.

Sensor

Das Hämmern drang durch die Werkstatttür. Nathanael stieß sie vorsichtig auf. Vincent hieb auf eine Metallplatte ein. Er schaute hoch.

»Habe ich dich geweckt?«, fragte er und ließ den Hammer sinken.

»Nein«, log Nathanael. Als er im Keller von Vincent und Cornelia von dem Geräusch erwacht war, war Ludwig schon aufgestanden und verschwunden. Sein Fuß schmerzte immer noch, der Schmerz zog bis ins Knie. Dr. Lauer hatte gesagt, ein großer Fußnerv, der *Nervus fibularis profundus,* sei durch die Entzündung beschädigt worden, und es sei nicht sicher, ob er sich ganz erholen würde.

»Setz dich«, sagte Vincent. Er nahm eine türlose Mikrowelle von einem Schemel.

Nathanael ließ sich vorsichtig darauf nieder, der Schemel sah nicht stabil aus. Aber er gab nicht nach.

»Stimmt es, dass ihr so ein Ding zum Laufen gebracht habt?«, fragte er.

»Ja«, sagte Vincent. »Leider nur kurz. Dann ist der Draht gerissen, und der Generator ist in den Fluss gefallen. Zum Glück sind Generatoren einfach zu beschaffen. Wir bauen sie aus den Autos aus, die massenhaft vor dem Autotunnel herumstehen.«

Natürlich, es gab ja noch den Autotunnel. Cornelia hatte erzählt, nach dem Tag Null habe es darin tagelang gebrannt. Bei der Vorstellung schauderte es ihn.

»Dann konntet ihr damit etwas kochen?«

»Nicht direkt. Wir haben eine Tasse reingestellt. Das Wasser wurde lauwarm.« Vincent lächelte.

Cornelia, Vincent und Ludwig hatten die Tasse bestimmt andächtig herumgereicht. Mit Feuer ginge es so viel einfacher. Aber die drei vermissten etwas und wollten es wiederhaben.

»Was hast du früher gearbeitet?«, fragte Nathanael.

»Ludwig hat mich vor Kurzem dasselbe gefragt. Davor hat es viele Jahre lang niemanden interessiert.« Er drehte die Metallplatte um und fuhr mit dem Finger ihre Kante entlang.

Vielleicht redete Vincent auch nicht gern über damals.

»Ich habe in einer Fabrik gearbeitet, die Sensoren herstellte«, sagte Vincent. »Weißt du, was ein Sensor ist?«

Nathanael überlegte. »Nein.«

»Das ist so etwas wie ein Hund, der bellt, wenn jemand über den Hof kommt. Nur elektronisch.«

»Ein Alarm«, sagte Nathanael.

»So ähnlich. Die Sensoren konnten Temperaturen messen.«

»Wozu?«

»Zum Beispiel, weil man bei einem Prozess eine ganz bestimmte Temperatur braucht. Um etwas herzustellen. Ein Medikament etwa. Alles hing damals zusammen. Das Rohmaterial für die Sensoren wurde in China hergestellt. Platten aus Silizium, die rechnen konnten. Mit Containerschiffen und Lastwagen wurden sie zu uns transportiert. Wir verätzten sie, beschichteten sie, zersägten sie schließlich. Und verkauften sie wieder, oft zurück nach China.«

Rechnende Platten? Das klang erfunden. Nathanael versuchte, sich den Fluss von Gütern vorzustellen, die früher kreuz und quer über den Erdball transportiert wurden. Alles aufeinander abgestimmt. Dieser Aufwand, den man betrieben hatte, als wäre schon der Aufwand an sich zu etwas gut.

»China«, sagte er. »Meinst du, dass dort alles anders ist?«

»Das weiß ich nicht«, sagte Vincent. »Aber ich wünschte, ich könnte noch einmal dorthin. Nur einen Tag lang durch das Shanghai von damals spazieren.«

Nathanael sah Vincent vor sich, wie er jeden Tag durch das Fabriktor trat, ein winziger Teil dieser weltumspannenden Maschinerie, und wie er darauf gehofft hatte, bald wieder nach Shanghai zu reisen.

»Was hast du in der Fabrik gemacht?«

»Qualitätskontrolle«, sagte Vincent und legte die Metallplatte ab. »Ich habe mich tagein, tagaus damit beschäftigt, wie wir unsere Fehlerrate verkleinern können. Hundert bis zweihundert Ausfälle pro eine Million produzierter Sensoren. Das hat mich sogar in der Nacht wach gehalten, ob du es glaubst oder nicht.« Vincent betrachtete die Metallplatte, die verbogen vor ihm lag. Seine Miene verschloss sich.

Nathanael wollte etwas Tröstliches sagen, doch ihm fiel nichts ein.

Vincent sah auf und lächelte wieder. »Wie geht es dir?«

»Der Fuß tut immer noch weh«, sagte Nathanael. »Aber ich habe kein Fieber mehr. Wir können bald aufbrechen.«

»Bald«, sagte Vincent. »Zuerst musst du noch ein wenig ausruhen.«

»Danke, dass wir hier wohnen dürfen«, sagte Nathanael. Ob Vanessa und die Mädchen wohl schon aufgestanden waren?

»Kein Problem.« Vincent griff wieder nach der Metallplatte und lehnte sie an die Wand. Aus einem Regal nahm er eine Drahtspule und zählte ihre Windungen. »Fünfunddreißig«, sagte er und schaute Nathanael nachdenklich an. »Was wirst du tun?«

Nathanael schwieg. Er dachte an seine Mutter und sein Zimmer daheim. Ans Politecnico. An Vanessa und an Gruber. Alle zogen sie an ihm. Und der Fuß, der zog ihn nach unten, zur Erde. Doch eigentlich wusste er, wohin er wollte. Auch wenn es Gruber und seine Mutter enttäuschen würde, auch wenn es vielleicht ein Fehler war, der ihn das Leben kosten würde. Aber es wäre sein eigener Fehler.

»Du wirst sicher eine gute Entscheidung treffen«, sagte Vincent und lächelte. Er trug die Spule zur Werkbank. »Geh jetzt nach oben frühstücken. Es ist Backtag, wir haben frisches Brot.«

Kuriere

Ludwig faltete den Brief zusammen und steckte ihn in den Umschlag. Er blickte sich im Wohnzimmer um. Es war still im Haus. Die anderen halfen bei der Feldarbeit, im späten Frühling gab es viel zu tun. Nathanael las im oberen Stock in Lauers Kardiologiebuch. Ludwig hatte angekündigt, dass er etwas zu erledigen hätte. Die Kuriere waren nur bis morgen früh im Dorf.

In dem Brief an Petra erzählte er ihr, wo sie waren und was ungefähr passiert war. Nathanaels Unfall stellte er harmloser dar, als er gewesen war, und er schrieb auch nichts von dem beschädigten Nerv. Er bat sie darum, Nathanael eine Nachricht zu schreiben. Ihm zu versichern, dass er später zur Ausbildung in die Zentrale durfte, falls er doch irgendwie einen Platz bekam, dass er nicht mehr zu den Predigten und den Betabenden musste, wenn er nicht wollte. Sie sollte ihm erzählen, was in der Zwischenzeit im Dorf passiert war, wie sehr ihn alle vermissten. Womöglich würde das reichen, Nathanael zu überzeugen, das Richtige zu tun.

Die Kuriere saßen im Gasthaus an einem Tisch und spielten Karten. Zwei drahtige Männer mit zerfurchten Gesichtern. Radrennfahrer hatten früher so ausgesehen, dachte Ludwig.

»Zentrale *Nord 1*?«, sagte der eine, als Ludwig den Brief auf den Tisch legte. »Macht fünf Pfund.«

»Der Brief muss dann noch weiter, ins Dorf. Steht auf dem Umschlag«, sagte Ludwig. Er tippte auf Petras Namen und Adresse.

»Dann fünf extra für die lokalen Kuriere«, sagte der Mann.

»Wie bitte?«, fragte Ludwig.

»Zehn Pfund. Oder wir nehmen ihn nicht mit. Gewonnen.« Er warf seine Karten auf den Tisch und nahm einige Münzen von einem Haufen in der Mitte des Tischs. Der andere Mann gähnte und blickte auf.

»Kann nicht die Empfängerin die lokale Post zahlen?«, fragte Ludwig. Er hatte nur neun Pfund und fünfzig Centimes.

»Nein«, sagte der Kurier. »Setz dich her«.

»Wieso?«, fragte Ludwig.

Der Mann zog wortlos einen Stuhl zurück und schaute Ludwig erwartungsvoll an. Ludwig seufzte und setzte sich.

»Du bist aus dem Norden?«, fragte er.

»Ja«, sagte Ludwig.

»Willst du Neuigkeiten hören? Für dich nur ein Pfund.«

Ludwig schaute ihn an. »Acht für den Brief und die Neuigkeiten.«

»Neun.«

»Neun«, lenkte Ludwig ein.

Der Mann lächelte Ludwig freudlos zu, ihm fehlte ein Schneidezahn.

»Der Feldzug eurer Zentrale ist missglückt. Jetzt haben sie Angst vor einem Gegenschlag.«

Ludwig versuchte zu verstehen, was der Mann da sagte. Also hatten sie den Angriff tatsächlich durchgeführt? Walter war sich doch so sicher gewesen, dass sie siegen würden.

»Was meinst du mit missglückt?«, fragte er.

»Sie haben eins aufs Dach gekriegt«, sagte der Kurier und lachte. »Jetzt haben sie Schiss, dass die von *Ost 2* die Zentrale einnehmen. Offenbar haben die die besseren Waffen. Sturmgewehre und Handgranaten.«

»Wir haben Gerüchte gehört, dass sie Männer aus den Dörfern einziehen wollen, um die Zentrale zu verteidigen«, ergänzte der zweite Kurier. »Vielleicht auch aus deinem.«

Ludwig zuckte zusammen.

»Das kann doch nicht sein«, sagte er. Das durften sie nicht. Darum bezahlten Ludwig und die anderen im Dorf Steuern an die Soldaten. Damit sie sie beschützten.

»Na? Waren das wichtige Neuigkeiten oder nicht? Kriegen wir etwas extra?«, fragte der Kurier.

»Er schaut, als hätte er einen Geist gesehen«, sagte der andere.

Ludwig legte die Hand auf den Brief und zog ihn zu sich.

»Was soll das?«, fragte der Kurier.

»Ich habe es mir anders überlegt«, sagte Ludwig.

»Das ist doch …«, sagte der Kurier.

»Hier.« Ludwig legte ein Pfund auf den Tisch, bevor der Mann weitersprechen konnte, und dann noch eins dazu. »Denkt ihr, das stimmt? Wird *Ost 2* die Zentrale angreifen?«, fragte er.

Die beiden Kuriere sahen sich an.

»Keine Ahnung, Mann«, sagte der eine dann und steckte die zwei Münzen mit einer schnellen Bewegung ein. »Ich weiß nur, dass das jetzt immer öfter passiert. Solche Angriffe und Gegenangriffe. Weiß nicht, was mit allen los ist.«

»Na, die Vorräte gehen ihnen aus«, sagte der andere Kurier.

»Das ist aber schon lange so. Die Soldaten sind verrückt geworden.«

»Bald steht im Norden alles in Brand.« Der Kurier begann die Karten wieder zu mischen. »Ich hoffe bloß, wir sind dann gerade hier unten. Aber für den Moment zahlt es sich aus, unruhige Zeiten sind gut für unser Geschäft.« Er lächelte.

Ludwig stand auf. Er fühlte sich, als sei ein Gewicht von ihm genommen worden. Er dachte an Lisa, an Walter und an Petra, aber sie schienen ihm nur noch entfernte Schatten, die kleiner und dunkler wurden.

»Gute Reise«, sagte er.

Der Kurier blickte kurz von den Karten auf und nickte Ludwig zu.

III
TUNNEL

Vanessa

Nathanael betrat den Tunnel als Erster. Vanessa bemühte sich, nicht auf sein Hinken zu achten, es machte sie nervös. Hinter sich hörte sie die Schritte Ludwigs, der offenbar versuchte, seinen Rucksack fester zu schnallen, er nestelte an den Riemen. Kalte, feuchte Luft schlug Vanessa entgegen. Der Schotter unter ihren Füßen gab bei jedem Schritt nach. Aber der Soldat am Eingang hatte sie gewarnt: Geht nicht auf den Gleisen, sonst rutscht ihr aus und schlagt euch den Kopf auf.

Vanessa versuchte, die Vorfreude auf den Süden in sich wiederaufleben zu lassen. Die hohen Berge und reißenden Bäche rund um das Dorf waren in der kurzen Zeit, in der sie sich dort aufgehalten hatte, ein Teil von ihr geworden. Es fiel ihr schwer, sie zurückzulassen. Sie malte sich aus, wie sie in ein paar Stunden verdreckt und erschöpft wieder bei Cornelia auftauchen würden, vielleicht, weil der Tunnel tief innen im Berg eingestürzt und nicht mehr passierbar war. Aber selbst dann würden sie noch einmal aufbrechen, über die Berge wenn nötig. Sie musste selbst sehen, wie es im Süden war, ob es dort tatsächlich besser war. Und ob es dort ein Pferd für sie gab.

Nathanael hatte am Morgen behauptet, er habe kein Auge zugetan, und dabei hellwach ausgesehen. Jetzt ging er so schnell, dass seine Fackel in der Dunkelheit vor ihnen bereits kleiner wurde. Gegessen hatte er kaum, obwohl Vincent ihn gedrängt hatte. Es sei dumm, wenig zu essen, wenn man weit gehen und den ganzen Proviant mitschleppen müsse, hatte Vincent gesagt, aber Nathanael hatte nicht auf ihn gehört.

Ludwig rief nach Nathanael. Der blieb stehen und schwenkte die Fackel durchs Dunkel, als suche er etwas.

»Nathanael!«, rief Ludwig noch einmal. »Willst du dir den Hals brechen?«

Nathanael antwortete mit einem unverständlichen tiefen Raunen. Seine Stimme war plötzlich manchmal tiefer als die von Ludwig. Vielleicht hatte das Fieber den Stimmbruch ausgelöst.

Vanessa schwitzte, obwohl es im Tunnel kühl war. Es kam ihr unwirklich vor, dass sie zu dritt hier waren. Der Rucksack schnitt ihr in die Schultern ein. Aber sie war es gewohnt, weit zu gehen, in den letzten Wochen war sie mehrmals beim Moorsee gewesen und einmal sogar noch weiter hinaufgestiegen. Es hatte ihr gut gefallen, einfach loszuziehen und das Dorf unter sich zurückzulassen. Ihre Gedanken weiteten sich, wenn sie in die Höhe stieg.

Hier im Tunnel zäunte die Dunkelheit, die auf sie niederdrückte, auch ihre Gedanken ein. Es wurde immer schwerer, sich die Berge oben vorzustellen. Vanessa blieb stehen, um den Rucksack zurechtzurücken, dabei wandte sie den Kopf zurück. Der Tunnelausgang war nur noch stecknadelgroß. Bald würde der Lichtpunkt verschwinden, der Tunnel machte Kurven, das hatte sie auf der Karte gesehen, die Vincent ihnen mitgegeben hatte. Vanessa hatte Lust zu reden, sie wusste nur nicht, worüber. Ihr fielen italienische Sätze ein, die wenig Sinn ergaben, Wortfetzen, »non ce la faccio«, sagte sie halblaut. Es klang, als würde ihre Stimme von etwas Feuchtem verschluckt. Vanessa meinte sich zu erinnern, dass es so etwas hieß wie »ich schaffe es nicht«.

Giulia hatte ihr etwas Italienisch beigebracht, und Frau Lauer hatte in den letzten zwei Wochen mit ihnen geübt. Sie beherrschte es dennoch nicht gut genug. Immerhin besser als Nathanael und Ludwig, auch wenn Nathanael schnell lernte. Sie berührte mit der Hand die Wand des Tunnels, sie war nass, und es lag eine weiche Schicht darauf. Etwas davon blieb an ihren Fingern hängen. Vanessa schüttelte die Hand und rieb sie sich an der Hose ab. Alles musste voller Algen sein.

»Riecht ihr das Blut?«, rief Nathanael.

Sie hatten ihn beinahe eingeholt. Seine Stimme hallte dumpf im Tunnel. Für Vanessa roch es nach Metall und Stein, nach Algen und dem Rauch der Fackeln, vermischt mit etwas Salzigem, Erstickendem, und stellenweise nach Urin und Kot. Aber jetzt, nachdem Nathanael es gesagt hatte, schmeckte auch sie Blut auf der Zunge. Für einen Moment wurde ihr übel.

»Das ist bloß das Metall«, sagte Ludwig. Seine Stimme klang gereizt.

Metall, Metall, sagte sich Vanessa. Sie würden nicht mit dem nächsten Schritt in einen Blutsee treten. Es rann kein Blut die Wände hinunter. Wenn es nur nicht so dunkel wäre. Sie sah die unebenen Wände des Tunnels im flackernden Licht der drei Fackeln, aber wenige Meter weiter war alles pechschwarz. Nathanael würde womöglich gar nicht merken, wenn da plötzlich vor ihm ein Abgrund läge.

Früher oder später würden sie auf die erste Leiche oder das erste Skelett treffen. Bevor die Soldaten den Tunnel gesichert hatten, hatte es häufig Raubüberfälle gegeben, hatte Tim erzählt. Aber auch heute gab es Gerüchte von Reisenden, die im Tunnel verschwunden waren. Keiner konnte überprüfen, ob alle, die hineingingen, auf der anderen Seite wieder herauskamen. Niemand barg die Toten im Tunnel, wer durchging, hatte genug zu tragen. Vanessa nahm sich vor, nicht zu erschrecken, wenn vor ihr plötzlich eine Leiche auf dem Gleis lag. Sie dachte an die Skelette, die sie schon gesehen hatte. Im ersten Moment stellten sich einem die Haare auf, aber wenn man sie genau anschaute, merkte man, dass Skelette seltsam geformten, leichten Steinen glichen. Steine, die jemand in seinem Innern mit sich herumgetragen hatte. Daran war nichts Schlimmes. Es war nur zu hoffen, dass sie nicht auf eine Leiche stoßen würden, die sich noch im Zersetzungsprozess befand, hatte Vincent gesagt. Für diesen Fall hatte er ihnen parfümierte Tücher mitgegeben, die sie sich um den Mund binden konnten. Die Tücher steckten in einer Außentasche von Vanessas Rucksack, damit sie sie schnell hervorziehen konnte. Wonach Leichen rochen, hatte sie gefragt. Das wirst du merken, hatte Vincent geantwortet und das Gesicht verzogen, und Ludwig und Cornelia hatten ähnlich geschaut. Eigentlich war es ja erstaunlich, dass die meisten Erwachsenen so normal aussahen, trotz allem, was sie erlebt hatten. Man erträgt mehr, als man denkt, hatte Cornelia ihr einmal gesagt. Viel mehr. Besser sei es, man fände nicht heraus, wie viel. Vanessa nahm sich vor, es ruhig zu ertragen, an einer aufgeblähten, stinkenden Leiche vorbeizugehen, sie würde nicht schreien und sich nicht erbrechen.

Ihre rechte Hand, in der sie die Fackel trug, begann sich zu verkrampfen, Vanessa nahm sie in die linke und schüttelte die andere aus. Obwohl sie sie gut eingelaufen hatte, taten ihr die schweren Schuhe an den Fersen weh, vielleicht, weil sie auf dem Schotter ständig abrutschte. Sie hatte Durst, Schweiß lief ihr übers Gesicht. Die Fackel war heiß, und die Luft wurde wärmer und immer stickiger.

Als Kind hatte sie sich den Tunnel in den Süden eng vorgestellt. Sie hatte gedacht, er sei gerade breit genug, dass ein Mensch sich hindurchzwängen konnte, und dass er auf- und abginge, an scharfkantigem Gestein vorbei. Dann hatte sie gehört, dass früher Züge hindurchgefahren waren. Sie hatte einmal auf einem Gleis, das in der Nähe des Dorfs durch den Wald führte, einen verrosteten Eisenbahnwaggon gesehen, und mit einem Schlag war der Tunnel in ihrer Vorstellung viel größer geworden. Dennoch hatte sie sich ausgemalt, dass der Zug sich nur mit einem Fingerbreit Abstand vom Gestein und im Schritttempo durch den Tunnel wälzte, am Fels Funken schlagend, während die Passagiere besorgt lauschten.

In Wirklichkeit bot er Platz für zwei in entgegengesetzter Richtung fahrende Züge, und sogar ein dritter hätte hineingepasst. Wie hatten die Menschen damals die Zeit und die Kraft aufgebracht, all das Gestein aus dem Berg zu transportieren? Wer gab diesen vielen Menschen zu essen, und wo legten sie den ganzen Schutt ab? Wieso hatten sie nicht entschieden, den Tunnel schmaler zu machen und die Züge eingleisig mal in den Norden, mal in den Süden fahren zu lassen? Sogar jetzt, wo sie drin war, erwartete sie immer noch, dass der Tunnel enger werden würde. Aber er blieb gleich breit, und manchmal sah sie im Schein der Fackeln sogar Seitenschächte, die in die Finsternis führten.

Vanessa war froh, heute zu leben. Aber das würde sie Ludwig und Nathanael nie erzählen. Zu Hause hatte sie manchmal im Evangelium des Staubes gelesen, das die Mutter in ihrem Zimmer aufbewahrte. Die krakeligen Buchstaben tanzten in Schlangenlinien über die Seiten des schmalen Buches. Der ursprüngliche Text darunter war fast bis zur Unleserlichkeit ausgeblichen und erzählte von politischen Umwälzungen in Ländern des Fernen Ostens, von denen heute niemand mehr sprach. Die kindliche Schrift darüber verkündete, die Menschheit habe ihre Kräfte *vom Teufel und den Dämonen geborgt* und der Staub sei ein *Engelsgeschenk*. Der Engelsstaub habe den Menschen die Möglichkeit gegeben, in den Zustand der Unschuld zurückzukehren. Wenn sie nicht versuchten, ihre Kräfte wiederzuerlangen, könnten sie gerettet werden. Egal, wie sehr Nathanael und Ludwig diesen Text hassten, ihr schien es, als sei etwas Wahres daran. Was Tim wohl davon hielt? Kannte er das Evangelium überhaupt? Im Süden hatte sich die Sekte nicht ausgebreitet. Vielleicht wünschte Tim sich wie Nathanael die alte Welt zurück.

Nathanael war stehen geblieben. Seine Fackel bewegte sich hin und her. Vor ihm lag etwas. Ludwig überholte Vanessa. Jetzt standen sie beide vor dem Bündel und beugten sich darüber.

»Vanessa, komm nicht näher«, rief Ludwig scharf.

Sie blieb stehen.

»Geh an uns vorbei.«

Vanessa tat wie geheißen und wartete, bis die beiden sie eingeholt hatten.

»Ich gehe eine Weile voraus«, sagte Ludwig.

Nathanael protestierte nicht. Im Licht der Fackel sah Vanessa Nathanaels verschmiertes Gesicht, er sah nun doch erschöpft aus. Vanessa griff in ihre Hosentasche und befühlte den Goldring. Sie würde sich damit ein Pferd kaufen. Gut, dass sie den Ring nicht hatte abgeben müssen, um den Tunnelzoll zu zahlen. Dr. Lauer hatte den Zoll auf ein Drittel herunterhandeln können, und dann hatten Vincent und Cornelia ihn kurzerhand beglichen. Als sie ihnen danken wollte, hatte Cornelia nicht darüber reden wollen. Vielleicht wäre sie auch gerne durch den Tunnel gegangen.

Plötzlich stolperte Vanessa. Auf dem Boden lagen Gepäckstücke herum, erst nur einige wenige, dann immer mehr. Koffer, Reisetaschen, viele offen, ihr Inhalt verstreut. Vanessas Schuh verfing sich in einer Strumpfhose, sie streifte sie ab. Im Licht der Fackel glitzerte eine mit Pailletten besetzte Handtasche. Vanessa hob sie heimlich auf. Sie würde später nachsehen, was darin war.

Schließlich war der Boden so mit Gepäckstücken übersät, dass sie bei jedem Schritt aufpassen mussten, wo sie hintraten. Überall Kleider. Vanessa stieß mit dem Fuß gegen eine Zahnpastatube, die sie ebenfalls einsteckte, obwohl Ludwig gesagt hatte, sie solle auf keinen Fall damit anfangen, Dinge mitzunehmen, sie hätten genug zu tragen.

Der Zug stand riesig und massig auf dem Gleis. Vanessa berührte ihn mit der Hand, um zu spüren, dass er echt war, er fühlte sich kühl an. Vincent hatte gesagt, sie würden ihn innerhalb von zwei Stunden erreichen. Sie waren also nicht falsch abgezweigt und in einem der Seitenschächte gelandet, die keinen Ausgang hatten und immer tiefer in den Berg führten. Niemand hatte je davon gesprochen, aber Vanessa schien es möglich, dass darum manchmal Menschen hier im Berg verloren gingen.

Neben dem Zug wurde es eng, auch hier lagen Gepäckstücke im Weg. Viele Zugfenster waren zerbrochen, Scherben knirschten unter Vanessas Wanderschuhen. Wie lange mochten die Leute im Zug gewartet haben, nachdem der Strom ausgefallen war? Vielleicht waren sie an einem hellen Tag in den Tunnel gefahren. Vanessa stellte sich vor, wie die Lichter im Zug erloschen, er langsamer wurde und stehen blieb. Nach einer Weile wurden die Passagiere unruhig. Sie zerrten ihr Gepäck nach draußen und mussten feststellen, dass es zu schwer war, um es durch den Tunnel zu tragen. So traten sie den Weg nach draußen ohne ihre Koffer an. Als sie den Tunnel verließen, war es draußen genauso dunkel wie drinnen.

Ludwig blieb stehen.

»Machen wir eine Pause«, sagte er.

Vanessa streifte ihren Rucksack ab. Wie leicht sie ohne ihn war. Ihr Rücken fühlte sich kühl an. Sie lehnte die brennende Fackel vorsichtig an die Tunnelwand und setzte sich auf einen Lederkoffer. Er war etwas feucht. Ludwig reichte ihr die Wasserflasche, und Vanessa trank gierig. Nathanael riss das Brot auseinander. Cornelias Brot, rauchig und weich. Sie kaute es langsam. Vanessa überlegte, wie sie

Ludwig beibringen sollte, dass sie in den Zug klettern wollte. Vielleicht würde sie etwas Wertvolles finden. Sie brauchte Unterwäsche. Die im Tunnel herumliegenden Kleider waren allesamt dreckig und nass, doch die im Zug waren vermutlich sauber geblieben. Sie holte die Lampe heraus, eine Kerze, von Glas geschützt, und zündete sie an der Fackel an.

»Geh nur«, sagte Ludwig, der sie beobachtet hatte. »Aber nimm nichts mit.«

Vanessa sah zu Nathanael, der müde vor sich hin starrte.

Sie stieg die drei Stufen hinauf und betrat den Waggon durch eine offene Tür. Es stank nach Urin. Das Licht der Kerze war schwächer als das der Fackeln, sie sah kaum etwas. Vanessa zögerte. Dann dachte sie an den spöttischen Blick, den Nathanael ihr zuwerfen würde, wenn sie den Zug gleich wieder verließ. Vanessa ging vorsichtig weiter. Eine Spinne huschte über den Boden. Wie weich die Polstersitze aussahen. Sie fuhr mit der Hand darüber. Sie waren trocken. Auf ihnen könnte man gut schlafen. Vielleicht sollten sie über Nacht hierbleiben. Am anderen Ende des Waggons pinkelte sie auf den Boden. Der Urin lief über den Boden. Ist ja niemand da, dachte Vanessa, trotzdem war es ihr ein wenig unangenehm, so als wohnte jemand im Zug.

Der Durchgang zum nächsten Waggon stand offen. Sie ging weiter. Auf den Sitzen und am Boden lagen Gepäckstücke, Kleider, sogar Tablets und Laptops, Müll, leere Plastikflaschen. Bestimmt war der Zug voll gewesen an dem Tag. Vanessa leuchtete zwischen zwei Abteile. Im Spalt eingezwängt stand ein kleiner roter Koffer. Sie stellte die Lampe ab. Die Frau, der der Koffer gehörte, hatte ihn tief in den Spalt geschoben, wahrscheinlich damit er nicht gestohlen wurde. Als sie mitten im Tunnel den Zug verlassen musste, hatte sie ihn zurückgelassen und wohl noch daran geglaubt, dass er ihr später zurückgegeben würde.

Vanessa zerrte den Koffer hervor. Manchmal, wenn sie etwas aus der alten Welt fand, das unberührt war, überkam sie eine Gier, die sie zittrig machte. Vielleicht waren wertvolle Medikamente, Desinfektionsmittel darin. Schöne Unterwäsche. Sie machte den Koffer auf. Er war voll mit Kleidung. Unglaublich, wie viel Kleidung die Menschen früher gehabt hatten, als müsste jeder von ihnen zehn weitere damit versorgen. Sie riss sie aus dem Koffer. Dann zwei weiße Kabel. Ein Buch. Es war ein Roman über das Mittelalter, mit einer Heldin auf dem Titelbild, die einen Falken auf dem Unterarm trug. Vanessa hätte das Buch gerne mitgenommen, aber es war zu schwer. Sie spannte eine Unterhose mit den Händen auf. Viel zu groß für sie. Enttäuscht ließ sie sie fallen. Sie fand ein kleines Necessaire und öffnete es. Ein Fläschchen Shampoo steckte sie sich in die Tasche. Pflaster nahm sie auch mit, alle Tabletten und eine Salbe. Vielleicht war etwas davon brauchbar. Aber sie wusste, dass viele der Tabletten nur gegen Krankheiten wirkten, von denen heute niemand mehr sprach, Bluthochdruck, Depressionen oder Schilddrüsenprobleme. Alle hatten früher irgendwelche Tabletten genommen, hatte ihre Mutter erzählt, aber geholfen hätten sie schon damals nicht. Vanessa hatte welche probiert, die sie in der Wohnung der Schachspielerin gefunden hatte, und keinerlei Wirkung bemerkt. Antibiotika trug damals leider kaum jemand mit sich herum.

Ludwig saß gegen eines der Zugräder gelehnt und hatte die Augen geschlossen. Nathanael studierte im Schein der Fackeln eine Landkarte. Verstohlen öffnete Vanessa die paillettenbesetzte Handtasche. Einmal mehr fand sich einer dieser Klötze elektronischen Mülls darin, schwer und glänzend, scheinbar edel, mit dem nichts anzufangen war. Sie drückte darauf herum. Ganz selten ließ sich so ein Gerät kurz einschalten und leuchtete bunt, bevor es endgültig erlosch. Nichts geschah. Das Ding war in eine verzierte Hülle eingepackt, geschmückt mit einem Kettchen, als sei es wertvoll. Vanessa ließ es auf den Schotter fallen. Kreditkarten fand sie auch. Kein Bargeld. Einen Ring mit Schlüsseln zu einer Tür, die die Besitzerin wohl nie mehr erreicht hatte, um festzustellen, dass der Schlüsselbund noch im Tunnel lag. Ein vertrockneter Lippenstift. Taschentücher. Die steckte Vanessa ein.

Sie legte die Handtasche auf den Boden. Ihr gefiel, wie sie glitzerte, aber sie würde sie nicht mitnehmen. Die Frau, der sie gehört hatte, hatte bestimmt nicht überlebt. Sie hatte den Tunnel verlassen und eine Welt betreten, die nicht mehr die ihre war. Wahrscheinlich hatte sie vor ihrem Tod an diese Zeit zurückgedacht, in der sie durch den Tunnel gestolpert war und noch geglaubt hatte, wenn sie nach draußen käme, wäre alles gut.

»Was hast du gefunden?« Nathanael schaute von der Karte auf. Seine Augen glänzten im Schein der Fackel. »Medikamente?«

»Nichts«, flüsterte Vanessa zurück. Sie blies die Kerze aus und steckte die Laterne zurück in ihren Rucksack. »Gib mir ein paar Dörräpfel.«

Widerwillig reichte er ihr die Tasche.

»Mio – mia sorella«, sagte Nathanael. »Non avere paura.«

»Ich hab keine Angst!«, schnaubte Vanessa, nahm eine Handvoll Früchte aus der Tasche und warf ihm diese wieder zu. Es war erstaunlich, wie gut es sich anhörte, wenn Nathanael Italienisch sprach, dabei hatte er es erst bei Lauers Frau gelernt. Das lag wohl daran, dass er es mit der Aussprache übertrieb, genau so klang es dann richtig. Und Nathanael konnte sich alles merken, immer schon. Vanessa kaute die Dörräpfel, sie schmeckten nach Herbst.

»Hört auf zu streiten.« Ludwig stand auf und zog seinen Rucksack an.

Sie hatten beschlossen, sich auf der anderen Seite des Tunnels als Familie auszugeben. Ludwig hatte ihre Vornamen bereits in seinen Ausweis geschrieben. Wenn jemand fragte, würde er sagen, dass er seinen Kindern eine bessere Zukunft ermöglichen wollte. Medizin am Politecnico für Nathanael. Auch Vanessa müsse studieren, hatte Ludwig gesagt. Pferdezucht, meinte Vanessa. Und wenn es keine Pferde gab, dann etwas anderes mit Transport. Transportwissenschaft? Gab es so etwas? Sie wollte so oder so weiterreisen. Ludwig hatte eine Weile überlegt und schließlich geantwortet, dass sie das noch einmal besprechen würden, wenn sie angekommen waren. Ganz so, als wäre er wirklich ihr Vater.

Sie ließen den Zug hinter sich zurück. Auf den Gleisen lagen immer noch Gepäckstücke. Vermutlich von Leuten, die in die falsche Richtung geflohen waren, weg vom Ausgang. Das Gehen war jetzt, nachdem sie die Pause gemacht hatten, anstrengender. Siebzehn Kilometer lang war der Tunnel, und sie hatten erst etwa fünf geschafft. Auf dem unebenen Boden kamen sie nicht gut voran, ständig mussten sie Hindernissen ausweichen. Dazu kamen ihr schweres Gepäck und Nathanaels Hinken, das stärker wurde. Damit er nicht zurückfiel, hatte Ludwig ihn jetzt wieder vorausgeschickt. Er ging langsam und schweigend in die Dunkelheit.

Nathanael

Betete die Mutter für ihn? Nathanael hoffte es. Zum Glück wusste sie nicht, dass er im Inneren eines Berges war. Im Evangelium des Staubes stand, die Hölle sei am Tag Null näher an die Erdoberfläche gerückt, so wie auch der Himmel seitdem näher bei den Menschen war. An manchen Orten befände die Hölle sich sogar nur einen Meter unter dem Boden. Beim Jäten hatte er früher deswegen Angst gehabt, versehentlich eine Wurzel auszureißen, die das Tor nach unten öffnen und ihn zusammen mit den Kohlköpfen verschlingen würde. Wenn es die Hölle gab, brodelte sie jetzt direkt unter seinen Fußsohlen.

Nathanael wäre gerne langsamer gegangen, aber er wollte Vanessa und Ludwig nicht aufhalten. Wieso hatte er sich am Anfang nicht beherrschen können, das schnelle Gehen hatte seinen Fuß gereizt. Er kniff sich in den Finger. Das schmerzte mehr als der Fuß. So schlimm war es also nicht.

Die Mutter war vermutlich früher einmal selbst durch diesen Tunnel gefahren, mit der Eisenbahn, unterwegs in die Ferien in Italien. Einmal hatte sie den Vatikan besichtigt, obwohl sie damals noch nicht gläubig gewesen war. Dieser Protz, sagte sie, hat nichts mit Religion zu tun, aber sie hatte dabei gelächelt. Nathanael spürte kein Verlangen, den Vatikan zu besuchen. Nur das Politecnico wollte er sehen. Ob es wohl ein Betonbau war, wie ein großes Schulhaus? Oder eine Villa?

Der Schmerz im rechten Fuß war ein rotes Licht, das aufflackerte und erlosch, eine Melodie, ein Rhythmus, der ihn begleitete, jetzt, und vielleicht für immer. Nathanael dachte daran, wie er durch das hohe Gras gerannt war, darüber triumphierend, dass sie der Frau bei dem Bauernhaus entwischt waren. Sein Rucksack hatte ihm auf den Rücken geschlagen. Mit voller Kraft war er in den Nagel getreten. Erst hatte es gar nicht wehgetan. Dann war alles voll Blut gewesen, und sein Kopf hatte sich leicht angefühlt. Vanessa hatte ihm den Fuß straff verbunden, und Nathanael hatte über ihre schnellen Bewegungen gelacht, obwohl er fast keine Luft bekam. Wie geschickt sie das machte. Wie eine Ärztin. Seitdem dachte er oft daran. Er stellte sich vor, wie er und Vanessa Menschen halfen, ihre Wunden versorgten. Sie wäre besser darin als er, Brüche zu schienen und Blutungen zu stillen. Bestimmt konnte sie operieren lernen. Nachdem sie seinen Fuß verbunden hatte, hatte sie sich ins Gras erbrochen. Aber sie würde sich daran gewöhnen, auch mit schlimmeren Verletzungen umzugehen. Er hingegen würde sogar seltene Krankheiten erkennen. Zusammen würden sie durchs Land ziehen, von Dorf zu Dorf, und den Menschen das neueste Wissen und die besten Medikamente mitbringen. Auf keinen Fall durfte er Vanessa zu früh von dieser Fantasie erzählen. Er würde die Ausbildung am Politecnico anfangen. Sie würde selbst darauf kommen.

Die Dunkelheit des Tunnels störte ihn nicht. Er wollte nicht viel sehen, er wollte an später denken, an das Gute, das kommen würde. Bald würde er fließend Italienisch sprechen können. Wie sich das wohl anfühlen würde? Er versuchte, das Bündel zu vergessen, das er mit seinen Schuhen berührt hatte. Im Licht der Fackel hatte er einen Knochen herausragen sehen.

Es war gut, dass sie den Zug und die Gepäckstücke hinter sich gelassen hatten. Es brachte nichts, nach Krümeln der Zivilisation zu graben. Irgendwann würden die alten Antibiotika verbraucht sein. Und sie konnten nicht ewig notdürftig geflickte Gegenstände verwenden, die doch nur wieder auseinanderbrachen. Auch diesen finsteren Tunnel, durch den man sich zu Fuß kämpfen musste, würden sie nicht für immer brauchen. Stattdessen würden sie auf Glasbrücken durchs Gebirge reisen, so würden auch weit voneinander entfernte Orte ihr Wissen austauschen können. Alles wäre beleuchtet, Tag und Nacht. Sie würden mit neuen Technologien den Staub vom Himmel waschen und verhindern, dass er jemals zurückkehren würde. Der Himmel würde blau strahlen, auch wenn sich das Nathanael nicht vorstellen konnte, blau wie eine Pflaume, wie die Augen von Cornelia. Aber zuerst mussten die Menschen wieder darauf vertrauen können, dass sie eine Wunde am Finger, eine Geburt oder einen entzündeten Zahn überleben würden.

Zu Hause hing ein gerahmter Spruch über dem Küchentisch, von Hendrik kalligrafiert:

Denkt nicht an das Frühere, und auf die Vorzeit achtet nicht! Siehe, ich mache Neues, jetzt sprießt es auf, erkennt ihr es nicht?

Jesaja, stand darunter, und die vier Zahlen, die die Stelle im Alten Testament angaben. Früher hatte Nathanael gedacht, Jesaja sei derjenige, der das Neue mache. Aber er war ein Prophet, der vor Tausenden Jahren gelebt hatte, und er gab nur wieder, was Gott ihm erzählt hatte. *Siehe, ich mache Neues, jetzt sprießt es auf, erkennt ihr es nicht?* Was er damit meinte, hatte sich Nathanael oft gefragt, während er den Gesprächen am Esstisch mit halbem Ohr zuhörte. Jetzt. Wann jetzt? Jetzt beim Abendessen? Und wo? Überall, hätte Hendrik gesagt, jederzeit, es gibt keinen Ort, der nicht von Gott zu jeder Sekunde neu erschaffen wird, auch dieser Tunnel, Schritt um Schritt, egal, ob er zur Hölle führt oder unter der Hölle hindurch.

»Stopp«, flüsterte Ludwig.

Nathanael blieb stehen.

»Hört ihr das?«

Gedämpfte Geräusche drangen aus der Dunkelheit. Ein Schlag von Metall auf Metall, der Ruf eines Mannes. Verzerrte Stimmen, die sich hinter der nächsten Kurve langsam näherten.

Vanessa zog das Messer aus der Jacke. Nathanaels Herz begann zu klopfen.

»Sie wollen sicher bloß vorbei«, raunte Ludwig.

»Verstecken wir uns«, flüsterte Vanessa.

»Wo denn?«, fragte Nathanael.

Sie deutete mit dem Kopf nach hinten. »Da war ein Seitenschacht.«

Nathanael merkte, dass seine Fackel zitterte. Im Seitenschacht war der Boden noch unebener als im Haupttunnel. Es führte ein Gleis hinein, das vor einer Wand endete. Die Stimmen schwollen an. Nathanael stolperte, ein heißer Schmerz durchzog seinen Fuß und schoss das Bein hinauf.

»Löscht die Fackeln«, flüsterte Ludwig. »Und kauert euch auf den Boden.«

»Die bekommen wir nie wieder an«, zischte Vanessa, aber dann wälzte auch sie ihre Fackel im feuchten Kies und trat mit den Wanderschuhen darauf, bis sie erlosch.

Sie werden uns im Schein ihrer eigenen Fackeln sehen, dachte Nathanael, und denken, dass wir sie überfallen wollen, weil wir uns verstecken. Die werden uns umbringen. Es wäre besser gewesen, im Tunnel stehen zu bleiben. Er setzte sich auf den Boden, und sofort drang Feuchtigkeit durch seine Hosen. Er hätte sich auf den Rucksack setzen sollen.

Die Stimmen wurden deutlicher. Etwas klapperte, jemand ächzte. Ein Mann zog vorbei, der eine blendend helle Fackel trug, er blickte geradeaus und bemerkte den Seitenschacht nicht. Er hatte einen Bart und war mager. Hinter ihm folgten fünf weitere Männer, die einen mit einer Plastikplane bespannten Karren zogen. Die glänzenden Räder des Wagens fuhren auf den Zuggleisen. Trotzdem kamen die Männer nur langsam vorwärts. Vielleicht war der Wagen mit Metall oder Steinen beladen. Hinten und vorn am Wagen brannten Öllampen. Weitere Männer tauchten auf. Sie trugen Waffen, Fackeln und Beutel und sprachen ein Italienisch, von dem Nathanael kein Wort verstand. Die Gruppe war viel größer, als er erwartet hatte, dreißig oder vierzig Mann zogen an ihnen vorbei. Einmal sah einer in Nathanaels Richtung, aber er schien ihn nicht zu bemerken.

Erst als die Stimmen der Männer tief im Berg verschwunden waren, traute sich Nathanael, sich wieder zu bewegen. Die Dunkelheit war vollkommen. Sie umschloss seinen Kopf und sickerte in seine

Ohren und die Nase ein. So dunkel musste es in der Erde sein, dort, wo Rahel lag. Das Atmen fiel ihm plötzlich schwer.

»Was ist?«, flüsterte Vanessa, die neben ihm saß. Nathanael bemühte sich, die Luft langsam und tief durch die Nase ein- und wieder hinausziehen zu lassen. Er merkte, dass er ihren Arm umklammert hielt, als ob er sie hätte davon abhalten wollen, jemanden anzugreifen. Durch den Stoff ihres Pullovers spürte er ihre Körperwärme.

»Wir müssen eines der Zündhölzer verbrauchen«, flüsterte sie. Nathanael ließ ihr Bein los. Zündhölzer waren teuer. Sie suchten tastend nacheinander, bis sich ihre Hände trafen, Ludwigs, Vanessas und Nathanaels. Sie waren ertrunken im Stein, in der Schwärze des Bergs. Die Haut der anderen war warm und lebendig, wärmer als Nathanaels eigene. Vanessa hatte immer warme Hände. Wenn er jetzt eine eisige Hand auf der Schulter spürte, würde er schreien. Es gab Leute im Dorf, die sagten, der Tunnel sei randvoll mit Geistern. Vielleicht sahen die Geister ihnen jetzt spöttisch dabei zu, wie sie in der Dunkelheit mit ungeschickten Bewegungen nach ihren Fackeln tasteten.

»Wir haben Zeit«, sagte Ludwig. »Es reicht, wenn wir eine Fackel finden.«

Die Ruhe in seiner Stimme klang gezwungen.

»Hier ist meine«, sagte Vanessa. »Aber ich finde die Zündhölzer nicht.«

»Du hattest sie doch in der Tasche.«

»Sie müssen rausgefallen sein. Ich bin gestolpert.«

Sie hatten sich nur eine Schachtel Zündhölzer leisten können. Und Vanessa hatte sie verloren. Ihm wäre das nicht passiert. Wieso hatte Ludwig sie Vanessa mitgegeben? Wieso glaubte er, dass Vanessa die Dinge zusammenhalten konnte und Nathanael sie verlor, nur weil er manchmal sein Schulzeug zu Hause gelassen hatte?

»Ich habe einen Feuerstein im Rucksack«, sagte Ludwig.

Nathanael hörte, wie Ludwig seinen Rucksack öffnete und danach suchte. Wusste er nicht, wo er den Feuerstein verstaut hatte? Hatte er ihn auch verloren? Warum hatte Nathanael selbst nichts dabei, mit dem er Feuer machen konnte? Sie hatten sein Gepäck möglichst leicht halten wollen, aber ein Feuerstein wäre nicht schwer gewesen. Er hörte Ludwig den Rucksack auf den Boden stellen. Dann das helle Knallen des Steins auf Metall. Ludwig schlug den Feuerstein gegen das Gleis. Ein Funken. Vanessas Hände, die den Boden absuchten, leuchteten in ihrem Schein auf.

»Der Zunder ist feucht geworden«, sagte Ludwig.

Das konnte nicht wahr sein! Nathanael tastete nach seinem Rucksack. Er fand ihn nicht, dabei hatte er ihn neben sich abgelegt. Wurden sie alle wahnsinnig? Jemand stieß ihn in die Wange.

»Pass auf«, sagte Vanessa.

Hier, endlich, der Rucksack. Er öffnete ihn, aber wieso war da eine Windjacke, er hatte doch den Pullover zuoberst?

»Vanessa? Ich habe deinen Rucksack.«

»Die Zündhölzer müssen hier am Boden liegen. Ich hatte sie eben noch.«

Nathanael hätte sie anschreien mögen. Da, das mussten die Riemen seines Rucksacks sein. Er hatte ganz in der Nähe gelegen. Er öffnete ihn und fand schnell das Anatomiebuch, das ihm Lauer geschenkt hatte. Wenn hinten oder vorn eine Seite fehlte, war es egal. Trotzdem tat ihm das Geräusch des reißenden Papiers weh. Er verstaute das Buch wieder.

»Ich habe Papier.« Er riss es in dünne Streifen.

»Hier bin ich«, antwortete Ludwig und schlug die Feuersteine aufeinander. »Siehst du das?«

»Wo?« Nathanael drehte sich einmal um die eigene Achse. Beim nächsten Schlag sah er die Funken. Er tastete nach Ludwig und gab ihm die Streifen in die Hand.

»Vanessa, bring deine Fackel.«

»Hier ist sie«, sagte Vanessa.

»Danke«, sagte Ludwig. Er schlug wieder mehrmals die Feuersteine aufeinander. Dann fluchte er.

»Was ist?«, fragte Vanessa alarmiert.

»Die Papierstreifen sind feucht geworden«, sagte Ludwig. »Ich kann nicht alles gleichzeitig in den Händen halten. Die Fackel ist auch feucht. Ich brauche neues Papier und einen trockenen Ort. Sucht mit den Händen, ob ihr einen findet. Am Gleis entlang.«

Er hatte die Papierstreifen ins Nasse gelegt? Wie dumm von ihm! Und wieso musste Vanessa die Zündhölzer verlieren? Am liebsten hätte Nathanael ein paar Steine aufgelesen und sie aufs Geratewohl ins Dunkel geworfen. Er schwitzte. Und er hatte Durst, er hatte lange nichts mehr getrunken. Ob es draußen bereits Nacht wurde? Waren sie nicht schon stundenlang im Tunnel? Er fuhr mit den Händen über den Boden, der eklig war, glitschig und feucht, an Stellen klitschnass.

»Es tropft von der Decke«, sagte Vanessa. »Wir müssen zurück in den Haupttunnel.«

Ihre Stimme kam von links, war sie nicht eben noch rechts von ihm gewesen?

»In welche Richtung ist der?«, fragte Nathanael.

»Ich weiß es nicht«, antwortete Vanessa.

»Moment«, sagte Ludwig. »Langsam. Suchen wir erst unsere Sachen zusammen. Falls wir kein Licht mehr machen können, müssen wir alles dabeihaben. Jeder braucht seinen Rucksack und seine Fackel.«

»Ich weiß nicht, wo meine ist«, antwortete Nathanael. Er hätte weinen können. Hilflos und blind waren sie, wie neugeborene Katzen, die man widerstandslos am Nacken packen und im Fluss ertränken konnte. Es durfte doch nicht wahr sein, dass sie im Dunkeln weitergehen mussten. Er hatte seine Fackel neben sich abgelegt, aber er wusste nicht mehr, wo er am Anfang gewesen war.

»Ludwig, du hast doch meine Fackel«, sagte Vanessa.

»Ich weiß es nicht, ich habe irgendeine. Eine reicht. Ich bemühe mich, sie zu trocknen. Habt ihr eure Rucksäcke?«

»Hallo?«, rief Ludwig, ohne auf ihre Antwort zu warten. »Hallo.«

Was war passiert? Sah Ludwig etwas? Kam da jemand? Oder hatte er den Verstand verloren?

»Ich versuche nur herauszufinden, wo der Haupttunnel sein könnte. Hallo. Hallo. Hier ist der Ton offener, hier ist der Tunnel. Ich gehe voraus.«

Nathanael stand auf und ging blind los. Er hatte Angst, wieder zu stolpern. Er suchte mit den Händen nach einer Wand, fand schließlich eine und tastete sich entlang. Er hörte die anderen atmen und gehen, das Rascheln ihrer Kleidung, das Rascheln seiner Kleidung. Wie laut alles klang.

»Hier ist das Hauptgleis«, rief Vanessa. »Es ist auch feucht.« Sie wühlte in ihrem Rucksack. »Ich reibe es trocken.«

»Vorsicht«, sagte Ludwig. »Ich komme zu dir.« Nathanael hörte Steine rollen, ein Fluchen. Ludwig schien hingefallen zu sein. Nathanael dachte, dass er das gern gesehen hätte, und schämte sich. Er konnte hören, wie Ludwig vorsichtig aufstand und scharf einatmete. Hoffentlich hatte er sich nichts gebrochen, sonst säßen sie fest oder müssten ihn zurücklassen.

Dann das Schlagen von Steinen und ein einzelner Funke, der die Gesichter von Ludwig und Vanessa erleuchtete. Nathanael suchte in seinem Rucksack nach dem Buch und riss eine weitere Seite heraus. Er tastete sich zu Ludwig vor und gab sie ihm. Wenn er auch diese nass machte, würde er ihn anschreien. Das Buch war so wertvoll.

Endlich roch er Qualm, das Papier brannte schlecht. Vanessa legte die Fackel in das Feuer, es erlosch wieder. Nathanael holte noch eine Seite aus seinem Buch, und noch eine. Längst musste er die Querschnitte durch die menschliche Anatomie erreicht haben. Niemand sprach. Ludwig und Vanessa wechselten sich mit dem Schlagen des Steins ab. Bestimmt würde genau dann eine Gruppe von Leuten kommen, wenn die Fackel brannte, dachte Nathanael, und sie würden sie löschen müssen, bevor sie die Zündholzer gefunden hätten.

Die Fackel fing Feuer, erst nur schwach. Vanessa blies sie vorsichtig an, und schließlich loderte sie hell.

Nathanael betrachtete die verschmierten Gesichter von Vanessa und Ludwig. Beide kniffen vom Feuer geblendet die Augen zusammen. Sie hatten es geschafft.

Vorsichtig trug Vanessa die Fackel in den Seitenschacht, und Nathanael und Ludwig suchten nach ihren Fackeln. Mit Licht war es so einfach. Hier stand seine, an die Wand gelehnt, wie hatte er sie nicht finden können? Endlich brannten alle drei. Sie suchten den Boden nach den Zündholzern ab und fanden sie am Eingang des Schachts in einer Pfütze.

»Die sind hinüber«, flüsterte Vanessa und packte sie trotzdem ein.

»Egal«, log Nathanael.

Nathanael wusste nicht mehr, in welcher Richtung Süden war. Unentschlossen blieb er im Tunnel stehen. Aber Vanessa und Ludwig wandten sich ohne zu Zögern nach links.

Ludwig

Ludwig roch verbrannten Stoff und riss die Fackel von seiner Jacke weg. So leicht fingen die Kleider oder Haare Feuer, wenn man nicht aufpasste und stolperte. Seine linke Seite schmerzte vom Sturz, und die Hand war aufgeschürft. Sobald sie aus dem Tunnel kamen, musste er sie säubern. Hoffentlich infizierte die Wunde sich nicht. Nathanael und Vanessa schwiegen, und Ludwig war sich nicht sicher, ob ihr Schweigen ein ängstliches war, ein wütendes oder ein gedankenverlorenes. Was, wenn es ihnen nicht gelungen wäre, die Fackeln wieder zu entzünden? Vielleicht wären sie auf allen vieren die Gleise entlanggekrochen, stundenlang, wie Tiere im Dunkeln. Ludwig wusste nicht, wie lange er das durchgehalten hätte. Und er wäre schuld gewesen. Einen Moment lang hatte Nathanael kaum Luft bekommen, und Ludwig hatte schon befürchtet, er würde in Panik ins Dunkel davonrennen. Was hätte er dann getan? Er sah auf die Gleise, die im Licht der Fackel schimmerten. Ludwig räusperte sich.

»Geht es euch gut?«, fragte er.

»Ja«, sagte Nathanael. »Hier liegt etwas. Eine Kiste.«

»Lass sie«, sagte Ludwig.

Nathanael beugte sich über eine dunkle Form.

»Weg mit der Fackel!«, rief eine Stimme.

Vanessa schrie auf, Ludwig fuhr herum. Sein Herz hämmerte. Er starrte ins Dunkel und schwenkte seine Fackel mit unruhiger Hand. Niemand war zu sehen.

»Wer ist da?«, rief er.

»Es ist Schießpulver drin«, sagte die Stimme leise, als hätte der Ausruf sie erschöpft.

Nathanael stolperte von der Kiste weg. Ludwig suchte mit seiner Fackel den Tunnel ab. Woher war die Stimme gekommen? Schließlich sah er weit unten an der gegenüberliegenden Tunnelwand im Schein der Fackel ein Gesicht. Für einen schrecklichen Moment dachte er, es sei in die Wand gemeißelt und doch lebendig. Aber der Mann saß nur am Boden, den Rücken an die Tunnelwand gelehnt. Er war klein und dünn und trug eine Kapuze. In dunklen Höhlen spiegelten seine winzigen Augen Ludwigs Fackel. Der Mann lachte Ludwig an. Getrocknetes Blut klebte an seinem Mund, ein Zahn fehlte ihm.

»Lasst die Kiste in Ruhe«, sagte der Mann.

»Was machen Sie hier?«, fragte Vanessa.

»Warten.«

»Worauf?«

Der Mann lachte. Er deutete auf eine zerbrochene Lampe am Boden. Eine Öllache schillerte daneben. Nathanael machte einen Schritt auf ihn zu, aber Ludwig packte ihn am Arm.

»Ist noch jemand hier?«, fragte Ludwig.

Der Mann lachte wieder.

»Gehen wir«, flüsterte Vanessa.

Nathanael nahm seine zweite, kleinere Fackel aus dem Rucksack, steckte sie in den Schotter und zündete sie an. »Hier«, sagte er.

»Nathanael«, sagte Ludwig. Er würde die Fackel doch selbst brauchen.

Der Mann nahm die Gabe entgegen wie ein Bettler, mit einer tiefen Verneigung des Kopfes.

»Sind Sie verletzt?«, fragte Nathanael.

»Geht«, sagte der Mann. Dann stieß er eine grobe italienische Verwünschung hervor, die Ludwig nur halb verstand.

Vanessa ging wortlos an ihm vorbei. Ihre Fackel leuchtete in der Dunkelheit vor ihnen. Ludwig folgte ihr und zog Nathanael einige Schritte am Arm mit.

»Wir können ihn doch nicht hierlassen«, flüsterte Nathanael und blieb stehen.

Ludwig und Nathanael drehten sich um. Der Mann war aufgestanden und zerrte die Fackel aus dem Schotter. Dann ging er mit stolpernden Schritten davon, weiter hinein in den Tunnel, weg von ihnen. Die Flamme tanzte hin und her und wurde kleiner.

»Schauen wir nach, ob wirklich Schießpulver in der Kiste ist«, flüsterte Nathanael.

»Nein«, rief Vanessa, ohne sich umzudrehen.

»Nathanael, geh weiter«, sagte Ludwig. Am liebsten hätte er ihn geschüttelt. Nathanael starrte ihn an, dann drehte er sich um und folgte Vanessa.

Ludwig betrachtete Nathanael und Vanessa, wie sie vor ihm gingen, Vanessa offensichtlich langsamer, als sie wollte, Nathanael mit schleppenden Schritten. Ob der Gegenangriff von *Ost 2* schon stattgefunden hatte? Möglicherweise war alles gut gegangen. Irgendwann würde er Vanessa und Nathanael erzählen, was er von den Kurieren erfahren hatte. Sie würden es ihm vielleicht nie verzeihen, dass er ihnen nicht gesagt hatte, dass ihre Familien in Gefahr waren. Aber sie hätten ohnehin nichts tun können. Er dachte an das Gesicht des Mannes, seinen blutigen Mund. Wieso ließ man ihn mit einer Kiste voll Schießpulver im Dunkeln zurück? Wollten die anderen, dass er auf die Kiste aufpasste, bis sie zurückkamen? Oder war er überfallen worden? Gewiss hatte er eine Waffe und hätte sie auch eingesetzt, wenn sie näher gekommen wären.

Ludwig blickte über seine Schulter zurück. Der Tunnel hinter ihm war wieder stockfinster. Transportierten die Männer, die sie vorhin gesehen hatten, Waffen durch den Tunnel? Von Süden nach Norden? Trotz der Wärme, die hier im Inneren des Bergs herrschte, wurde ihm kalt. Er schüttelte den Kopf.

Was Lisa jetzt wohl machte? Eines wusste er sicher: Jeden Morgen erwachte sie in ihrem kleinen Dachzimmer. Er hatte es nie gesehen, es sich aber oft vorgestellt. Ein Bett mit einer Flickendecke, eine Kommode, darauf ein paar Kerzenhalter, ein Spiegel. Wenn Lisa die Augen aufschlug, blieb sie zunächst unbewegt liegen. Ludwig sah genau vor sich, wie Lisa aufstand und eine Jacke überwarf, dann ihr bleiches Mondgesicht im Spiegel betrachtete und mit den Händen durch ihre Haare fuhr. Sie dachte vielleicht für den Bruchteil einer Sekunde an Ludwig und drängte den Gedanken dann weg.

Später saß sie in Ludwigs Vorstellung allein im Metallladen und las in den *Buddenbrooks*, wohl bereits zum fünfundfünfzigsten Mal. Sie konnte bestimmt ganze Passagen auswendig. Hie und da blickte sie auf und spähte aus dem Fenster, aber niemand kam. Sie seufzte und blätterte eine Seite um, mit ihren langen, vorsichtigen Fingern, die Ludwig so fein durch die Haare gefahren waren. Er hatte ihr gern dabei zugeschaut, wenn sie mit diesen Fingern Kleidung umnähte. Manchmal hatte sie ihre Arbeit wieder auftrennen müssen, weil sie nicht aufgepasst und zwei Hosenbeine aneinandergenäht hatte, während sie und Ludwig über früher redeten und sie ihm eine Frage nach der anderen stellte. Meist lachte sie, wenn sie einen Fehler bemerkte, manchmal weinte sie auch. Lisas Unkonzentriertheit hatte ihn immer wieder irritiert, aber er hatte nie etwas gesagt. Sie passte nur auf, wenn ihr etwas wichtig war. Und nichts in der neuen Welt war ihr wirklich wichtig, außer Sarah. Oft fragte sie ihn aus, über früher, über Dinge, die sie gerne besser verstanden hätte. Stimmte es, dass in Südostasien kurz vor dem Tag Null Krieg gewesen war, wer hatte damals gegen wen gekämpft und warum? In den Gesprächen mit ihr hatte er erst gemerkt, wie dankbar er für sein Studium sein konnte. Wenigstens für eine kurze Zeit war er frei gewesen. Sie hatte noch bei ihren Eltern gewohnt und wäre in Kürze aus der Enge des Gymnasiums entlassen worden, als der Himmel sich verdunkelte. Wenn sie davon sprach, wie gern sie Literatur studiert hätte, in einer weit entfernten Stadt, wie sie sich darauf gefreut hatte, allein zu wohnen, wurde ihr Gesicht weich, und wenn ihr einfiel, wo sie war und dass sie zu Michael nach Hause musste, verhärtete es sich wieder. Früher hatten nur ältere Leute so harte Gesichter gehabt. Heute hatten sie alle so eines, auch wenn sie es nicht immer zeigten. Vanessa schon seit einer Weile, und auch Nathanael, seit sie ihn aus der Schule genommen hatten. Wie lange das her war.

Ludwig stellte sich vor, wie es an die Tür des Metallladens polterte und Lisa gedankenverloren aufsah. Draußen standen die Soldaten von *Ost 2*. Sie hatten Gewehre in den Händen. Und er war nicht da. Er hatte sie nicht gewarnt, hatte ihr nicht angeboten, mit ihr zu fliehen, bevor es zu spät wäre. Er hatte sie im Stich gelassen, um seinen Schülern zu helfen. Aber vielleicht war es reine Feigheit. Und Müdigkeit. Er hatte nicht kämpfen mögen. Nicht um das Dorf, nicht um diese engstirnigen Menschen, die zufällig zusammenwohnten, auch wenn Lisa eine von ihnen war. Er löschte das Bild wieder. Nein, da waren keine Soldaten. Es war Michael, der zurückkam und sagte, es sei alles gut gegangen. Die Gefahr sei abgewendet. Sie hätten sich mit *Ost 2* friedlich geeinigt. Lisa fiel Michael um den Hals. Sie hatte sich für ihn entschieden. Ludwig musste sie auf der anderen Seite des Bergs zurücklassen.

Lange gingen sie schweigend durch die Finsternis. Vanessa und Nathanael blieben dicht bei Ludwig, er hörte sie atmen.

»War es damals draußen auch so dunkel wie hier drin?«, fragte Nathanael unvermittelt.

Ludwig unterdrückte ein ungläubiges Lachen.

»Nicht ganz«, antwortete er und schüttelte den Kopf. Hier, tief unter der Erde, wagte es Nathanael nun, ihn danach zu fragen? Nachdem ihn jahrelang keiner seiner Schüler darauf angesprochen hatte?

Vanessa flüsterte etwas. Wahrscheinlich sagte sie, Nathanael solle nicht damit anfangen.

»Was hast du damals gemacht?«, fragte Nathanael entschlossen. »Hast du jemanden getötet?«

»Spinnst du?«, fragte Vanessa halblaut.

Im Dorf hatten sie vor langer Zeit beschlossen, das Thema nicht mehr anzusprechen. Ludwig hatte sich in den frühen Morgenstunden, bevor die Schule anfing und er wach im Bett lag, oft vorgestellt, es würde ihn einmal trotzdem ein Schüler danach fragen. Um davon abzulenken, dass er die Hausaufgaben nicht gemacht hatte. Oder um ihn zu provozieren. Er hatte sich viele verschiedene Antworten überlegt. »Raus«, war eine davon. Dann warten. Dann weitermachen, als ob nichts gewesen wäre. Die andere Antwort war eine ruhige, eine, die er mehrfach geprobt hatte, mit leiser Stimme im Dunkeln.

Er spürte eine Spannung im Kiefer, als zögen sich seine Zähne zusammen. Er riss sie auseinander und bewegte den Unterkiefer hin und her.

»Ich bin in einem Restaurant untergekommen«, sagte er dann. Die Antwort kam wie von selbst. »An einem See. Wir hatten Vorräte. Holz und Wasser in der Nähe. Es waren nicht viele Gäste dort. Als die Vorräte aufgebraucht waren, zogen wir los. In verschiedene Richtungen. Da war es schon weniger kalt und dunkel.«

Nathanael und Vanessa schwiegen. Ludwig hob und senkte seine Schultern unter den Rucksackträgern, um sie zu entspannen.

»Aber …«, sagte Nathanael, »habt ihr nicht um die Vorräte gekämpft?«

»Nein«, sagte Ludwig. »Wir haben zusammengearbeitet.«

Er hörte die Stimmen der Leute wieder, die von draußen an die Tür gepoltert hatten und flehten, man solle ihnen öffnen. Ein Kind schrie, es klang müde und schwach. Sie verbarrikadierten die Tür mit Bänken und warteten, bis es draußen still wurde. Es dauerte nur ein paar Stunden. Das Thermometer war bei minus 40 Grad stehen geblieben.

Ludwig lockerte seinen Kiefer.

»War der See gefroren?«, fragte Nathanael.

»Natürlich.«

»Musste jemand Wasser holen?«

»Ja.«

»Hatte … hatte der nicht Angst, dass die anderen ihm die Tür nicht mehr aufmachen?«

Nathanael. Etwas in ihm zog ihn immer zu dem wunden Punkt. Auch in der Schule war er so gewesen, unweigerlich hatte er Ludwig nach genau dem Aspekt des Schulstoffs gefragt, den Ludwig selbst nicht verstanden hatte. Es war das, was er am liebsten an ihm mochte. Gleichzeitig war es ihm unheimlich, und er hatte sich manchmal gewünscht, Nathanael würde nicht alles fragen, was ihm in den Sinn kam. Wieder spürte er, wie sein Kiefer sich anspannte, sich fest verschließen wollte.

»Doch«, sagte er. Seine Stimme klang gepresst, er hörte es selbst. »Natürlich hatten wir Angst. Wir warteten so lange, bis wir fast verdursteten. Dann konnte derjenige darauf zählen, dass die anderen ihn wieder hineinlassen würden.«

Doch der Rest eines Zweifels blieb. Er hatte diese Momente gehasst. Mit der Axt nach draußen zu gehen und den anderen misstrauen zu müssen. Oder jemandem dabei zuzuschauen, wie er durch die Türöffnung trat, und dabei zu denken, wie gut es wäre, es gäbe einen hungrigen Bauch weniger und ein paar Tage mehr zu essen. Sie hatten einander verachtet, einander beargwöhnt. Jeder vermutete, die anderen würden Essen stehlen. Bei einem älteren Mann war er davon überzeugt gewesen. Sein Gesicht war rund geblieben, während die beiden Kinder in der Gruppe abmagerten. Eines Morgens war der Alte nicht mehr aufgewacht. Bestimmt hatte nicht nur Ludwig vermutet, dass ihn die Mutter der Kinder im Schlaf erstickt hatte. Aber niemand hatte sie danach gefragt. Sie hatten die Leiche schweigend nach draußen geschafft, zu den anderen, und neben das Kind gelegt, dessen Schreie sie damals vor der Tür gehört hatten.

»Und habt ihr –« begann Nathanael.

»Jetzt ist gut«, unterbrach ihn Ludwig. Er hätte Nathanael eine runterhauen mögen. Er versuchte, seine Stimme zu kontrollieren. Auf dem Boden lag etwas Dunkles. Er wich aus und wies mit der Fackel zu der Stelle. »Passt auf, da liegt etwas.«

»Ein Beutel«, sagte Vanessa.

»Lass ihn«, sagte Ludwig warnend. Vanessa musste aufhören, jeden Ramsch zu untersuchen. Man konnte nicht wissen, was darin war.

»Ich verstehe nicht, warum uns niemand davon erzählt. Es ist, als ob die Vergangenheit ein Loch hat«, murmelte Nathanael.

»Jede Vergangenheit hat Löcher«, sagte Ludwig. Und rundherum

Absperrungen. Du schaust nie dahinter. Wenn dich jemand danach fragt, dann beginnst du zu zittern. Vor Angst. Oder vor Wut.

Er versuchte, die Fackel in seiner Hand ruhig zu halten, aber es gelang ihm nicht. In Wahrheit war gar kein Gefühl dabei, keine Angst, keine Wut. Nur ein Zittern und das Zusammenziehen des Kiefers. Er schüttelte sich. Warum hatte Nathanael auch danach fragen müssen. Als meinte er, die Dunkelheit des Tunnels machte es leichter, die Fragen zu verzeihen.

»Es waren nur Kleider drin«, rief Vanessa von weiter hinten.

Ludwig fuhr herum. »Ich habe doch gesagt, du sollst das sein lassen«, rief er. »Es könnte etwas darin sein, das …« Er brach ab, wandte sich wieder nach vorn und schritt weiter ins Dunkel, jetzt schneller. Sollten sie doch tun, was sie wollten.

Nach einer Weile verlangsamte er seine Schritte und drehte sich um. Die beiden waren zurückgefallen. Ludwig blieb stehen und wartete auf sie. Vanessa hat uns mit dem Beutel ablenken wollen, dachte er. Sie weiß, wie es ist, wenn man über etwas nicht sprechen will. Plötzlich war er sich sicher, dass Nathanael nie wieder nach früher fragen würde.

Lange Zeit sprachen sie kein Wort. Ludwig lauschte den Schritten auf dem Schotter. Die Luft war stickig und feucht. Das Belüftungssystem des Tunnels musste dennoch auf irgendeine Weise weiter funktionieren, auch ohne Elektrizität, ansonsten wäre die Luft im Tunnel überhaupt nicht mehr atembar. Aber was, wenn die Ausgänge der Lüftungsschächte oben am Berg verstopften, durch Steinschlag und Überwucherung? War es möglich, dass man im Tunnel an den Dämpfen der Erde erstickte? Ludwig wusste es nicht. Viele, die in den Tunnel gingen, kamen nicht zurück, das hatten alle im Dorf der Grubers gesagt. Aber vielleicht, hatte Cornelia eingeworfen, gefiel es ihnen auch einfach im Süden so gut.

Mit einem Mal sah Ludwig das Meer vor sich. Die Adria. Weit und dunkelblau wie Tinte. Ob sie überhaupt noch blau war, wenn der Himmel es nicht mehr war? Aber er konnte sich das Mittelmeer nicht anders vorstellen als blau. Pinienbäume, deren Äste sich im

Wind bewegten. Der Geruch ihrer Nadeln. Tomaten. Frischer Fisch. Ein Sonnenschirm, der sich in einem Windstoß umstülpte und umstürzte, sein Vater, der fluchte. Die Italienischstunden bei Frau Lauer hatten ihm gefallen, auch wenn es bei ihm langsamer voranging als bei Nathanael und Vanessa. Die Sprache mit ihren hellen Vokalen erinnerte ihn an früher, und es lag ein Versprechen darin, das ihn unruhig machte. Eine Öffnung, durch die man nur hindurchtreten musste. Von Mailand aus waren es hundert Kilometer bis zum Meer.

Nathanael knickte ein, Vanessa konnte ihn gerade noch stützen.

»Pause?«, fragte sie.

»Nein«, sagte Nathanael. »Ich bin nur gestolpert.«

»Wie lange dauert es noch?«, fragte Vanessa.

»Keine Ahnung«, sagte Ludwig. Seine Augen brannten vom Rauch und der Müdigkeit. »Aber ja, machen wir Pause.«

»Ich will einfach nur raus hier«, sagte Nathanael. »Bitte.«

Vielleicht hatte auch Nathanael über das Belüftungssystem nachgedacht. Sie blieben stehen. Es schien tatsächlich wärmer geworden zu sein. Vanessa trank aus einer Flasche und reichte sie Nathanael, der sich etwas Wasser über das Gesicht träufelte.

»Da vorn«, sagte Nathanael. »Ist das der Süden?«

Tatsächlich. Weit vorn drang schwaches Licht um eine Kurve. Ludwig hielt den Atem an und schaute. Das Licht veränderte sich nicht und es bewegte sich nicht, es war kein Feuer, kein Fackelzug.

»Das ist der Erdkern«, sagte Vanessa.

Sie standen nebeneinander und betrachteten den fernen Schein. Für einen Moment sprach niemand. Ein warmer Wind blies ihnen entgegen. Er roch nach Stein. Ludwig wartete darauf, dass Vanessa oder Nathanael sich in Richtung des Ausgangs in Bewegung setzten, aber sie blieben stehen. Als wollten sie das Licht so in Erinnerung behalten, wie es jetzt war.

Danke

Viola Rohner, Ilia Vasella, Katharina Wehrli, Elke Weinberger und Kathrin Probst.

Annette Pehnt, Günther Eisenhuber, Nadine Schneider, Jessica Sabasch, Nicola Tams, Melanie Khoshmashrab, Denijen Pauljević, Maria Sterkl, Mareen Bruns, Ron Schickler, Kilian Leypold und der Bayerischen Akademie des Schreibens für das Romanseminar 17/18.

Wanda Jakob und Meike Herrmann.

Manuela Waeber, Annette Pestalozzi, Mélanie Pitteloud, Karin Weinmann.

Meinen Eltern und Schwiegereltern.

Christian und Marius.

Umschlaggestaltung: Heidi Sorg und Christof Leistl
Typografie und Satz: frese-werkstatt.de
Druck und Bindung: Pustet, Regensburg
ISBN 978-3-95614-453-0